~~परफ़ेक्ट~~ इम्परफ़ेक्ट माँ

युवान
बुक्स

अनबाउंड स्क्रिप्ट का उपक्रम

इम्परफ़ेक्ट माँ

प्रथम संस्करण : दिसम्बर, 2025

ISBN : 978-93-47125-23-2

प्रकाशक : **अनबाउंड स्क्रिप्ट**
2/41, अंसारी रोड,
दरियागंज, दिल्ली - 110002
वेबसाइट : www.unboundscript.com
ई-मेल : books@unboundscript.com
फोन नं. : 011-35807601

IMPERFECT MAA
By Ankita Jain

मुद्रक : एच.टी. मीडिया लि., ग्रेटर नोएडा, उत्तर प्रदेश

मूल्य : ₹ 299/-

अंकिता जैन

~~परफ़ेक्ट~~

इम्परफ़ेक्ट माँ

युवान बुक्स

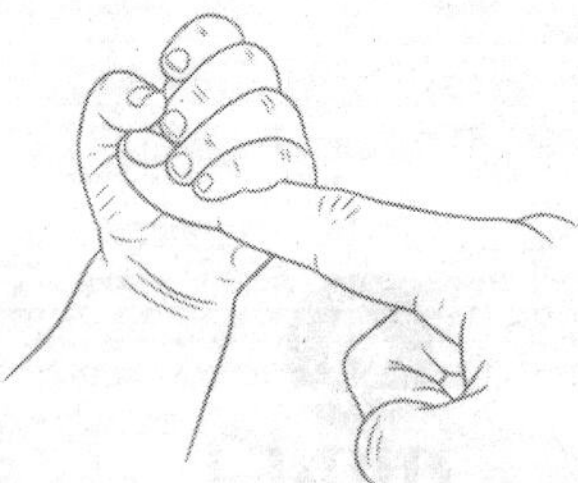

एक की, नन्ही गर्म हथेलियाँ
खोजती रहीं सारी रात
मेरी उपस्थिति,
वह टसकता रहा
पुकारता रहा
इस विश्वास के साथ
कि माँ हर पुकार पर पुचकारेगी।

दूजी, जो अब भी
इस आभास में है, कि बँधी है माँ के उदर से ही
टटोलती है रातभर
माँ के होने को, उसके स्तनों से।

शरद की लंबी रातों में
दोनों को छाती में समाए माँ
उन रातों की याद में,
चुका देती है अपनी पलकों का भार
जिनमें कभी उसकी आश्वस्ति के लिए
उसकी माँ ने बिसारी होंगी
अपनी देह की ऐंठनें।

ममत्व का कर्ज़
संभवतः यूँ ही उतरता होगा
जब पीढ़ी-दर-पीढ़ी 'माताएँ
बच्चों को पालने में अपनी रातें ख़र्च करती हैं।

हमारा स्वस्थ अस्तित्व ही सुबूत है
माँओं के हिस्से आयी उन स्याह रातों का
जिनके हिसाब संभाल सकें
सदियों में ऐसे बहीखाते नहीं बने।

अनुक्रम

माँ के मन की...

लोग चौदहवीं का चाँद देखते हैं, कोई पूनम का चाँद देखकर हर्षित होता है, तो कोई देर रात का चाँद देख उसे तस्वीरों में क़ैद करने को लालायित। वहीं एक माँ के हिस्से आता है अर्धरात्रि का चाँद! दो नन्हे बच्चों के साथ हम जैसी माएँ कब रात के दूसरे-तीसरे पहर वाले चाँद से दोस्ती कर लेती हैं, उसकी राह तकने लगती हैं, उन्हें ख़ुद भी पता नहीं चलता। होंठों पर खिली मंद-सी मुस्कान के साथ अपने आँगन, बालकनी या कमरे की खिड़की में ही चंद सेकण्ड खड़े होकर वह 'माँ' उस आधी रात के चाँद को तब तक यूँ ही देखना चाहती है जब तक सूरज आकर उसकी रोशनी को मद्धिम न कर दे, या जब तक वह चाँद उसके आँगन में बैठा न रहे। लेकिन फिर अगले ही क्षण उस 'माँ' को याद आता है कि उसके अपने आँचल में खेलते दो नन्हे सूरज चमकें, उससे पहले उसे कुछ 'निजी' काम निपटाने हैं। माँ के जीवन में यह 'निजी' समय बहुत रस्साकशी के बाद मिलता है। ऐसे में उसकी प्रतीक्षा में लम्बे समय से पेंडिंग चल रही एक लिस्ट होती है। मसलन, किसी के लिए लिखना, किसी के लिए पढ़ना, किसी के लिए व्यायाम करना, किसी के लिए पेंटिंग करना या किसी के लिए उसकी पसंद का कोई अन्य काम। यूँ तो माँ बनते ही स्वयं के बेहद महत्त्वपूर्ण कार्य भी दूसरे पायदान पर स्वतः ही उतर जाते हैं क्योंकि पहले पायदान पर मातृत्व की ज़िम्मेदारियाँ जो आ जाती हैं।

लोग कहते हैं मातृत्व थोपकर हम स्त्रियों को क़ैद कर लेते है। उनका यह कथन मुझे अनुचित लगता है, इसमें कोई मातृत्व थोपने की बात नहीं है। इसका कारण यह है कि हम सिर्फ़ मनुष्यों में होने वाली ही नहीं बल्कि संसार के हर जीवित प्राणी से जुड़ी एक सार्वभौमिक प्रक्रिया है। मैं जब भी डिस्कवरी या नेशनल जियोग्राफी पर जीव-जंतुओं से जुड़ा कोई चलचित्र देखती हूँ उनमे माताओं का ज़िक्र आते ही यह विचारने लगती हूँ कि प्रकृति ने 'जन्म' देने का यह विशेष अधिकार 'मादा' को ही क्यों दिया? सी-हॉर्स के अलावा। हालाँकि उसमें भी अंडे तो मादा ही देती है लेकिन फिर वह अपने अंडे नर के शरीर में बने एक पाउच में रख देती है। फिर नर ही उन्हें सेता है, पालन-पोषण करता है और फिर उसी के शरीर से सैकड़ों बच्चे निकलते हुए दिखते हैं। मैं यह सोचते हुए मुस्कुराती हूँ कि क्या कभी हम मनुष्यों में यह संभव होगा कि हम बच्चे पैदा करके उन्हें उनके पिता की छाती से बाँध दें जब तक वे परिपक्व ना हो जाएँ। इस ख़याल कि कल्पना से यदि आप ख़ासकर यानि कोई पुरुष पाठक रोमांचित हो रहा है तो मुझे बड़ी ख़ुशी होगी कि चलिए आपने कल्पना तो की। लेकिन ख़ैर, सी-हॉर्स जैसी आज़ादी तो संसार में अन्य मादाओं (जानवरों) को भी नहीं मिली, हम तो फिर भी मनुष्य हैं।

अफ्रीका के खुले मैदानों में अपने शावकों की रखवाली में मुस्तैद कोई शेरनी हो, या महासागर की लहरों में अपने मृत बच्चे को साथ लेकर तैर रही कोई व्हेल, या वृक्ष के शिखर पर बने घोंसले में प्रतीक्षा में चहचहाते चूजे हों या चींटी के मुँह में दबे हुए वे अंडे जिन्हें चीटियाँ सुरक्षित एक स्थान से दूसरे स्थान ले जा रही हो। ये सभी मादा हैं। मैं सोचती हूँ कि कंगारूओं में भी सिर्फ मादा कंगारू के पास ही वह थैली क्यों होती है जिसमें वे अपने बच्चे को पूर्ण विकसित होने तक लिए घूमती रहती है। संभवतः अविकसित मस्तिष्क की वजह से ही उन मादा कंगारुओं ने इस

बात का प्रतिकार कभी नहीं किया कि प्रकृति को नर कंगारुओं में भी थैली देनी चाहिए थी ताकि वे भी बच्चे के विकसित होने तक उसका भार साझा कर सकें, किन्तु प्रकृति ने ऐसा नहीं किया। मनुष्य के पास सबसे अधिक विकसित मस्तिष्क है तो हम स्त्रियाँ अक्सर यह प्रतिकार करती रहती हैं, कि 'बच्चे को सिर्फ़ हम ही क्यों पालें?'

मुझे इस प्रतिकार में भी कोई हर्ज़ नज़र नहीं आता, बल्कि मैं स्वयं भी इसके समर्थन में रहती हूँ कि बच्चे की सम्पूर्ण ज़िम्मेदारी सिर्फ़ माँ की न हो। वर्षों से चली आ रही किसी प्रथा की तरह पिता का कार्य सिर्फ़ पैसे कमाना और माँ का कार्य सिर्फ़ बच्चे पालना या घर चलाना न हो। हर कार्य में सहभागिता हो, यह विकास के क्रम का हिस्सा है। लेकिन विकास की इन बातों से परे यह भी परम सत्य है कि अभी तो बच्चे के गर्भ, जन्म और लालन-पालन का दायित्व शुरूआती कुछ वर्षों तक माँ को ही उठाना होता है। मस्तिष्क के विकास के साथ समाज का विकास क्या तब पूर्ण माना जाएगा जब डेढ़ माह के बच्चे को दिनभर के लिए माँ के भरोसे छोड़कर 'निजी सुख' के कार्यों में समय खपाने वाले पिता को यह अहसास होगा कि 'बच्चा पालना सिर्फ माँ का काम नहीं है'। यह अहसास कब आएगा पता नहीं किन्तु अभी के लिए तो जन्म देने का निर्णय लेने वाली माँ को ही लालन-पालन का भार उठाने के लिए ज़िम्मेदार माना जाता है।

शारीरिक संरचनाओं को ध्यान में रखते हुए, एक वैज्ञानिक दृष्टिकोण यह भी कहता है कि बच्चे को शुरूआती 4 से 5 वर्ष तक माँ के स्पर्श की अधिक आवश्यकता होती है और कुछ शोध ऐसी भी हैं जिनमें कहा गया कि उन बच्चों में मस्तिष्क का विकास अधिक होता है जिन्हें माँ का स्पर्श अधिक मिलता है। ऐसा इसलिए क्योंकि बच्चे उस स्पर्श से यह

मानते हैं कि वे सुरक्षित हैं। संसार में आने से पहले वह जिसकी धड़कनों के साथ तारतम्य बैठा चुका है, वह माँ ही है। वह जिसके उदर से भोजन पा चुका है, वह माँ ही है। वह जिसकी पंचेंद्रियों से संसार को देख चुका है वह माँ ही है। अतः बच्चा संसार में आने के शुरूआती कुछ वर्षों तक माँ के स्पर्श को ही सबसे सुरक्षित स्पर्श मानता है, ऐसे में उनका मस्तिष्क निजी सुरक्षा की चिंता किए बगैर बढ़ पाता है। जन्म के बाद भी, क्योंकि माँ ही स्तनपान कराती है, उन्हें भोजन देती है इसलिए उन्हें यह लगता है कि यही उनके लिए सुरक्षा का स्पर्श है। ऐसे में यह तर्क दिया जा सकता है कि पिता का स्पर्श भी तो सुरक्षित हो सकता है? मैं कहूँगी बेशक़ हो सकता है और होना भी चाहिए। दोनों का अपना स्थान है, पिता भी यदि पैदा होने के बाद से बच्चे को अपने स्पर्श से परिचित कराएँ तथा उन्हें भरपूर समय दें तो पिता भी बच्चे से उसी तरह जुड़ सकते हैं। यही अंतर मनुष्यों और जानवरों का भेद परवरिश में लाता है फिर भी मैं यह मानती हूँ कि जब तक प्रकृति पुरुषों को गर्भ धारण एवं स्तनपान की क्षमता स्वतः नहीं दे देती तब तक शुरूआती कुछ माह बच्चे को संभालने की ज़िम्मेदारी माँ की ही अधिक मानी जाएगी।

ऐसे में इस किताब में उन दुविधाओं के बारे में लिख रही हूँ जिनसे एक 'नई नवेली माँ' गुज़रती है।

ऐसा नहीं है कि इन दुविधाओं के बारे में जानने की ज़िम्मेदारी सिर्फ़ माता की है। पिता भी अपनी सहभागिता दिखाते हुए इन्हें जान-समझ सकते हैं और बच्चे के जीवन के शुरूआती दिनों में वह अहम भूमिका निभा सकते हैं जिसकी आवश्यकता न सिर्फ़ बच्चे को बल्कि उसी 'नई नवेली माँ' को भी है जिन्हें हालातों से लड़ने के लिए अकेला छोड़ दिया जाता है।

इस किताब में आप जो भी पढ़ेंगे वह मेरे और उन माता-पिता के निजी अनुभव होंगे जिनसे मैंने बात की। जिस प्रकार दुनिया की हर गर्भावस्था अलग होती है, उसी तरह पालने-पोसने के तरीक़े भी अलग होते हैं जो कि अलग-अलग परिस्थितियों पर निर्भर करते हैं। अतः इस किताब में लिखी बातों को किसी गाइड-बुक की तरह मत देखिएगा, बल्कि आपकी ही तरह कई सारी माँओं की दिल की आवाज़ मानिएगा।

हम माँओं पर बहुत दवाब होता है, परफ़ेक्ट बने रहने का। सदियों से माँ की छवि इतनी महान गढ़ी गई कि वह इंसान होना ही भूल गई, नतीजतन उसके मन में गिल्ट एक स्थायी भाव बन गया। यदि वह नहाने में थोड़ा ज्यादा समय लगा ले, या ख़ुद के लिए पार्लर ही चली जाए, या कोई किताब पढ़ने में नाश्ता समय पर ना बना पाए या घर एकदम टिप-टॉप ना रख पाए या कोई काम भूल जाए तो उसे हिकारत की निगाह से देखा जाता है, मानो उससे कोई गुनाह हो गया हो। मानो उसे भूलने का या भूल करने का कोई इख़्तियार ही ना हो। मानो वह माँ नहीं भगवान ही हो। पर असल में क्या यह संभव है कि कोई इन्सान बिना ग़लतियों के सारी उम्र गुज़ार दे? इस किताब में मैंने बस वही लिखा जो मैंने किया, या अपने आस-पास होते देखा, हो सकता है दुनिया की नज़र में मैं एक परफ़ेक्ट माँ न हूँ, या वे सभी लोग एक परफ़ेक्ट पेरेंट्स ना हों, लेकिन फिर भी वे हैं, अपने लिए और अपने बच्चों के लिए, और बस इतना ही होना काफ़ी है।

इस किताब के लिए मैं अपनी माँ और अपने दोनों बच्चों का धन्यवाद कहना चाहूँगी जिनके होने से मैं हूँ और यह किताब भी संभव हो सकी। शुक्रिया मेरे दोस्तों का जिनके होने से जीवन में सकारात्मकता बनी हुई है। पति समर्थ को क्या शुक्रिया कहूँ, वे न होते तो शादी के बाद मेरे द्वारा

किया गया कोई भी काम संभव न होता। शुक्रिया उन सभी माता-पिता का जिन्होंने इस किताब के लिए अपने जीवन के अनमोल अनुभव मुझसे बाँटे और अंत में शुक्रिया उन सभी पाठकों का जो मेरे लिखे में विश्वास रखते हैं, आप पढ़ते हैं इसलिए मैं आज अपनी यह सातवीं किताब प्रकाशित करने की हिम्मत जुटा पाई हूँ।

अंकिता जैन

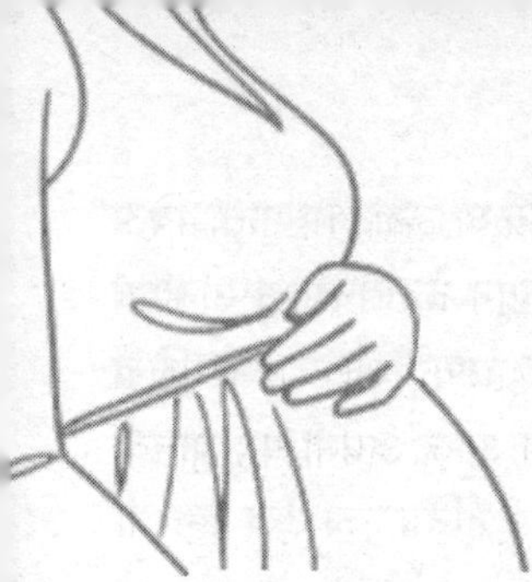

1

आप, आपका नन्हा और शुरूआती दिन

26 मार्च 2017,

ऑपरेशन थिएटर में जाते वक़्त मन में बहुत डराने वाले ख़याल थे। पता नहीं कैसा होता होगा ऑपरेशन... पता नहीं कितना दर्द होता होगा... पता नहीं बच्चा सही सलामत बाहर आएगा या नहीं... पता नहीं वो कैसा होगा.. नार्मल बेबी होगा या नहीं... ढेर सारे सवालों और ख़यालों के बीच मैं अपने बच्चे के बाहर आने का इंतज़ार कर रही थी। मेरी कमर में एनेस्थीसिया लग चुका था और छाती के नीचे का हिस्सा महसूस होना बंद हो चुका था। हाँ, पर दिमाग़ और आँखें खुली हुई थीं। एक हाथ में ब्लड प्रेशर और दूसरे हाथ में हार्ट बीट चेक करने के लिए मशीनों के कनेक्शन थे। दो सीनियर डॉक्टर, दो जूनियर डॉक्टर और दो नर्स ऑपरेशन की सारी तैयारियाँ करने के बाद प्रेयर कर रही थीं। प्रेयर के बाद उन्होंने मुझसे पूछा, “तुम तैयार हो?” मैंने कहा, “हाँ”। मैं न सिर्फ़ तैयार थी बल्कि उतावली भी कि महीनों जिसका इंतज़ार किया वो अब मुझसे मिलने वाला है। वो बेटा होगा या बेटी यह सबसे बड़ा सवाल था... जिसका जवाब कुछ ही मिनटों में मिलने वाला था। फिर ऑपरेशन शुरू

हुआ, मैं ऑपरेशन लाइट्स के मिरर में ऑपरेशन का धुंधला-सा रूप देख पा रही थी... और कुछ ही मिनटों में मैंने ख़ून से लतपथ अपने बच्चे को अपने अन्दर से निकलते हुए देखा। कुछ क्षण के लिए समय रुक गया था, जब मैंने पहली बार उसकी आवाज़ सुनी, उसे देखा, अपनी नन्ही-नन्ही आँखों से वह अचंभित होकर इस दुनिया को देख रहा था और मैं उसे!

वो समय का एक ऐसा हिस्सा था जिसने अपने आपको क़ैद कर लिया था। पर असल में यह कोई हिंदी फ़िल्म नहीं थी जिसमें ऐसे ही किसी हसीन लम्हे में फ़िल्म "द एंड" हो जाती। यह असल ज़िन्दगी है और माँ बनने के लिए होने वाली अग्नि परीक्षा, उस नन्हे के साथ कुछ ही समय में शुरू होने वाली थी। ऑपरेशन थिएटर से बाहर आकर जब मैं वार्ड में आई तब तक एनेस्थीसिया ने अपना असर दिखाना धीमे-धीमे कम कर दिया था और ऑपरेशन का दर्द हल्का-हल्का महसूस होने लगा था। मैं अभी न पानी पी सकती थी न उठ-बैठ सकती थी। अगले चौबीस घंटे मुझे ऐसे ही बिस्तर पर लेटे-लेटे बिना हिले-डुले बिताने थे। बच्चा बाहर आ चुका था इसलिए ब्लीडिंग भी शुरू हो चुकी थी। पर क्यूंकि मैं अपने आप हिल भी नहीं सकती थी इसलिए ख़ून से लतपथ पैड्स भी नर्स ही आकर बदलती थी।

मेरे बच्चे को कुछ समय के लिए बच्चों के वार्ड में रखा था। बच्चा स्वस्थ हुआ था इसलिए शाम को उसे पहली बार मेरे पास दूध पिलाने के लिए भेजा गया।

31 मई 2021,

मैं डॉक्टर से नवें माह का रूटीन चेकअप कराकर वापस घर आ गई थी। सब कुछ ठीक था। क्योंकि मेरा पहला बच्चा ऑपरेशन से हुआ

था, तो डॉक्टर ने दूसरा बच्चा भी ऑपरेशन से करने की सलाह दी थी। मैं एक बेहद छोटे शहर में, कम सुविधाओं वाले अस्पताल में थी। बड़े शहरों में आजकल पुराने ऑपरेशन की सारी जाँचें ठीक से करने के बाद ही, एक्सपर्ट डॉक्टर्स सेकण्ड डिलीवरी नॉर्मल कराने का रिस्क लेते हैं। लेकिन उस स्तर की जाँच उस अस्पताल में नहीं हो सकती थी जिस पर मैं आश्रित थी। मैंने जब अपनी डॉक्टर से कहा कि "क्या हम नॉर्मल ट्राय कर सकते हैं?" तो उन्होंने कहा "बेशक़ आप कर सकते हैं लेकिन तब आपको राँची जाना पड़ेगा वहाँ बड़े अस्पताल और बेहतर मशीनें हैं जाँच के लिए"। हमारे पास राँची जाने का ऑप्शन नहीं था। एक बिल्कुल अलग शहर में, जहाँ ना आपका घर हो ना ही कोई रिश्तेदार, तो डिलीवरी कराना मुश्किल होता है। फिर यह ज़रूरी भी नहीं था कि नॉर्मल हो ही जाती डिलीवरी। पहले बच्चे के जैसे जब डॉक्टर ने हर संभव कोशिश की थी डिलीवरी की लेकिन नहीं हो सका, यदि दूसरी बार भी वैसा ही रहता तो आख़री के दिनों में राँची तक की फ़िज़ूल भाग-दौड़ हो जाती। यही सोचकर हमने तय किया कि हम कुनकुरी में ही डिलीवरी कराएंगे। ऑपरेशन से ही सही। कुनकुरी जाना-आना हमारे लिए 80 किलोमीटर का ट्रेवल था, वहीं राँची जाना-आना 300 किलोमीटर का।

हम घर वापस आए और सभी को बता दिया कि डॉक्टर ने अगले 3-4 दिन में अपने हिसाब से तारीख़ चुनकर ऑपेरशन कराने के लिए बोल दिया है। घर में सबसे बात करके हमने 5 जून की तारीख़ चुन ली लेकिन बच्चे के बाहर आने का समय यदि हम पूरी तरह अपने हाथ में रख सकते तो यह नियति से भिड़ने जैसा होता। मेरी बेटी ने भी सोचा कि 5 तक का इंतज़ार क्यों वो 2 को ही बाहर आएगी। 1 जून को सुबह जब मुझे हल्की-सी ब्लीडिंग हुई तो हमने डॉक्टर से बात की और मैं अस्पताल पहुँच गई। 2 जून को ऑपरेशन का वक़्त वैसा ही बीत रहा था जैसा पहली डिलीवरी का था लेकिन वक़्त और अहसास उस वक़्त एकदम

ही बदल गए जब ईश्वर ने मेरी मुराद पूरी की। मुझे बेटी हुई थी, मैं यही चाहती थी। एक बेटी की माँ होना कैसा अनुभव होगा मैं इसके लिए तरस रही थी।

ऑपरेशन के बाद मुझे जिस वार्ड में रखा गया वहाँ पहुँचकर मुझे लगा जैसे अचानक से मेरे जीवन के दो घंटे ग़ायब हो गए हों। ऑपरेशन थिएटर से निकलते समय घड़ी में करीब साढ़े बारह बजे थे, वहीं वार्ड में पहुँचते ही सीधे ढाई कैसे बजे मैं काफ़ी देर तक यही सोचकर परेशान होती रही पर असल में वह एनेस्थीसिया की बेहोशी थी जिसने मुझे यह भ्रम दिया। दो बजे मुझे फिर जच्चा वाले वार्ड में शिफ्ट कर दिया गया। अगले चौबीस घंटे मुझे यहीं बिताने थे उसके बाद ही मुझे अपने प्राइवेट वार्ड में जाने मिलता।

और वह रात मेरे जीवन की सबसे लम्बी रात थी। अमूमन यह धारणा है जो बनी हुई है कि जच्चा-बच्चा वार्ड की नर्सें थोड़ी कठोर स्वाभाव की होती हैं। उन्हें दिन-रात इतनी महिलाओं के साथ दर्द झेलने की मशक़्क़त करनी होती है कि संभवतः वे स्वभाव से वैसे ना रहें तो सबको हैंडल ना कर पाएं। मेरे लिए ना वह अस्पताल नया था, ना ही वह वार्ड और ना ही मैं पहली बार माँ बन रही थी। बदला था तो सिर्फ़ यह कि मैंने कोरोना की दूसरी लहर के समय में एक बच्चे को जन्म दिया था। स्ट्रेचर से वार्ड के पलंग पर लेटने के बाद मुश्किल वक़्त शुरू हो चुका था। मैंने अपनी बेटी की बस एक झलक ऑपरेशन थिएटर में देखी थी और परिजनों की एक झलक थिएटर से बाहर निकलते वक़्त। उसके बाद मुझे आइसोलेट कर दिया गया था। यूँ उस वार्ड में मैं अकेली नहीं थी, मेरे जैसी कुछ और माँए भी थीं जो मुझसे कुछ ही घंटे आगे-पीछे जन्म देकर आई थीं या अगला नंबर उनका था। लगभग सभी दर्द से कराह रही थीं, किसी के भी बच्चे उनके पास नहीं थे। तथा किसी के

भी परिजन उनसे मिलने नहीं आ सकते थे। शाम होते-होते जब मुझे ठीक-ठीक होश आने लगा तब मैंने नर्स से पूछा मेरी बेटी कहाँ है? वो ठीक है? नर्स ने कठोर-सा जवाब दिया, तुम आराम करो, सब ठीक है, तुम्हारा परिवार है देखने के लिए। मैं चाहती थी कि एक बार मुझे मेरी बेटी की झलक देखने मिल जाए, परिवार से कोई तो एक बार मुझसे मिलने आ जाए लेकिन वहाँ किसी को आने नहीं दिया जा रहा था। ना जाने कितनी ही आशंकाएँ मुझे परेशान कर रही थीं। "मेरी बेटी ठीक तो है ना?" "उसे कुछ हो तो नहीं गया?" "ऐसी भी क्या वजह है कि एक बार भी मुझसे कोई मिलने नहीं आया?", कोरोना और उसमें हुए कुछ हादसों ने, आसपास घटी घटनाओं ने इतना डरा रखा था कि ना चाहते हुए भी नकारात्मक ख़याल उपजते थे। भयंकर दर्द से कराहती मैं, ऐसी कई आशकाओं के साथ उस रात उस वार्ड में अकेले रोती रही, तड़पती रही बस इस इंतज़ार में कि सुबह हो जाए। आज चार साल से अधिक हो चुके हैं लेकिन यदि कोई मुझसे पूछे कि जीवन की सबसे कठिन रात कौन-सी थी तो मैं कहूँगी 2 जून की रात। पहली डिलीवरी के कुछ ही घंटों बाद मेरे पास मेरा बेटा था और परिजनों को भी मिलने की अनुमति थी इसलिए वह रात कम ज़ालिम रही। दर्द तब ज़ालिम बन जाता है जब आपके आँसुओं पर माथा सहलाने वाला भी कोई न हो।

इस बार मेरी बेटी मुझे क़रीब 30 घंटों के बाद मिली, जब मैं उसे स्तनपान करा पाई। छातियों में दर्द उमड़ने लगा था और मुझे नर्स से गुज़ारिश करनी पड़ी थी कि अब मेरी बेटी मुझे दे दो वह भूखी होगी, दूध पिलाना है।

आप भी अगर माँ बनने वाली हैं, तो बता दूँ कि बच्चे पैदा होने के समय अपने साथ इतना फैट लेकर आते हैं कि वे 48 घंटे यानि दो दिन बिना कुछ खाए-पिए रह सकते हैं। तो ऐसे में यदि आपका अपना दूध नहीं

निकल पा रहा है, या बच्चा दूध पीना नहीं सीख पा रहा है तो घबराएँ नहीं, और न ही उसे फ़ॉर्मूला मिल्क देनी की जल्दबाज़ी करें। तसल्ली रखें और कम-से-कम छः माह तक सिर्फ़ माँ का दूध पिलाने के निर्णय पर डटी रहें। हालाँकि माँ का दूध और फ़ॉर्मूला मिल्क पर एक चर्चा विस्तार से मैं अगले अध्याय में करुँगी। यहाँ बस इतना ही कि पैदा होने के शुरूआती दिनों में किसी भी बच्चे को दो से तीन दिन का समय लगता है जब वह ठीक से माँ का दूध पीना सीखता है।

जब मेरे बच्चे ने पहली बार मेरा दूध पिया तब मैं हिल भी नहीं सकती थी। मेरे दोनों हाथों में ड्रिप्स लगी हुईं थीं, और बाक़ी शरीर एनेस्थीसिया से सुन्न था। तब मेरी रिश्तेदार ने मेरी मदद की और कुछ घूँट मैं उसे दे पाई। लगभग चौबीस घंटे में बच्चा सीखने लगा था कि उसे उसको खाना कैसे मिलेगा और वहीं से शुरू हुई माँ होने की पहली ज़िम्मेदारी। ऑपरेशन के बाद के थके शरीर और दर्द को जब आप नज़रअंदाज करके हर ढेढ़ से दो घंटे में बच्चे को दूध पिलाने के लिए उठते हैं, बैठते हैं तो शरीर को कष्ट ज़रूर होता है लेकिन मन को संतुष्टि होती है। बच्चे के शुरूआती महीनों में आपके रतजगे होंगे जिनके लिए आपको हर हाल में तैयार रहना होगा।

पैदा होने के बाद शुरूआती दिनों में बच्चा बहुत ज़्यादा मल विसर्जित यानि पॉटी करता है। यहाँ भी यदि जानकारी नहीं है तो आप घबरा सकते हैं। मैं भी जानकारी होते हुए घबरा जाती थी। जब किसी दिन लगभग 20 बार मेरा बेटा मल विसर्जित करता था। बच्चे के शुरूआती दिनों में उसके मोशन कुछ हद तक दस्त जैसे पतले हो सकते हैं। उनका रंग भी हरा, गहरा पीला और कई बार गहरा कत्थई भी हो सकता है। जान लें इसके लिए कभी-भी कोई दवा देने में जल्दबाजी न करें। क्योंकि पैदा होने के तीन से चार दिन इस तरह का मोशन होना सामान्य

माना जाता है। पुराने लोग कहते हैं "गर्भ की गर्मी निकल रही है।" आसान शब्दों में ऐसा समझ लें कि इतने महीनों तक गर्भनाल के ज़रिए बच्चे ने जो खाया और उसे पचाया जिसे अब एक-साथ पेट साफ़ कर रहा है। बच्चे के शुरूआती तीन महीने तक भी यदि बच्चा दिन में छः से सात बार मोशन करता है तो वह भी सामान्य है। बस ध्यान रखें कि आपको मोशन और डायरिया का अंतर पता हो। यहाँ एक और ज़रूरी बात यह है कि आपके बच्चे का पेट भर रहा है या नहीं यह आप कैसे जानेंगे?

उसका सबसे आसन तरीक़ा है उसकी लघुशंका यानि सुसु को काउंट करना। बच्चे का पेट यदि भर रहा होगा तो वह शुरू के दिनों में कम से कम 10 से 12 बार सुसु करेगा। 1 घंटे में दो से तीन बार सुसु करना अच्छा माना जाता है और कई बार तो बच्चे हर पंद्रह मिनिट में भी सुसु करते हैं। जो कि पूरी तरह से सामान्य है। ध्यान रखें, बच्चे की सुसु या पॉटी को कम कराने के लिए किसी भी तरह का देसी या दवाई वाला इलाज़ तब तक ना करें जब तक बच्चा किसी बिमारी का इंडिकेशन नहीं देता। क्योंकि बच्चे के ये मोशन अपने आप धीरे-धीरे कम होते जाते हैं जो कि पूरी तरह से एक सामान्य प्रक्रिया है। हमारे देश में बच्चे को घुट्टी देने का चलन है, कई जगह वह इसलिए भी दी जाती है ताकि बच्चे के मोशन कम हो जाएँ या बंध जाएँ और वह दिन में एक से दो बार ही पॉटी करने लगे। हालाँकि छः माह से पहले बच्चे को माँ के दूध के अलावा कुछ भी देना बच्चे के प्राकृतिक विकास में खलल डाल सकता है। अतः बच्चे को कुछ भी देने से पहले विचार-विमर्श अवश्य करें। सुनी-सुनाई बातों पर अमल करने से बेहतर है सही जानकारियाँ एकत्रित करके फिर निर्णय लेना। WHO तो कहता है, आपका बच्चा स्वस्थ रहेगा और उसकी रोग प्रतिरोधक क्षमता अच्छे से विकसित तभी होगी जब आप उसे छः माह तक सिर्फ़ माँ के दूध पर रखेंगे।

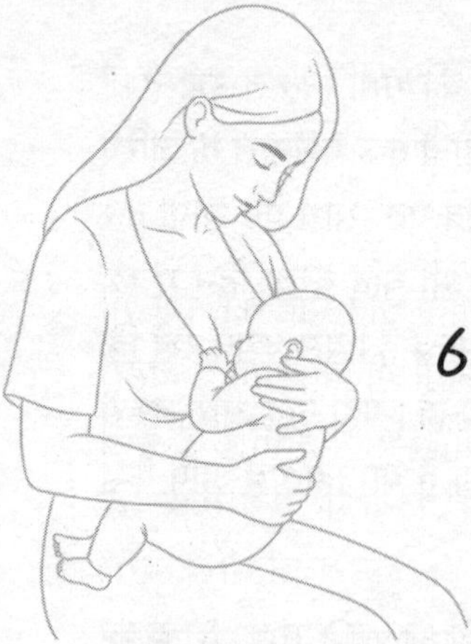

2

6 माह तक क्यों ज़रूरी है सिर्फ़ माँ का दूध?

मैं रात को 12:30 बजे सोई थी और 2 बजे से फिर बेटे ने रोना शुरू कर दिया था। ऐसा लगता था कि जैसे मैं किसी हैंगओवर में हूँ। घर में कोई सहायिका नहीं थी। उजाला हुआ तो बेटे के दूसरे कामों का समय हो गया। उसकी मालिश, व्यायाम और नहलाने के बाद ढेर भरे कपड़े धोए जिन्होंने रातभर से अकड़े कंधो को और भी जाम कर दिया। सारा काम निपटाकर मैं रसोई में पहुँची। करीब 1 बजे जब सभी काम निपट गए और देखा कि बेटा भी सो रहा है तो मैंने सोचा कि अब थोड़ा सो लेती हूँ तो मुझे याद दिलाया गया कि अभी सब्ज़ी बननी बाक़ी है, "भिन्डी की सब्ज़ी बना दो" के साथ मुझे यह भी सूचना मिली कि रात को एक एनिवर्सरी पार्टी में जाना है। मैंने ग़ुस्से में इन्कार कर दिया क्योंकि मुझे बारह घंटे हो चुके थे लगातार बच्चे और घर के काम निपटाते हुए। इतना थकने के बाद आप चाहेंगे कि कब शाम हो और कुछ देर के लिए बच्चा सोए तो आप भी आराम कर लें। खासकर तब, जब आपके आसपास वालों को यह तो दिख रहा हो कि आपने पार्टी में जाने के लिए ग़ुस्से से इन्कार किया हो, लेकिन वे यह नहीं देख ही पा रहे हों कि क्यों किया? कि आप बारह घंटे से मशीन बने हुए हैं, कि आपने पिछले

चौबीस घंटे में बमुश्किल 2 घंटे की नींद ली है, ऐसे में आप आख़िर में आराम चाहेंगे, ना कि किसी पार्टी में जाना, लेकिन कई बार मन मारकर भी कुछ काम करने पड़ते हैं।

फिर उस दिन मैं पार्टी में गई। पति के अलावा तीन माह का बेटा भी साथ था, मैं पार्टी वाली जगह में अन्दर घुसी ही थी कि लोगों के चेहरों पर अजीब से भाव देखे। कुछ ने तो कह भी दिया.. "इतने छोटे बच्चे को साथ लाई हो!" मैंने कोई जवाब तो नहीं दिया पर यही सोचा कि इतना छोटा है तभी तो साथ लाई हूँ। तीन माह का बच्चा माँ के बगैर कैसे रहेगा। उसे अगर भूख लगेगी तो वो क्या पिएगा, इस पर लोगों की दलील तैयार रहती है कि "इसलिए बच्चे को छोटे से ही ऊपर का दूध भी साथ में देना चाहिए, ताकि माँ बिंदास घूम सके"... और अगर किसी माँ को अपने बच्चे को ऊपर का दूध न देना हो तो? वह छः माह तक सिर्फ़ अपना ही दूध देना चाहती हो तो? वह दुनिया भर के हेल्थ एक्सपर्ट्स की बात मानना चाहती हो तो? वह रिसर्च और बच्चों के डेवलपमेंट के प्रति सजग रहना चाहती हो तो? तो क्या वह घर से निकलना बंद कर दे? क्या छः माह तक कहीं न जाए? अब आप कहेंगी, कि दूध पम्प करके भी बच्चे के लिए छोड़ा जा सकता है। लेकिन ऐसा सिर्फ़ तभी संभव है जब आपके पीछे से बच्चे को संभालने वाला कोई हो। बच्चा हर वक़्त आपसे इसलिए ही चिपका रहेगा क्योंकि कोई और नहीं है उसे देखने वाला। तो वो माँ जिसे अपने बच्चे को अपना ही दूध पिलाना है और कोई देखने वाला भी नहीं है तो क्या वो कहीं ना जाए?

क्यूँ न जाए भाई! बिंदास जाए! अपने बच्चे को अपने साथ ले जाना शर्म की बात है क्या? कतई नहीं! तो क्या सिर्फ़ अपना दूध पिलाना शर्म की बात है? कतई नहीं! क्यों ज़रूरी है बच्चों को छः माह तक सिर्फ़ माँ के दूध पर रखना? आइए समझते हैं पहले कि माँ के दूध में क्या होता

है? क्यों पिछले कई सालों से भारत सरकार मीडिया के माध्यम से इस तरफ़ जागरूकता फैला रही है।

विज्ञान की भाषा में समझें तो माँ के दूध में बच्चे के लिए वो ज़रूरी पोषण है जिसकी उसे ज़रुरत है, यहाँ तक कि पानी भी। विटामिन, मिनरल्स, कैल्शियम, पोटेशियम, वसा, कार्बोहाइड्रेट, फोस्फोरस, सोडियम और क्लोरिन, ये सभी चीज़ें माँ के दूध में उपलब्ध होती हैं। बच्चों की पाचन शक्ति धीरे-धीरे विकसित होती है, इसलिए पैदा होते ही उन्हें खाने नहीं दिया जाता. लेकिन पैदा होते ही बच्चे को गाय का दूध, या फार्मूला फीड की जगह माँ का दूध ही क्यों देना चाहिए उसके भी कई सिद्ध हो चुके कारण है, जैसे कि, छः माह तक सिर्फ़ माँ के दूध पर पलने वाले बच्चों में "सडन इन्फेंट डेथ सिंड्रोम" 73% तक कम पाया जाता है।

"सडन इन्फेंट डेथ सिंड्रोम" एक ऐसा ख़तरा है जो एक साल तक की उम्र के बच्चों पर मंडराता रहता है और जिसमें होने वाली मौतें बच्चों के सोने के समय होती हैं। ज़्यादातर रात को बारह बजे से लेकर सुबह 9 बजे तक, हालाँकि इस सिंड्रोम से मरने वाले बच्चों का कारण अभी पूरी तरह साफ़ नहीं है। यह एक विस्तृत चर्चा का विषय है, बस इतना जान लें इससे होने वाली मौत में बच्चा किसी तकलीफ़ के लिए रोये बिना, सोते हुए अलविदा कह जाता है। विशेषज्ञ कहते हैं कि 'स्तनपान' इस सिंड्रोम से बचाने में सहायक होता है।

इसके अलावा एक्सक्लूसिव ब्रेस्टफीड वाले बच्चों का इंटेलिजेंस लेवल ज्यादा अधिक होता है। उन्हें कान में इन्फेक्शन, सर्दी, फ्लु, लुकेमिया, एक्जिमा, अस्थमा, और डायबिटीज़ का ख़तरा कम रहता है। किसी भी तरह का फिजिकल डिसऑर्डर, और दांतों की समस्या का ख़तरा कम रहता है। ये सिर्फ़ वो फायदे हैं जो दिख सकते हैं। एक्सक्लूसिव ब्रेस्टफीड पर पलने वाले बच्चों और फोर्मुल फीड, या गाय का दूध देने

वाले बच्चों को जब वैज्ञानिकों ने साथ रखकर 14 साल की उम्र तक रिसर्च की और डाटा इकट्ठा किया तो कई ऐसे अंतर देखने को मिले जिनके बारे में सोचना ज़रूरी है। जिनमें सबसे बड़ा अंतर था कि बच्चों की मानसिक दक्षता और रोग प्रतिरोधक क्षमता का। अब आप ही सोचें ये आपको अपने बच्चे में चाहिए या नहीं? फोर्मुल फीड या गाय का दूध देने से हो सकता है बच्चा शुरुवाती माहों में आपको फूला हुआ या मोटा ताज़ा दिखे लेकिन इनसे उसके शरीर की भीतरी क्षमताओं पर असर पड़ता है जो उम्र के साथ समझ में आता है।

एक्सक्लूसिव ब्रेस्टफीड देने वाली माएँ भी फायदे में रहती हैं इससे उन्हें ब्रेस्ट कैंसर का ख़तरा कम रहता है। डिलीवरी के बाद उनका गर्भाशय पहले की तरह अपना आकार ले लेता है फिर वे अपने शेप में वापस आकर अपने पुराने कपड़े पहनने का मज़ा ले सकती हैं।

बहरहाल यहाँ मैं यह भी कहना चाहूँगी कि उन माओं को उदास होने की ज़रुरत नहीं है जो किसी मजबूरी या कम प्रोडक्शन के कारण एक्सक्लूसिव ब्रेस्टफीड नहीं करा पा रही हैं। जितना आप सक्षम हैं उतना ही कराएँ। ब्रेस्ट मिल्क बढ़ाने के ढेरों कारगर तरीक़े आपको गूगल पर आसानी से उपलब्ध हो जाएँगे, और यदि आपके घर में कोई पुरानी बुजुर्ग महिला है तो वह भी आपकी इस काम में मदद कर सकती है। कुछ उपाय जैसे जीरा अधिक खाना, कच्चा पपीता, दूध, दलिया और हरी सब्जियाँ ये सब चीज़ें माँ का दूध बढ़ाने में कारगर उपाय साबित होते हैं।

यदि आप एक कामकाजी महिला हैं, तो भी उदास होने की ज़रूरत नहीं है। आप अपना दूध पंप करके स्टोर करके रख सकती हैं और बिना किसी परेशानी के काम पर जा सकती हैं। आपकी अनुपस्थिति में भी आपका दूध आपके बच्चे को मिल सकता है।

वैश्विक स्तर पर कई ऐसी माँओं के बारे में भी जानकारी मिलती है जो 'ब्रेस्टमिल्क डोनेट' करती हैं। ताकि उन बच्चों को भी माँ का दूध और पोषणाहार मिल पाए जो किसी भी वजह से इससे वंचित रह जाते हैं। भारत में भी कई जगह 'ब्रेस्टमिल्क बैंक' खुले हैं। कोरोना के समय में हमने ऐसे कई मामले देखे जिनमें कोरोना की वजह से जन्म के समय मृत्यु को प्राप्त हुई माँ के बच्चे को दूध पिलाने वाली माताओं की भीड़ उमड़ पड़ी। असल में बच्चे को दूध पिलाना एक ऐसा अद्भुत अहसास है जिसे पूरी तरह शब्दों में बयाँ कर पाना बेहद कठिन है।

आप रक्त दान से अवगत ही होंगे और शायद पहले किया भी हो। पहले लोग रक्त दान से डरते थे, सोचते थे कि कमजोरी आ जाती है और यदि किसी को हमारे ब्लड ग्रुप की ज़रुरत होगी तभी हम रक्तदान कर पाते थे। मगर, अब ब्लड-बैंक बन गए हैं। हम जब चाहें रक्तदान कर सकते हैं, जिसे स्टोर करके रखा जाता है और ज़रुरत पड़ने पर मरीज़ को दे दिया जाता है।

अब अगर मैं आपसे कहूँ, कि कुछ इसी तरह "ब्रेस्टमिल्क डोनेशन यानि माता के दूध" को भी दान किया जा सकता है, और उसके लिए भी कई जगह ब्रेस्टमिल्क बैंक बन गए हैं, तो आपको एक बारगी आश्चर्य ज़रूर होगा। क्योंकि मुझे भी हुआ था जब पहली बार मैंने इस बारे में जाना था। मैं "ब्रेस्टमिल्क सपोर्ट फ़ॉर इंडियन मदर्स" नाम के एक ग्रुप से जुड़ी हुई हूँ, यह ग्रुप ब्रेस्टमिल्क और उससे सम्बंधित कई सारी समस्याओं पर माँओं की मदद करता है। इसमें कई डॉक्टर और अनुभवी माताएँ भी हैं। तकरीबन 75000 महिलाओं के इस ग्रुप में अक्सर ही नयी जानकारियाँ मिलती हैं। इस ग्रुप में एक दिन मुझे ब्रेस्ट मिल्क डोनेशन के बारे में जानकारी मिली। जब मैंने इस बारे में और जानकारी इकठ्ठा की तो जो मालूम हुआ वह यहाँ आपसे बाँट रही हूँ।

सबसे पहले तो यह जानना ज़रूरी है कि "ब्रेस्टमिल्क डोनेशन" जैसी चीज़ की शुरुआत क्यों हुई और इसके क्या फायदे हैं?

किसी भी बच्चे के विकास में स्तनपान की एक अहम भूमिका है। छः माह तक इसे एक अनिवार्य प्रक्रिया बताते हैं और उसके बाद भी जब तक माता के लिए संभव हो स्तनपान कराना चाहिए। मगर, क्या स्तनपान या माता का दूध इतना आवश्यक है कि उसकी पूर्ती किसी अन्य माता के दूध से की जाए?

यह तो आपने भी कभी सुना होगा, कि पुराने समय में जब एक ही घर में देवारनी-जेठानी, ननद-भाभी या दाई माँ के यहाँ साथ-साथ बच्चे होते थे, तो छोटे बच्चे किसी भी माँ का दूध पी लेते थे। प्राथमिकता बेशक़ बच्चे की अपनी माँ को ही दी जाती थी। यहाँ यह बताने का उद्देश्य बस इतना है कि अपनी माँ के अतिरिक्त किसी अन्य माँ का दूध पीना कोई नयी परम्परा नहीं है। हाँ, किसी अनजान माँ का दूध बच्चे को मिले इसमें कई रिस्क भी हो सकते हैं।

उसके समाधान में जितने भी "ब्रेस्टमिल्क डोनेशन बैंक" बनते हैं वे डोनर यानि दाता माँ की सारी जाँचे करने के बाद भी उसे दूध दान करने की स्वीकृति देते हैं।

क्या हर माँ को ऐसा करना चाहिए?

इसका जवाब एक लाइन में यही होगा कि "क्या हर व्यक्ति रक्त दान करता है?" नहीं ना! रक्त दान वही करता है जिसे लगता है कि उसके पास ज्यादा है। ब्रेस्टमिल्क डोनेशन में भी ऐसा ही होता है और कई माओं के ऐसे अनुभव रहते हैं कि उनके बच्चे का पेट भरने के बाद भी

उनकी छातियाँ भारी रहती हैं। कई बार दूध स्वतः ही झरना शुरू हो जाता है, जिससे कपड़े ख़राब हो जाते हैं। कई बार रात में सोते समय बिस्तर दूध से गीला हो जाता है, ऐसी स्थिति में माओं को अपना दूध निकालकर उसे मिट्टी आदि में बहाना पड़ता है। यदि वे ऐसा न करें तो उनकी छातियाँ कठोर हो जाएंगी, दर्द करेंगी एवं संभव है कि उनमें गाँठ बन जाएं। अतः अतिरिक्त दूध को निकाल उसे बहा देना पड़ता है, सोचिए यही अतिरिक्त दूध यदि किसी ऐसे बच्चे को मिल जाए जिसकी माँ का शरीर उसके लिए दूध नहीं बना पा रहा है, तो?

क्यों है उपयोगी?

कई सारी शोधों के आधार पर यह साबित हो चुका है कि माँ के दूध से बच्चे का सिर्फ़ पेट नहीं भरता बल्कि उसके शारीरिक और मानसिक विकास में भी यह बेहद सहयोगी होता है, रोगों से बचाता है आदि। अतः यह एक नियम भी बना दिया गया है कि छः माह तक बच्चे को सिर्फ़ स्तनपान पर रखा जाए क्योंकि माँ के दूध में पाया जाने वाला पोषण बच्चे को किसी बाहरी तरल से नहीं मिल पाता है।

वे बच्चे जो समय से पूर्व पैदा हुए हैं, उनकी आंतें कमज़ोर होती हैं और परिणामस्वरूप उन्हें जब फ़ॉर्मूला मिल्क आदि दिया जाता है तो उन्हें इन्फेक्शन फैलने, अपच के कारण आँतों का क्षतिग्रस्त होना, अंततः बच्चे के लिए जानलेवा हो सकता है। यदि ऐसे में उसकी माँ उसे स्तनपान कराने में समर्थ नहीं है तो डॉक्टर सलाह देते हैं कि बच्चे को फ़ॉर्मूला मिल्क की जगह किसी अन्य माँ द्वारा स्तनपान कराया जाए। मगर, यह अन्य माँ कहाँ ढूंढी जाए? ऐसी स्थिति में "ब्रेस्टमिल्क डोनेशन बैंक" सहायक होते हैं।

कैसे होता है?

यह प्रक्रिया कुछ चरणों में पूरी होती है। सबसे पहले जाँचकर्ता माता से बात करके यह जानते हैं कि क्या उनके द्वारा उनके अपने बच्चे को भरपूर दूध मिल पा रहा है या नहीं। यदि उनका शरीर अतिरिक्त दूध प्रोड्यूस कर रहा है तब ही वे उस माँ को ब्रेस्टमिल्क डोनेट करने की अनुमति देते हैं।

इसके अलावा भी कई अन्य जानकारियाँ माता से ली जाती हैं। जैसे, क्या माता का शरीर सामान्य रूप से स्वस्थ है? वह किसी भी प्रकार की कोई दवा तो नहीं ले रही? वह अपनी सभी शारीरिक जांचें करवाने के लिए तैयार है? वह कम-से-कम कितना दूध एक दिन में अपने बच्चे को पिलाने के अतिरिक्त दान कर सकती है? क्या वह स्वयं आकर स्तनपान करा सकती है? या फिर वह पार्सल द्वारा भेज सकती है? आदि इन सभी बातों को जानने के बाद माता के शरीर की जांच होती हैं। इसमें कुछ टेस्ट भी होते हैं, जिनकी रिपोर्ट आने के बाद ही यह तय किया जाता है कि माता को इस कार्य की अनुमति मिलेगी या नहीं।

हाल ही में जानने को मिला कि एक विदेशी महिला जो अपने छः माह के बच्चे को घर पर छोड़कर, भारत किसी ज़रूरी कार्य से आई थी, उसने भारत में अपनी यात्रा के दौरान अपना दूध दान किया। यह कितने ही प्री-टर्म और उन बच्चों के काम आ सकता है जिनकी माँ उन्हें स्तनपान नहीं करा पा रही हैं।

“अमारा” भारत में अभी फोर्टिस हॉस्पिटल, गुडगाँव में ब्रेस्टमिल्क डोनेशन का बैंक है। जहाँ आसानी से सारी सुविधाएँ उपलब्ध हैं। हालाँकि, भारतीय मानसिकता को मैं जितना देखती आई हूँ, उसमें जब कोई इस बारे में सुनेगा, पढ़ेगा तो यही कहेगा “लो आदमियों का दूध

भी कोई दान करने की चीज़ है।" इसपर मेरा जवाब होगा, "हाँ!" क्योंकि वह सिर्फ़ एक माँ का अपने बच्चे के लिए दूध नहीं है, बल्कि उसमें कई ऐसे गुण भरे हैं जो किसी अन्य बच्चे को भी जीवनदान दे सकते हैं और जीवनदान से बड़ा और कोई दान है भला? तो इस बारे में सोचिए और जागरूकता बढ़ाइए।

हमें अपने-अपने स्तर पर जिला प्रसाशन, राज्य या केंद्र को भी इस बारे में कहना चाहिए। इसकी माँग की जानी चाहिए और इसके बारे में जागरूकता बढ़ानी चाहिए। कई माताओं के साथ ऐसा होता है कि बच्चे बड़े होने लगते हैं तो अधिक दूध नहीं पीते माँ का; मगर माँ को दूध तो बनता ही है, तो ऐसे में वह उस दूध को दान कर सकती है। यह कोई ज़बरदस्ती का काम नहीं है, स्वैच्छिक है। लेकिन इसके लिए जागरूकता बढ़ानी होगी। महिला आयोग को इस बारे में विचार करना चाहिए ताकि धीमे-धीमे ही सही ऐसे बैंक अस्पतालों में बन सकें और फिर कोई बच्चा इस पोषण से वंचित ना रहे।

पुणे के एक अच्छे से रेस्टोरेंट में हम खाना खाने गए थे और मेरा 11 माह का बेटा मेरे साथ था। हमारे साथ-साथ उसने भी थोड़ा बहुत कुछ खाया लेकिन फिर वह दूध पीने के लिए रोना लगा। वह थक गया था। मैंने उसे वहीं दूध पिलाने की कोशिश की लेकिन एक वेटर ने मुझे आकर टोक दिया उसने कहा, आप वाशरूम में चले जाएँ, यहाँ ऐसे ओपन में दूध पिलाना एलाऊ नहीं है। उस वक़्त मुझे बहुत ग़ुस्सा आया लेकिन रोते बच्चे को चुप कराना प्राथमिकता थी इसलिए मैंने उस दिन पहली और आख़री बार वाशरूम में अपने बेटे को दूध पिलाया और उसे चुप कराया। उसके बाद मैं ना सिर्फ़ उस वेटर से लड़ी बल्कि रेस्टोरेंट के मैनेजमेंट से भी शिकायत की कि यदि ऐसा ही है तो उन्हें दरवाज़े के बाहर बोर्ड लगा देना चाहिए कि "प्रोह्बिटेड फॉर ब्रेस्टफीडिंग मदर्स।"

मैनेजमेंट में माफ़ी माँगी लेकिन वह मेरे जीवन का एक काफ़ी बुरा अनुभव था।

एक्सक्लूसिव ब्रेस्टफीडिंग को लेकर अक्सर माताओं के सामने यह समस्या भी आती है कि घर में तो ठीक है लेकिन पब्लिक में बच्चे को दूध कैसे पिलाएँ? आस-पास के लोग जिस तरह देखते हैं, उससे माताएँ असहज हो जाती हैं। कई बार बच्चे ढँककर दूध नहीं पीना चाहते, ऐसे में माताएँ स्तन ढंके बिना दूध पिलाएँ तो लोग उन्हें श्लील-अश्लील का पाठ पढ़ाने बैठ जाते हैं। इस मामले में ग्रामीण स्त्रियाँ सही होती हैं, बेझिझक जब बच्चे को ज़रुरत है किसी बात की परवाह किए बिना दूध पिला लेती हैं। शहरी परिवेश में इसे असभ्य माना जाने लगा है। इसका इलाज यही है कि अब जगह-जगह ब्रेस्ट-फीडिंग ज़ोन बनें। कई जगह बन भी रहे हैं लेकिन इनकी और भी अधिक आवश्कयता है। लेकिन सोचने वाली बात है,

हम राह चलते किसी गाय को उसके बाछे को दूध पिलाते देखते हैं तो प्रफुल्लित होते हैं, किसी पक्षी को चोंच में दबाए अपने बच्चों के लिए दाना लाते देखते हैं तो मन मोह से भर जाता है, और न जाने कितनी ही सारी तस्वीरों में कितने ही सारे जानवरों और पक्षियों को अपने बच्चों को स्तनपान कराते देखते हैं तो हमारा मन ख़राब नहीं होता फिर इंसान की एक जाति के लिए, हम स्त्रियों के लिए आपके मिज़ाज़ इतने तल्ख़ क्यों हो जाते हैं? क्यों आपको एक दूध पिलाती स्त्री में माँ की ममता और बच्चे की भूख की जगह अश्लीलता दिखती है? क्या आप अपना खाना मुँह को कपड़े से ढँककर खा सकते हैं? स्तनपान के समय किसी भी स्त्री का उद्देश्य अपने स्तनों का प्रदर्शन नहीं होता, वह ख़ुद पहले से ही लाज शर्म में होती है, और कोशिश यही करती है कि ढँक-छुपकर या एकांत देखकर ही अपने बच्चे को दूध पिलाए लेकिन यदि बच्चे को

भूख बर्दाश्त नहीं और एकांत भी उपलब्ध नहीं तब क्या टॉयलेट आदि में जाकर बच्चे को दूध पिलाना सही है? तब क्या आपकी मानवता आपको दुत्कारती नहीं? या फिर आपके पास यह संदेश है कि जीन्स टॉप पहनने वाली माँओं को साथ में एक ओढ़नी लेकर घूमना चाहिए? क्या आपकी नज़रों में इतनी हवस है? मैंने अपने कई पुरुष मित्रों को स्तनपान के समय सहज और स्त्रियों को असहज देखा है, वे चाहती हैं, कहती हैं कि ढँक लो, छी छी कैसी औरत है पब्लिक में फीड करा रही है, आँखों से रूखापन दिखाना और क्रूर व्यवहार यह क्यों? एक बार इस बारे में विचार करिएगा और हो सके तो हमें इतना सहज माहौल दीजिएगा कि अपने बच्चे को पब्लिक में दूध पिलाने में हमें शर्मिंदगी ना हो, अपराधी न माने हम ख़ुद को।

माँ के दूध से यूँ तो सिर्फ लाभ ही गिनाए जा सकते हैं लेकिन कई बार कुछ रेयर केसेस में ऐसा भी होता है कि बच्चे को माँ के दूध से दस्त लगना या कुछ अन्य शारीरिक समस्याएँ आ सकती हैं, तब आपको तुरन्त अपने डॉक्टर से संपर्क करने की ज़रुरत है। लेकिन याद रखें ऐसा बहुत कम या न के बराबर ही सुनने में आता है कि माँ के दूध से बच्चे को कोई तकलीफ़ होती है।

यहाँ एक और बात जानने और ठीक से समझने की ज़रुरत है कि गाय का दूध एक साल से पहले बच्चे को किसी भी रूप में क्यों नहीं दिया जाना चाहिए? आजकल चलन में है, गाय के दूध में कैल्शियम और पोषण अधिक होता है यह जानकर लोग गाय के दूध में पानी मिलाकर बच्चे को देते हैं। इससे संबंधित कुछ आवश्यक बातें यहाँ लिख रही हूँ -

हमारे देश के जन स्वास्थ्य संस्थान एवं राष्ट्रीय पोषण संसथान के विशेषज्ञों का मानना है कि 'गाय का दूध बच्चों को उचित पोषण से

उपेक्षित रखता है क्योंकि इसमें प्रोटीन की मात्रा बहुत ज़्यादा होती है, जो बच्चों के अपरिपक्व गुर्दों के लिए अनुपयुक्त है। गाय का दूध बच्चों में तेजी से विकास के लिए उपयुक्त नहीं होता, क्योंकि इसमें पोषक तत्वों और आयरन की कमी होती है. असल में बच्चे के गुर्दे बहुत पतले होते हैं, इसलिए उनकी पाचन शक्ति को ध्यान में रखते हुए ही उनका खान-पान रखना चाहिए।

वैसे ये सब बातें तो विज्ञान और विशेषज्ञों की हो गईं। एक बार ज़रा अपनी दादी नानी से पूछो तो वो बताएंगी कि पुराने ज़माने में बच्चों को तब तक माएं अपना दूध पिलाती थीं जब तक वे उन्हें अपना दूध देने में सक्षम थीं। यही कारण है कि वे बच्चे जन्म से ही मजबूत होते थे। शुरूआती माह में एक्सक्लूसिव ब्रेस्टफीडिंग का एक फायदा मुझे यह भी मिला कि डिलीवरी के पैंतालीस दिनों तक होने वाली ब्लीडिंग के बाद मुझे दोबारा मासिक धर्म ग्यारह माह के बाद शुरू हुआ। सोचकर ही अच्छा लगेगा ना कि पेट का बच्चा भी बाहर आ गया और कुछ महीनों के लिए मासिक धर्म से भी छुट्टी। अब ज़माना बदल गया, हम पढ़े लिखे लोग फ़ॉर्मूला फीड या गाय का दूध ज़्यादा बेहतर मानने लगे। पर सच ऐसा नहीं है। इसलिए ध्यान रखें। और अपने स्तर पर अध्ययन करें, जाने कि आपके बच्चे को आपसे मिलने वाले पोषण की कितनी अधिक आवश्यकता है। वैसे मैंने अपने दोनों बच्चों को पौने तीन साल तक दूध पिलाया है।

3

उसका बच्चा क्लस्टर फ़ीडिंग से नहीं जानकारी के अभाव से मरा

अख़बार में एक खबर पढ़ी। क्लस्टर फ़ीडिंग के कारण तीन दिन के बच्चे की मौत हो गई। ख़बर सुनकर कुछ पल को मैं भी डर गई थी। क्या ब्रेस्टफ़ीडिंग से भी किसी बच्चे की मौत हो सकती है? लेकिन फिर जब ख़बर पूरी पढ़ी और उसके कारण जाने तब असल बात समझ में आई। मौत के असल कारण जानने से पहले ये जान लेते हैं कि क्लस्टर फ़ीडिंग क्या होता है?

एक लम्बी चौड़ी परिभाषा की जगह मैं कम शब्दों में बताती हूँ कि जब एक नवजात या कुछ महीनों का बच्चा जो माँ का दुध पीता हो वो अपने रेगुलर अंतराल को छोड़कर जल्दी-जल्दी दूध पीने लगे, मसलन कोई बच्चा 2 घंटे के अंतराल से दूध पीता हो और अचानक किसी दिन वह 15-15 मिनिट में या एक-एक घंटे में दूध माँगने लगे, तो उसे क्लस्टर फ़ीडिंग कहेंगे। हाल के जन्मे बच्चे का तो यूँ कोई समय फिक्स नहीं होता, उसकी फ़ीडिंग ऑन डिमांड होती है। कहते हैं बच्चे तो दो बार बाथरूम करलें तो पेट खाली हो जाता है और फिर उन्हें फ़ीड करना होता है। लेकिन यदि बच्चा, माँ को छोड़ ही ना रहा हो तो? यदि वह हर दो मिनिट में दूध की माँग कर रहा हो तो? तो माँ को लगेगा क्या वो अपने बच्चे के लिए पर्याप्त

दूध नहीं बना पा रही है? ऐसा ही कुछ उस महिला के साथ हुआ जिसका 3 दिन का बच्चा डिहाइड्रेशन और कार्डियक अरेस्ट की वजह से इस दुनिया से चला गया। असल में पैदा होने के एक घंटे बाद से उसे अपनी माँ का दूध मिलना शुरू हुआ। लेकिन वह बच्चा लगातार 9 घंटे तक दूध की माँग करता रहा और उसकी माँ उसकी इस माँग को पूरी करती रही। वह अपने बच्चे को डॉक्टर के पास भी ले गई लेकिन डॉक्टर्स से उसे कुछ खास मदद नहीं मिल पाई। तब चूक कहाँ हुई? चूक हुई ये देखने में कि बच्चा कितनी बार सुसु कर रहा है। बच्चा सो क्यों नहीं रहा।

पिछले अध्याय में मैंने लिखा था कि जन्म के बाद बच्चे इतना फ़ैट लेकर आते हैं कि यदि उन्हें 48 घंटों यानि कि दो दिन तक भी माँ का दूध न मिल पाए तो वे आसानी से सर्वाइव कर सकते हैं। लेकिन जन्म के बाद के कुछ दिनों में बच्चों का सुसु और पोटी काउंट अधिक होता है। वे पल-पल में अपना पेट ख़ाली करते हैं। और उनका सुसु काउंट ही हमें बताता है कि बच्चे के पेट में पर्याप्त खाना पहुँच रहा है। बच्चा अगर एक घंटे में ३ बार सुसु कर रहा है तो मतलब उसका पेट ठीक से भर रहा है। यही उस महिला से चूक हुई, उसने यह जाँचने की कोशिश नहीं की कि उसका बच्चा लगातार रो क्यों रहा है, वह अपने डायपर गंदे क्यों नहीं कर रहा। असल में बच्चे को पर्याप्त दूध नहीं मिल पा रहा था, लेकिन दूध की चाहत में उसका मुंह लगातार मेहनत कर रहा था। उसके शरीर की उर्जा खर्च तो हो रही थी लेकिन वापस उतनी ही उर्जा उसे नहीं मिल पा रही थी, जिससे उसे डिहाइड्रेशन हो गया और अंत में कार्डियक अरेस्ट ने उस बच्चे की जान लेली। इस स्थिति में उस माँ को लगता है कि उसे अपने बच्चे को अपना दूध पिलाने की जगह बोतल दे देनी चाहिए थी। लेकिन सही मायनों में यह अच्छा उपाय नहीं है।

यदि आपको शंका है कि आपका दूध आपके बच्चे के लिए पर्याप्त नहीं हो पा रहा है तो आप उसके सुसु की काउंटिंग शुरू करें। देखें कि उसके

सुसु करने का अंतराल क्या है। आप पम्पिंग के ज़रिये भी यह जाँच सकती हैं कि आप एक बार में लगभग कितने ml दूध निकाल पा रही हैं। यदि आप पर्याप्त दूध दे पा रही हैं तो भी यदि बच्चा लगातार दूध की माँग कर रहा है तो उसके दो कारण हो सकते हैं, या तो बच्चा ठीक से दूध पीने के लिए अपनी पकड़ नहीं बना पा रहा है। या फिर कई बार ऐसा बच्चे शाम की खुराक में करते हैं जब वे रात को एक लम्बी पारी की नींद लेना चाहते हैं तो उससे पहले वे थोड़ी-थोड़ी देर में दूध माँगकर अपने लिए रातभर का पेट भर लेते हैं। पर परेशान न हों यदि आप सबसे अंतिम कैटेगरी में हैं तो आपका बच्चा एक-दो दिन में अपने रूटीन में वापस आ जायेगा यानि फिर से 2-3 घंटे के अंतराल पर और आप कुछ समय की तसल्ली वापस पा सकेंगी।

अब ब्रेस्टफ़ीडिंग से सम्बंधित कुछ ऐसी बातें बताना चाहूँगी जो मुझे किसी डॉक्टर ने नहीं बल्कि आस-पास के लोगों बताईं, या मेरी अपनी रिसर्च से पता चलीं।

1. “जैसे पानी पियोगे वैसे दूध निकलेगा”, यह पंक्ति वैसे तो फनी साउंड करती है लेकिन ऐसा वाकई होता है, मेरी आज़माइश है। यदि आप शांति से बैठकर धीरे-धीरे पानी पियेंगी तो आपके दूध का फ्लो भी उतना ही अच्छे से आएगा। और यदि आप एक साँस में गटगट करके पानी पिएँगी तो आपके दूध का फ्लो उतना ही तेज़ी से बनेगा जिससे बच्चे को दूध पीने में परेशानी होगी। इसलिए तसल्ली से पानी पिएँ।

2. गीले बालों में दूध पिलाने से बच्चे को जुकाम नहीं होता है। अक्सर बुजुर्ग महिलाएँ ऐसा कहती हैं, कि बाल धोकर तुरन्त बच्चे के सामने मत आओ, या गीले बालों में उसे दूध मत पिलाओ, बच्चा बीमार हो जाएगा। पर ऐसा नहीं है। हाँ यह ध्यान रखें कि आपके बालों

से पानी न टपक रहा हो क्योंकि पानी यदि बच्चे के ऊपर गिरेगा तो उसे परेशानी होगी लेकिन यदि आपके बाल पूरी तरह सूखे नहीं हैं और आपका बच्चा दूध की माँग कर रहा है तो उसे बेफिक्र होकर दूध पिलाएँ उसे कुछ नहीं होगा।

3. अक्सर बड़े लोग कहते हैं कि बच्चे को समय बाँधकर दूध पिलाना चाहिए जैसे एक या दो घंटे के अंतराल से, लेकिन सही तरीका यही है कि बच्चे को "ऑन डिमांड" फ़ीडिंग देनी चाहिए। विज्ञान कहता है कि कोई भी बच्चा अपनी भूख से अधिक दूध नहीं पीता, यदि उसका पेट भर गया है तो वह आपको छोड़ देगा। यानि जब वह भूखा है तभी माँग करेगा, और यदि आप घड़ी का इंतज़ार करेंगी तो वह परेशान होगा, इसलिए घड़ी को मत देखिए बच्चे को उसकी भूख के हिसाब से दूध पिलाइए।

4. खाना हमेशा तसल्ली से खाएँ, अच्छे से चबा-चबाकर खाएँ। यदि आप जल्दी-जल्दी खाना खा रही हैं तो वह आपकी आँतों से ज़्यादा मेहनत करवाएगा, और आपके बच्चे के लिए कम फ़ूड बनेगा, साथ ही पुराने लोग कहते हैं कि जल्दी-जल्दी खाना खाने से बच्चे को दूध पीते समय ठसका भी लगता है। यह कथन मुझ पर लागू हो चुका है। इसका वैज्ञानिक कारण क्या होगा या क्या कनेक्शन बैठता है मुझे समझ नहीं आया।

5. और अब आखिरी लेकिन सबसे ज़रूरी पॉइंट, जैसे दो बार सुसु करने से बच्चे का पेट खाली होता है, वैसे ही दो बार दूध पिलाने पर माँ का पेट भी खाली हो जाता है, इसलिए आप भी अपने भोजन में ज़्यादा गैप ना रखें। कोशिश करें कि दो घंटे के अंतराल पर कुछ न कुछ खा लें। आप स्वस्थ रहेंगी, समय पर खाएंगी तभी तो बच्चे के लिए स्वस्थ और पर्याप्त दूध बना पाएंगी।

4

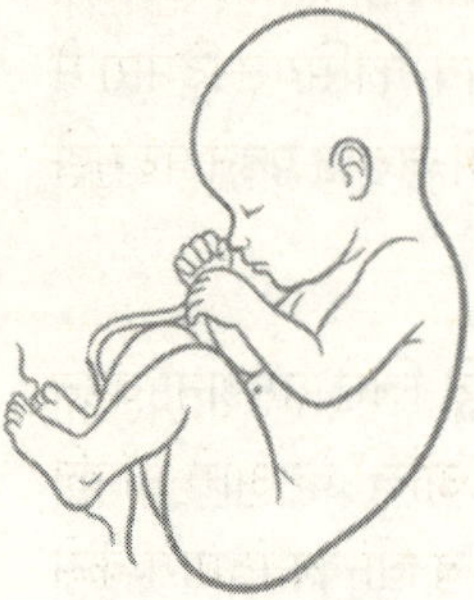

संभलकर आपका बच्चा हर पल सीख रहा है

सिबोरिया इन्फेक्शन की वजह से डॉक्टर ने हमें सख़्त हिदायत दे दी थी कि हम बच्चे की मालिश और नहाना किसी एक्सपर्ट दाई से करवाने की जगह ख़ुद करनी चाहिए। मैं हमेशा से चाहती भी यही थी कि अपने बच्चे का हर काम ख़ुद करूँ। लेकिन सिजेरियन डिलीवरी की वजह से शुरू के कुछ महीनों में वह संभव नहीं था। लेकिन जब डॉक्टर ने एक्स्ट्रा हाइजीन केयर के लिए कहा तो मैंने अपनी परिस्थिति को परे रखते हुए उसके सारे काम ख़ुद करने का निर्णय लिया। पहली बार माँ बनी थी। नन्ही-सी जान को नहलाना और उसकी मालिश करना कैसे होगा, मुझे नहीं पता था। मैं कुछ सोचती उससे पहले ही मेरे मस्तिष्क में एक छवि उभरने लगी। माँ के पैरों पर लेटी मेरी छोटी बहिन की छवि। जब बहिन हुई तब मैं चार साल की थी। दुनिया के हर बच्चे की तरह मेरी दुनिया भी तब अपनी माँ और बहिन के आस-पास ही घूमती थी। माँ दिन भर उसके कामों में लगी रहती थीं। उसकी मालिश नहलाना और बाक़ी काम। मैं बस माँ को देखती रहती। माँ साथ-साथ मुझसे भी बातें करती जाती और बोलती जातीं – “देख मैं क्या कर रही हूँ। ऐसे करते हैं, ऐसे नहीं करते हैं।” उस वक़्त शायद माँ को भी नहीं पता था वो जो कर रही थीं, और

मुझे बता रही थीं, वह जीवन भर मेरे दिमाग़ में स्टोर रहेगा। हर रोज़ दोहराई जाने वाली उन घटनाओं ने ख़ुद को मेरे सब-कोंसियस दिमाग़ में हमेशा के लिए डाउनलोड कर दिया। जो भविष्य में ज़रुरत पड़ने पर मुझे तब काम आया जब मुझे उसकी ज़रुरत थी।

मानव दिमाग़ एक विशेष कृति है। एक ऐसी कृति जिसे समझना बहुत ही रोमांचकारी हो सकता है। उस दिन जब मेरी आँखों के आगे माँ की वो मालिश करती छवि बनी, तो मैंने विस्तार से बच्चों का दिमाग़ कैसे काम करता है के बारे में जानने के लिए इन्टरनेट खंगाल डाला। और तब बहुत काम की बातें सामने आईं। आपको ये जानकर हैरानी होगी कि जन्म के समय बच्चों के दिमाग़ में 100 बिलियन न्यूरोन्स होते हैं। बिलकुल उतने ही जितनी उसके दिमाग़ में हमेशा रहेंगे। जैसे-जैसे बच्चा बड़ा होता है, ये न्यूरोन बढ़ते हैं, अपनी शाखाएँ फैलाते हैं और एक दूसरे से ख़ुद को जोड़ते हैं ताकि सिंग्नल पास हो सकें।

यहाँ और भी मजेदार बात ये है कि दिमाग़ के मामले में दुनिया का हर बच्चा समय से पहले पैदा हुआ ही माना जाता है। क्योंकि यदि उसके मस्तिष्क के सम्पूर्ण विकास के लिए उसे पेट में रख दिया गया तो उसके दिमाग़ का साइज़ उसके जन्म के समय से छः गुना बड़ा हो जाएगा। अब ऐसे में नार्मल डिलीवरी भला कैसे हो। इसलिए प्रकृति ने अपनी इस रचना में प्रेगनेंसी टाइम को थोड़ा कट-शॉट किया और नौ महीने में जब बच्चे के दिमाग़ को उसके पूरे न्यूरोन मिल जाते हैं तो बाहर निकालने का निर्णय लिया। और बाक़ी दुनियादारी सीखने के लिया बाहर छोड़ दिया। हैरान मत होइए अगर मैं ये कहूँ कि आपकी अंतरात्मा जो बड़े होकर अक्सर आपको ग़लत करने पर रोकती टोकती है, वो वही सब बातें होती हैं जो जन्म के दिन से लेकर छः साल तक हम देखते, सीखते या हमारे बड़े हमें दिखाते और सिखाते हैं।

डॉक्टर और शोधकर्ताओं का कहना है कि जन्म से लेकर छः साल तक की उम्र वो समय होती है जब बच्चों का दिमाग़ अपने आस-पास से सब कुछ डाउनलोड कर रही होती है। वो बैठना, चलना, बोलना, खाना और वगेरह वगेरह के साथ-साथ अच्छी बुरी बातों का फ़र्क़, दुनिया कैसी है और कैसे काम करती है भी सीखते हैं।

अब यह भी जान लेते हैं कि ये होता कैसे है? ये होता है तीन तरीक़ों से, सुनना, देखना और अनुभव करना या महसूस करना।

बच्चे अपने आस-पास के लोगों, या अपने बड़ों की बातों को सुनते हैं। आप ये मत सोचिये कि वो बच्चा है वो क्या समझेगा। वो सब समझता है गुरु, उसे हलके में मत लीजिये। बच्चे जिस तरह की बातें करते देखते हैं, वह हर रोज़ रिपीट होने पर उनके सब्कांशियस माइंड में सेव होता जाता है। और बड़े होने पर धीरे-धीरे वही उनकी बातों में शामिल होने लगता है।

यहाँ मुझे एक मज़ेदार किस्सा याद आता है जो मेरी माँ अक्सर सुनाया करती हैं कि किस तरह बच्चे भाषा सीखते हैं। अमूमन हिंदी भाषी घरों में बच्चों को आप बोलना सिखाया जाता है। मसलन किसी को भी संबोधित करो तो आप कहकर करो। हम बच्चों से भी आप-जनाब इसलिए करते हैं कि वे जब देखेंगे कि हम उन्हें आप कहकर पुकार रहे हैं तो वे भी बड़ों को आप कहेंगे। मेरे पापा मसखरी बहुत करते थे। उन्होंने बच्चों को बदमाशियाँ सिखाने में बड़ा आनंद आता। मैं तब बोलना सीख ही रही थी। माँ कहतीं, “इससे आप कहकर बात किया करो” और पापा दफ़्तर से आते ही सबसे पहला सवाल पूछते, “काय रे मोड़ी तें का कर रई” यह हमारी क्षेत्रीय बोली थी। इसमें कोई दिक़्क़त नहीं कि आप अपने बच्चों को क्षेत्रीय बोली सिखाएं लेकिन फिर यदि वे सबके सामने ऐसे ही बोलें तो शर्मिन्दा ना हों। तो हुआ ये कि एक दिन पापा के दफ़्तर

वाले कुछ लोग घर आए। मैं वहीं खेल रही थी। पापा ने मुझे आवाज़ दी सबसे मिलाने के लिए और उनके पास पहुँचते ही मैंने सबसे पहले कहा, "काय रे पापा तें का कर रओ।" पापा समेत वहाँ बैठे सब लोग हँस पड़े, लेकिन पापा को थोड़ी झेंप भी हुई। बच्चे घर में कुछ भी बोलें लेकिन मेहमानों के सामने उनकी परफोर्मेंस अच्छी ही होनी चाहिए यह एक आम सोच है। उस दिन के बाद से पापा ने मुझसे उसी भाषा में बात करनी शुरू कर दी जैसा मम्मी हमेशा कहती रहती थीं। आप जो कहेंगे हर वह बात बच्चा सुनेगा और हर उस बात से सीखेगा। जन्म के समय बच्चे की कोई भाषा नहीं होती फिर भी तीन वर्ष के उम्र तक आते-आते वही बच्चा किसी देश में हिंदी बोल रहा होता, किसी में मराठी, किसी में तमिल तो किसी में फ्रेंच, किसी में अंग्रेज़ी। यह सब उसके माहौल से मिले सबक होते हैं।

उदाहरण के लिए जैसे कोई मंत्र, पूजा, घर में होने वाले झगड़े, कहानियाँ, कविताएँ, गाली-गलौंच इत्यादि। इसलिए अब से जब भी अपने बच्चे के सामने कुछ बोलें सोच-समझकर बोलें। बेशक़ आप ऐसा इसलिए करेंगे क्योंकि आप उन्हें एक बेहतर इंसान बनाना चाहते हैं।

दूसरा, बच्चे अपने आसपास की घटनाओं में जो देखते हैं वे उसे भी डाउनलोड करते जाते हैं। वैज्ञानिकों का मानना है कि जो माँ-बाप अपने बच्चों को "क्यों" के साथ बड़ा करते हैं वे बच्चे बड़े होकर ज़्यादा सुलझे हुए और व्यापक दृष्टिकोण रखते हैं। यदि आप बच्चे को किसी क्रिया के बारे में बता रहे हैं, जैसे सड़क पर दाहिनी तरफ़ ही क्यों चलना चाहिए, खाना सीधे हाथ से ही क्यों खाना चाहिए, या ऐसा क्यों करना चाहिए या वैसे क्यों नहीं करना चाहिए सिखाते वक़्त उन्हें इस क्यों का जवाब ज़रूर दें। यह न सिर्फ़आपके बच्चे की जानकारी में इज़ाफा करेगा बल्कि उसे एक व्यापक दृष्टिकोण और सुलझी हुई समझ के साथ-साथ निर्णय लेने की विल-पॉवर भी देगा।

तीसरा, अनुभव करना, इसके बारे वैज्ञानिक क्या कहते हैं से पहले मैं चाहूँगी कि आप एक बार अपने आस-पास के बच्चों को ध्यान में लाएँ। क्या आपके आस-पास कोई ऐसा बच्चा है जो ज़्यादा सहमा हुआ या आक्रोशित रहता है? यदि हाँ तो क्या उसके घर का माहौल सामान्य है? यक़ीनन आपका जवाब होगा नहीं। माता-पिता या परिवार के अन्य लोगों के बीच होने वाले मतभेदों, मोहल्ले के लोगों, रिश्तेदारों, अध्यापकों और अब तो सोशल मीडिया की भी ज़िम्मेदारी बनती है कि वे नन्हे-मुन्ने पौधों में कैसा पानी डाल रहे हैं। पानी साफ़ शुद्ध होगा तो ये बच्चे उसी अनुभव और अहसास के साथ बड़े होंगे, बड़े होकर शुद्ध माहौल बनाएँगे। और यदि पानी प्रदूषित होगा तो बस अंजाम आप ही जाने।

एक रिसर्च कहती है कि जन्म के बाद से तीन साल तक बच्चों को उन्हीं लोगों के साथ छोड़ना चाहिए जिनके जैसा आप उन्हें बनाना चाहते हों, या फिर जिनके आस-पास रखकर आप अपने बच्चे को कुछ सिखाना चाहते हों। क्योंकि इंसानी दिमाग़ का सबसे तेज़ विकास जन्म के बाद शुरू के तीन सालों में होता है। और यह विकास और भी बेहतर और अच्छा बन जाता है जब इन तीन सालों तक बच्चे को माँ का दूध भी मिलता रहे।

और कुछ ज़रूरी बातें,

चार से पाँच माह में जब बच्चा हूँक भरने लगता है तब वह आपसे कह रहा होता है कि मैं सीखने के लिए तैयार हूँ मुझे सिखाओ।

बच्चों के लिए दुनिया दो भागों में बंटी है, एक वो जो उसकी उत्सुकताओं पर प्रतिक्रिया दे, और दूसरी जो नहीं दे। इसलिए लर्निंग सीडी, मोबाइल्स

पर क्लिपिंग्स को एक तरफ़ रखिए और अपने बच्चे के साथ खेलिए, वही उसके ब्रेन डेवलपमेंट के लिए सहयोगी है।

वे जितना सोना चाहें उन्हें सोने दें। क्योंकि वे सिर्फ़ तभी सोयेंगे तब उनका दिमाग़ थक जाएगा। उन्हें बिना मतलब में जगाकर खिलाने या सिखाने की कोशिश न करें। बच्चे जितना सोते हैं उतना अच्छे रहते हैं।

मेरी बेटी जैसे-जैसे बड़ी हो रही थी मैंने ध्यान देना शुरू किया कि वह पढ़ने-लिखने में उस तरह रूचि नहीं ले रही है जैसे मेरा बेटा उस उम्र में लेता था। मैं बार-बार यह बात दोहराती हूँ कि हर बच्चा अलग होता है। मेरा बेटा साढ़े चार वर्ष की उम्र में हिंदी पढ़ना सीख गया था। वहीं मेरी बेटी अभी ठीक से वर्णमाला नहीं याद रख पाती है। इसका अर्थ यह नहीं कि उसमें बुद्धि कम है, इसका अर्थ यह है कि संभवतः उसका इंटरेस्ट अलग चीज़ों में है और उसके सीखने का तरीक़ा भी बिलकुल अलग है। कुछ लोग थ्योरी से सीखते हैं कुछ प्रेक्टिकल से। मेरे सामने यदि कोई एक घंटे का भाषण दे तो संभवतः मुझे उसमे से कुछ भी समझ नहीं आएगा, लेकिन यदि मेरे सामने कोई एक घंटे का कोई प्रेक्टिकल या डेमो क्लास दे तो मैं उसे हू-ब-हू कर सकती हूँ। क्योंकि मैं देखकर सीखती हूँ, सुनकर नहीं। मेरा बेटा सुनकर अधिक सीखता है, जबकि मेरी बेटी देखकर। उसकी यही बात समझने में मुझे थोड़ा-सा वक़्त लगा जब मैंने उसके एक्शन ओब्ज़र्ब करना शुरू किए। धीमे-धीमे मुझे समझ आया कि समस्या यह नहीं कि यह पढ़ना नहीं चाहती। समस्या यह है कि हमें इसे अलग तरह से सिखाना होगा। बच्चे कोई गाय-गोरू नहीं हैं कि सभी को एक ही लाठी से हाँका जा सके। हर बच्चे पर ध्यान देना होगा यदि आप उन्हें वाकई कुछ सिखाना चाहते हैं तो।

अधिकांश लोग यह नहीं जानते कि वे किस माध्यम से जल्दी सीखते हैं। या ऐसी कोई भिन्नता होती भी है। ख़ुद के अलावा वे अपने बच्चों

के बारे में भी यह पता करने की कोशिश नहीं करते। हम देखा-देखी के ज़माने में हैं। फलाने का बच्चा इतनी क्लासेस जाता है, इतना तेज़ी से सीखता है, ऐसा करता है तो मैं भी अपने बच्चे को वैसा ही कराऊँ। बच्चों को एक्सट्रा करिकुलम के नाम पर ढेर सारी एक्टिविटी कराने में दिक़्क़त नहीं। दिक़्क़त है आपका यह ना जानना कि आपका बच्चा क्या और किस तरह जल्दी सीखेगा। हो सकता है वह विज़ुअल्स में अच्छा हो आप उसे रीडिंग में धकेल रहे हों।

बचपन में मम्मी मंदिर ले जाती थीं। प्रवचन सुनाने। बहन इधर-उधर भटककर भी सब सुन लेती थी और मैं एक जगह बैठकर भी जाने मन-मस्तिष्क से कहाँ-कहाँ भटक रही होती थी। लगातार कुछ सुनते हुए मैं ज़्यादा देर तक उसमें ध्यान नहीं एकाग्र कर पाती। विचार भटका देते हैं और फिर पुनः पुनः सुनना पड़ता है। क्लासरूम में टीचर के लेक्चर हों या ऑडियो में कुछ भी मैं लगातार सुनते हुए कई बार भटक जाती हूँ। कानों में जा रही आवाज़ मस्तिष्क तक नहीं पहुँचती और इसलिए चंद सेकेंड पहले ही क्या सुना याद नहीं रहता। यही कारण है कि मैंने अब तक किसी ऑडियो बुक को ट्राय नहीं किया। उनके सैंपल सुनते हुए ही मैं कई बार भटक जाती हूँ। यहाँ तक कि रेडियो पर जब अपनी ही लिखी कहानियाँ आती थीं मैं वे भी एक बार में ध्यान से पूरी नहीं सुन पाती थी।

बच्चों के लिए लर्निंग से कुछ बातें पढ़ रही थी तो जाना कि हम सभी के लर्न करने का यानि सीखने का अलग-अलग तरीक़ा होता है। कोई पढ़कर या बोलकर यानी रीडिंग या रिसाइटिंग से, कोई देखकर यानि विज़ुअल्स से और कोई सुनकर यानि लिसनिंग से। हम सभी यदि अपने बारे में (चाहे जिस भी उम्र में आप हों) यदि यह पता कर लें कि हम सबसे ज़्यादा फ़ास्ट किस माध्यम से सीखते हैं तो हम उस माध्यम को चुनकर अपनी लर्निंग प्रॉसेस को आसान बना सकते हैं। इससे शारीरिक और मानसिक दोनों तरह की मेहनत बचती है।

यही हमें अपने बच्चों के लिए भी यही करना चाहिए। यह पता लगाने की कोशिश करनी चाहिए कि हमारा बच्चा किस तरह जल्दी सीखता है। क्या सुनकर वह जल्दी सीखता, या वह पढ़कर या दोहराकर जल्दी सीखता है या फिर वह देखकर जल्दी सीखता है। यही कारण है कि क्लास में तो टीचर सबको एक जैसा पढ़ाते हैं लेकिन सब अलग-अलग क्षमता से उसे ग्रहण कर पाते हैं। हर बच्चे को एक ही डंडे से हाँकने की जगह यदि स्कूल्स में भी शिक्षक इन्हीं सब बातों को ध्यान में रखकर पढाएं तो अलग-अलग बच्चे की अधिकतम क्षमता का बेहतरीन इस्तेमाल किया जा सकता है।

उस्ताद अल्लाह रखा ख़ान ने अपने बेटे यानि ज़ाकिर हुसैन को तीन साल की उम्र से ही तबला बजाने की ट्रेनिंग देनी शुरू कर दी थी। आप अपने बच्चे को क्या सिखा रहे हैं?

5

वो सोने से पहले इतना क्यों रोता है?

रात हो चली थी, 8 बजे रहे थे। मुझसे मिलने मेरी कुछ सहेलियाँ आईं थीं। थोड़ी देर हम लोगों ने बात की और फिर मेरा डेढ़ महीने का बेटा रोने लगा। मैं उसे चुप कराने में लग गई, लेकिन मैं जानती थी कि वो इतनी जल्दी चुप नहीं होगा। उसे नींद आ रही थी। वो मेरा साथ चाहता था। पैदा होने से लेकर अब तक लगभग हर रात मेरी जागते हुए, या उसे गोदी में लेकर बैठे हुए बीती थी। इसलिए इतना अंदाजा हो गया था कि रात के वक़्त उसका रोना किसी बीमारी का संकेत नहीं बल्कि एक रूटीन जैसा हो गया है। तब मैंने जानकारी इकठ्ठा करनी चाही कि आखिर शाम होते ही मेरा बेटा अपना कलेजा बाहर निकालकर क्यों रोता है?

असल में शाम को रोने को लेकर कई भ्रांतियां भी हैं, जैसे बच्चे का पेट दुःख रहा है, हींग लगा दो, या बच्चा का पेट नहीं भर रहा, वह भूखा रहता है या उसे कोई तकलीफ़ है आदि आदि। इस तरह की बातों से कई बार माँ दिक़्क़त में पढ़ जाती है, वह ख़ुद को हीन समझने लगती है। जबकि असल कारण कुछ और होते हैं। हम माओं को अपने बच्चे का रोना अगर दूर करना है तो सबसे पहले हमें उन्हें क़रीब से, बहुत क़रीब से समझना होगा। उनके रोना का मतलब हम तभी समझ सकते

हैं जब हम उनके रोने का अर्थ निकाल पाएँगे। बच्चे का रोना भी एक भाषा है। अगर उसे भूख लगी है तो वह अलग तरह से रोता है, अगर उसे और लेटना नहीं है तो रोने की आवाज़ अलग होती है, वैसे ही जैसे उसे कोई तकलीफ़ या दर्द होता है तो वह अलग तरह से रोता है। अगर बच्चे को नींद आ रही है तब भी उसका रोना अलग होता है। डेढ़ महीने के चौबीस घंटे वाले साथ ने मुझे मेरे बेटे के रोने को डिकोड करना सिखा दिया था। इसलिए मुझे पता था कि कब वह सोने के लिए रोता है और कब दर्द या भूख आदि से। हर रोज़ रात को घंटों तक जो उसके रोने का क्रम चलता था वह इसलिए कि बच्चे अभी पेट के बाहर की दुनिया से पूरी तरह वाकिफ़ नहीं हैं, उन्हें नहीं पता कि रात होती है तो सोना है और दिन होता है तो उठाना है। बच्चों के रोने को लेकर जो भ्रांतियाँ हैं उनके कारण कुछ इन वजहों से भी हो सकते हैं, जैसे,

बच्चा देर से सोयेगा तो देर तक सोएगा, सुबह के समय में माँ को बहुत काम होते हैं। इसलिए वह चाहती है कि उसका बच्चा सुबह देर तक सोता रहे ताकि वह झटपट काम निपटा ले। अगर बच्चा सुबह जल्दी उठ जाएगा तो उसे बच्चे को समय देना पड़ेगा और फिर काम करने में दिक़्क़त होगी। पर असल में बच्चे ऐसा नहीं सोचते। बच्चे प्राकृतिक नियम के हिसाब से चलते हैं। जल्दी सोना जल्दी उठना। रिसर्च कहती है कि यदि बच्चों को शाम में जल्दी सुलाया जाए तो वे एक भरपूर और अच्छी नींद सो पाते हैं। देर तक जगाने से बच्चे ज़्यादा थक जाते हैं जिससे वे रोना शुरू कर देते हैं। फिर उन्हें नींद आती है लेकिन वे सो नहीं पाते इसलिए रोते हैं।

उसे ऊपर का दूध दिया करो, पूरी रात सोएगा, कई लोगों का मानना है कि बच्चों को देसी घुट्टी, या गाय का दूध देने से वे पूरी रात सोते हैं। यह कुछ हद तक संभव हो सकता है लेकिन यह बच्चों की प्राकृतिक रूप से बढ़ने की प्रक्रिया को क्षति पहुँचा सकता है। रात में दो-तीन घंटे में यदि

बच्चा माँ का दूध पीने के लिए बार-बार उठ रहा है तो यह उसके लिए दो कारणों से अच्छा है। एक तो यह उसका प्राकृतिक क्रम है, दूसरा बच्चा अपनी भूख को अपने हिसाब से समझने की कोशिश कर रहा है। यदि हम उसे रात्री में ओवर लोड करके सुला दें, तो हो सकता है वह सारी रात भूख से न उठे, लेकिन ऐसे में उसकी आँतों एवं पाचन शक्ति पर असर पड़ता है। जो उसे धीरे-धीरे पचाना चाहिए था, अब उसके ऊपर इकठ्ठा डाल दिया, जो उसके लिए भविष्य में नुकसानदेह होता है। अब यदि आप अपने बच्चे को छः माह तक सिर्फ़ माँ का दूध ही देने का निर्णय ले चुके हैं तो रात में जागने के लिए भी तैयार रहिए। दोनों हाथ में लड्डू तो नहीं मिल सकते ना। माँ का दूध बच्चे के लिए सबसे ज़्यादा गुणकारी और लाभकारी है, लेकिन साथ ही वह जल्दी पच भी जाता है। इसलिए बच्चों का छोटा-सा पेट जल्दी खाली हो जाता है। और भूख उनकी नींद में खलल डालकर उन्हें आपको उठाने के लिए मजबूर कर देती है। पर यह सिर्फ़ कुछ महीनों की बात है। बच्चे के जीवन भर की तंदुरुस्ती और सेहत के लिए हम मात्र छः माह तक तो इतना कर ही सकते हैं, हैं ना?

वर्ल्ड हेल्थ ऑर्गेनाइजेशन कहता है कि जो बच्चे सिर्फ़ माँ के दूध पर छः माह बिताते हैं वे ज़्यादा बेहतर इम्युनिटी और सेहत पाते हैं। ज़्यादा मोटा करने की चाह में आप अपने बच्चे की चर्बी अभी से मत बढ़ाइए। सब बच्चे एक जैसे नहीं होते। बच्चे को मोटा करने की चाह ने उसे ज़बरदस्ती सुलाइए मत और न ही फार्मूला फ़ीड आदि दीजिये। यह सब सिर्फ़ तब के लिए जब आप किसी वजह से अपना दूध देने में सक्षम ना हों।

अब बात करते हैं सुलाने के लिए की जाने वाली ब्रेस्टफ़ीडिंग की। कई बार कई लोगों ने मुझे ऐसा कहा कि सुलाने के लिए दूध पिलाने की आदत मत डाल, बच्चा फिर बिना इसके सोएगा ही नहीं। यह कितना ठीक है, कितना ग़लत है और क्यों समझने की कोशिश करते हैं!

असल में बच्चे तभी चैन की नींद सो सकते हैं जब वे अपने आपको सुरक्षित माने। ऐसे में माँ की छुअन और उसके साथ से ज़्यादा सुरक्षित उन्हें क्या लगेगा? इसके अलावा माँ के दूध में cholecystokinin नाम का हार्मोन भी होता है। जो माँ और बच्चे दोनों के लिए ही नींद लाने का काम कर देता है। इसके अलावा माँ के दूध में tryptophan नामक हार्मोन भी होता है, जो नींद लाने वाला एमिनो एसिड भी है। माँ के रात वाले दूध में एमिनो एसिड भी होता है, जो serotonin synthesis में सहायक है, जिससे जागने-सोने की प्रक्रिया बनती है। इसलिए माँ का दूध स्वास्थ्य के हिसाब से भी बच्चे के लिए लाभकारी है। अब यदि इसका कोई नुक्सान है भी तो वह इकलौता यह है कि बच्चे को माँ का दूध पीकर सोने की आदत हो जाएगी। लेकिन लम्बे समय के लिए यह कोई नुकसान के जैसा नहीं हैं, क्योंकि जैसे-जैसे बच्चा बड़ा होगा, वहः अपने से सोना सीखने लगेगा। तब यह आदत उसे परेशान नहीं करेगी। न ही आपको परेशान करेगी। इसलिए यदि आपका बच्चा कलेजा फाड़कर रोता है तो उसे दूध पिलाएँ, लोरी सुनाएँ और थोड़ी प्यारी-प्यारी थपकी दें, फिर देखिए वह सो जाएगा। नहीं भी सोता है तो उसे आपके पास रखिए, आपके कलेजे से लगकर वह बेशक चुप हो जाएगा। और धीमे-धीमे सोना भी सीख जाएगा।

6

अपने रोते हुए मुन्ने को कैसे चुप कराऊँ?

रात के 9 बज रहे थे। मैं बेटे को दूध पिला रही थी। दूध पीने के बाद वो कुछ मिनिट सोया और फिर रोने लगा। उसके जन्म के लगभग पंद्रह दिन बीत चुके थे। लेकिन वह रोता क्यों है मैं समझ नहीं पाती थी। बात सिर्फ़ रात की होती तब भी ठीक था। वह दिन में भी कई बार रोता था। बड़े बुज़ुर्ग कहते हैं कि अच्छा है, बच्चों को रोना चाहिए उनका गला खुलता है। हमारे यहाँ एक वैध जी है, वो कहते हैं कि बच्चों को दिन में कम-से-कम एक घंटा रोना चाहिए। यह उनके एक्सरसाइज करने का अपना एक तरीक़ा होता है। बच्चे जब रोते हैं तो उनका कपालभाती प्राणायाम अपने आप हो जाता है। यदि वे नहीं रोएँगे तो बीमार होंगे। इसलिए बच्चों को रोने दें। ठीक है! रोने दिया, लेकिन कब तक। हम नयी-नयी माँ बनते ही मोह में इस तरह बंध जाते हैं कि हमसे उनका रोना, एक घंटे क्या एक मिनिट भी नहीं सहा जाता। जब बच्चा रोते हुए अपना कलेजा ही बाहर निकाल दे, उसकी दहाड़ें इतनी तेज़ हों कि आप डर जाएँ, रोते समय उसका शरीर लाल पड़ जाए तो ऐसे में कितनी देर उसे रोने दिया जा सकता है। इसलिए हम चाहते हैं कि वे किसी भी तरह चुप हो जाएँ, खेले, या सोएँ। मैं भी ऐसा ही सोचती थी। इसी क्रम

में मैं उसे घंटों गोदी में घुमाती, कभी लोरी सुनाती या कभी थपथपाती। कोई एक उपाय नहीं मिलता था जिससे उसके अकारण रोने का क्रम ना शुरू हो। मेरी इस समस्या से मेरी माँ परिचित होने लगी थीं। तब उन्होंने अपने अनुभव बाँटें, और रोते हुए बच्चे को आसानी से कैसे चुप कराएँ के कई कारगर तरीक़े मुझे बताए, जो मैं यहाँ आपको बता रही हूँ इसका इस्तेमाल आप अपने विवेक से करें।

गुनगुनी सिकाई

कई बार ऐसा भी होता है बच्चे का पेट दुःख रहा है। लेकिन वह कह नहीं पा रहा। हालाँकि पेट की तकलीफ़ को आप पेट दबाकर पता कर सकती हैं। यदि उसका पेट दबाने पर कड़क है तो निश्चित ही उसे कब्ज या गैस हो रही है। यदि पेट छूने पर नरम है तो समस्या नहीं है। लेकिन कई बार नरम होते हुए भी हो सकता है उसे कोई भीतरी तकलीफ़ हो रही है। पेट के अलावा बच्चों की लेटे-लेटे पीठ भी दुखने लगती है। इसलिए आप एक छोटा तोलिया लें, उसको गरम पानी में अच्छे से डुबोकर निचोड़ लें। और फिर उस गुनगुने तोलिए बच्चे के पेट व पीठ की हलकी सिकाई करें। ध्यान रखें तोलिया ज़्यादा गरम न हो। सिंकाई करते ही बच्चे को आराम मिलेगा और वह चुप हो जाएगा।

गरम कपड़े से सिकाई

छोटे बच्चों को यदि ठण्ड लग रही है, या उन्हें जुकाम है तो पता लगाना थोड़ा कठिन होता है। बहुत छोटे बच्चो की जुकाम में नाक नहीं बहती। इसलिए यदि आपको अंदेशा हो रहा है कि मौसम बदल रहा है। हलकी ठंडक आने लगी है तो आप तवा गरम करें, उस पर किसी भी सूती कपड़े

को हल्का गुनगुना करके बच्चे की छाती की सिकाई करें। इससे उसे आराम मिलेगा और कफ़ भी नहीं जम पाएगा।

तेल मालिश

बच्चों को सुलाने के लिए तेल मालिश एक कारगर उपाय है। हलके हाथों से बच्चे की मालिश या बॉडी मसाज उन्हें आराम देती है। और सोने में मददगार होती है।

प्यार भरी थपकी

थपकी देकर सुलाना सबसे आसन तरीकों में से है। बच्चे को कंधे पर लेकर या गोदी में लिटाकर उसे थपकी लेने से आराम मिलता है। यदि आप उसे कंधे पर लेकर थपकी दे रहे हैं तो वह उसका खाना पचाने में मदद भी करेगी। गैस आदि निकालने में जो डकार के रूप निकल जाती है। कई बार हमें लगता है कि बच्चे का पेट भर गया है। लेकिन असल में उसके पेट में गैस ने अपनी जगह बना ली होती है। ऐसे में यदि हम थपकी देते हैं तो गैस बाहर निकल जाती है। और बच्चा अच्छे से पेट भरकर दूध पी सकता है।

एक्सरसाइज है मददगार

आप यदि जिम जाते हैं, या दौड़ने या घूमने जाते हैं तो आपका शरीर थककर सोने की माँग करता है। आपको अच्छी नींद आती है। वैसे ही बच्चों के साथ भी है। यदि आप उनके सुबह-शाम मालिश करते हैं तो उसके बाद उनकी हल्की-हल्की हाथ पैरों की मालिश आदि

एक्सरसाइज करने से उन्हें अच्छी नींद आती है। लेकिन याद रखें कोई भी एक्सरसाइज किसी जानकार से पूछने के बाद या डॉक्टर की सलाह लेकर ही करें।

शांति होती है मददगार

छोटे बच्चों का मन जल्दी भटकता है। कान तेज़ होते हैं। इसलिए कोई भी आवाज़ उन्हें जल्दी डिस्टर्ब कर देती है। बेहतर होगा कि आप उन्हें किसी शांत अँधेरे कमरे में सुलाने की कोशिश करें। कई बार बड़े लोग हमें ऐसा करने से रोकते हैं उन्हें लगता है कि बच्चों को इसकी आदत पड़ जाएगी। पर असल में ऐसा नहीं है। जब आपका बच्चा छः माह का हो जाए तो आप उसकी सारी आदतें बदलना शुरू कर सकती हैं। मसलन जब बच्चा माँ के दूध के अलावा ऊपर का खाना भी खाने लगता है, और दिनभर खेलने लगता है तो उसे रात में अपने आप अच्छी नींद आने लगती है। तब आप उसे अँधेरे में सुला रहे हैं या शोर में सुला रहे हैं उसे तो बस सोने से मतलब होता है।

रंग और संगीत होता है मददगार

मेरे बेटे को सुलाने के लिए मैंने हर संभव कोशिश कर ली थी। वह जब रोना शुरू करता था तो कई-कई घंटों तक चुप नहीं होता था। ऐसे में तरह-तरह की लाइट्स एवं संगीत काफ़ी मददगार रहे। हम उसे अलग-अलग तरह की लाइट्स और रंग दिखाते थे। रंग फिर चाहे पर्दों के हों। या फूलों के। बच्चे रंगों की तरफ़ बहुत आकर्षित होते हैं। आप अलग-अलग रंगों के बलून्स भी कमरे में लगाकर उन्हें मन बहला सकते हैं।

बच्चों के मन को शांत रखने के लिए और उन्हें किसी एक माध्यम से 'होमली' अहसास देने के लिए मैंने संगीत चुना। कुछ चुनिन्दा भजन, लोरियाँ और शास्त्रीय संगीत। इसका फायदा यह हुआ कि हम अगर कहीं बाहर हैं, ट्रेन में सफ़र कर रहे हैं, बच्चे को नींद आ रही है और शोर के कारण वो सो नहीं पा रहे तो धीमी आवाज़ में उनका स्लीपिंग साँग लगाकर मैं उनके सिरहाने रख देती हूँ, इससे वे आसानी से सो जाते हैं। बच्चे संगीत से सीखते हैं, बोल समझते हैं, याद रखने की कोशिश करते हैं और संगीत उनकी जिज्ञासा को बढ़ाता है। शब्दों के अर्थ जानने के लिए उकसाता है। आप अपने बच्चों से कैसे सवालों की उम्मीद करते हैं? क्या आप चाहते हैं कि वे आपसे "शीला की जवानी" और "मुन्नी बदनाम हुई" जैसे सवाल पूछें? या फिर वे कोई अर्थपूर्ण कविता या गीत/भजन से उसका भावार्थ पूछें?

अद्वैत और सर्वात्मिका दोनों को शुरू से ही आध्यात्मिक संगीत सुनाकर सोने की आदत डाली। शुरुआत में ख़ुद से भी लोरियाँ सुनाईं और साथ ही संगीत भी। पहले प्लेन म्यूज़िक से शुरू किया, जैसे-जैसे बड़े हुए, लिरिक्स के साथ वाला संगीत सुनाया। जिसमें कई भजन, प्रार्थनाएँ आदि शामिल हैं। दोनों ही बच्चे बॉलीवुड म्यूज़िक, आइटम सांग्स आदि से अभी अनभिज्ञ हैं। बाहर यदा-कदा कहीं सुन आएं तो अलग बात है। उनके लिए संगीत का अर्थ प्रार्थनाएँ, कविताएँ और भजन आदि हैं। कुछेक प्रार्थनाएँ और श्लोक कम उम्र में भी दोनों को याद भी हो गए।

एक दिन अद्वैत अपने पापा के साथ कहीं जा रहे थे। तब से सवा तीन साल के थे। गाड़ी में "जो बीत गई सो बात गई" बज रहा था। हरिवंश राय बच्चन की इस कविता को कुमार विश्वास जी ने संगीत के साथ सुंदर तैयार किया है। समर्थ उसे लूप में सुनते हैं। अद्वैत घर आकर वही गाने लगा "जो बीत गई सो बात गई।" मैंने पूछा "ये कहाँ से सीखा?" तो

बोला "गाड़ी में" अब वो जब भी गाड़ी में जाए इसी को सुने। कुछ दिन उसने सोते समय भी इसी को सुनने की माँग रखी। एक दिन मैंने नोटिस किया कि वह कई सारी पंक्तियाँ दोहरा रहा है और कुछ उसे याद भी हो गई थीं। सुनते-सुनते कुछ ठहरकर कविता में आए कुछ शब्दों के लिए उसने सवाल किए, "पछताता क्या होता है?"

मैंने समझाया, "जैसे आप बहुत तेज़ भागते हो फिर गिर जाते हो तो चोट लगती है ना, तो आपको लगेगा कि आपको थोड़ा धीरे चलना चाहिए था, ये समझना ही पछताना हुआ।"

उसने फ़ौरन दूसरा सवाल किया, "जीवन क्या होता है?"

मैंने कहा, "हम जो जी रहे हैं, पहले आप छोटे थे, फिर थोड़े बड़े हुए, फिर और बड़े हो जाओगे, सुबह से शाम तक जो हम करते हैं, ये सब जीवन है"

उसने अगला सवाल किया, "ममता क्या होता है?"

मैंने कहा, "मम्मा जो आपसे प्यार करती है उसे ही ममता कहते हैं"

और "शोक क्या होता है?"

मैंने कहा, "शोक मतलब दुःख"

"तो दुःख क्या होता है?"

"दुःख मतलब, जब मैं आपको डाँटती हूँ तो आपको बुरा लगता है ना वही दुःख है"

"और अम्बर मतलब?"

"अम्बर मतलब आसमान"

इसके बाद सवाल पूछते-पूछते उसे नींद आने लगी थी, उबासियाँ लेने लगा और कुछ देर में सो गया। जाने मैं उसके सवालों के ठीक से उत्तर दे भी पाई थी या नहीं लेकिन मुझे इतना समझ आया कि बच्चे नासमझ नहीं होते। बचपन से ही हम जैसे चाहें उनकी रुचि वैसी बना सकते हैं। बच्चन साहब की इस कविता को वह याद करना चाहता है। मुझसे कहता है याद करा दो। मैंने मन बनाया है कि इसके बाद उसे कई अन्य कविताएँ जो सरल भाषा में होंगी याद कराउंगी। अभी भले ही वह सबके अर्थ को, मर्म को ना समझे लेकिन इनके प्रति बनने वाला उसका रुझान, और भावार्थ समझने के लिए पैदा होने वाली ललक उसके भीतर नींव तैयार करेगी।

अब अद्वैत 8 वर्ष के हो गए हैं और उन्हें कुछ भजन, कविताएँ और मंदिर के पूजा-पाठ के हिस्से याद हो गए हैं।

शास्त्रीय संगीत या सॉफ्ट म्यूजिक भी बच्चों को काफ़ी पसंद आता है। यह उनके मस्तिष्क विकास के लिए भी मददगार होता है। अच्छा और शांत म्यूजिक हो तो हम बड़े भी शांति महसूस करते हैं। बच्चे भी वैसे ही हैं। उन्हें भी अच्छा और शांत म्यूजिक शांति देता है। और रोते हुए बच्चे को चुप कराकर सुलाने में काफ़ी मददगार होता है। अबकी बार बच्चा रोए तो उसे कुछ बढ़िया सुनाइएगा।

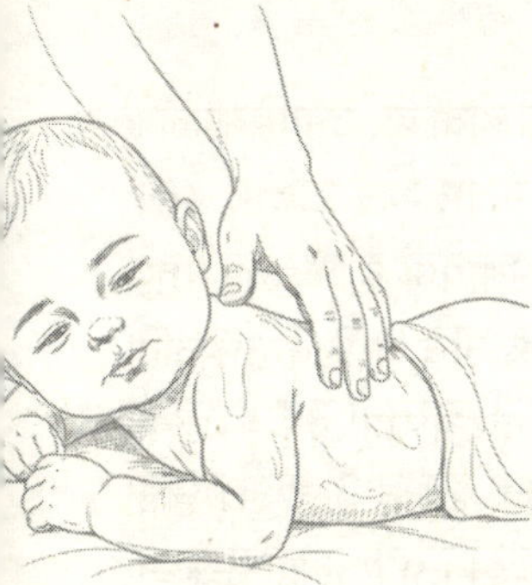

7

कैसी हो तेल मालिश?

एक सहेली ने सवाल पूछा, "मुझे अपने बच्चे की कितनी बार मालिश करनी चाहिए? घर में सभी कहते हैं कि दिन में पाँच बार करो।" मैं उसकी बात सुनकर न सिर्फ़ हैरान थी बल्कि आश्चर्यचकित भी। इस बात का जवाब देने से पहले मैं यहाँ अपना एक सवाल रखूँगी, क्या आप दिन में पाँच बार अपनी मालिश करवा सकते हैं? मेरे ख़याल में अधिकांश लोग इसका जवाब न में ही देंगे। मालिश यानि हमारे शरीर की सारी मसल (मॉस-पेशियों) की एक्सरसाइज। दिन में पाँच बार एक्सरसाइज नहीं कर सकते। तो फिर एक नन्ही-सी जान की, जिसकी माँस-पेशियों को अभी बने हुए ही समय नहीं हुआ उसकी पाँच बार व्यायाम कैसे करा सकते हैं? ये सच है कि एक स्वस्थ और सेहतमंद बच्चे के लिए हमें उसकी प्रतिदिन मालिश करनी चाहिए, लेकिन अति सर्वत्र वर्जयते वाली बात यहाँ भी लागू होती है। यदि आप दिन में पाँच बार मालिश करेंगे तो वह बच्चे के लिए हानिकारक है। बच्चों की मालिश के लिए सही तरीके, सही तेल और सही समय का चुनाव बहुत ज़रूरी है।

सबसे पहले मैं मालिश कैसे करें पर बात करती हूँ। हम नयी-नयी माओं के लिए यह थोड़ा सावधानी पूर्वक करने वाला काम होता है। नन्हे-नन्हे

हाथ पैर, जिन्हें छूने पर ही नाजुक-सा अहसास होता हो, उनकी मालिश कैसे करें? कई घरों में यह फायदा होता है कि या तो कोई मालिश वाली मिल जाती है, या कोई बुजुर्ग महिला मालिश कर देती है जिन्होंने पहले भी कई बच्चे पाले हैं, या जिन्हें अनुभव है। पर, यदि मालिश ख़ुद यानि नई बनी माँ को ही करनी हो तो बहुत सावधानी बरतनी पड़ेगी। कहीं हमारा हाथ जोर से न चल जाए, कहीं कोई नस न दब जाए, कहीं ज़्यादा रगड़ न जाए, त्वचा को कोई हानि न पहुँच जाए। इसके अलावा बच्चा जब छोटा होता है तो उसके मल-मूत्र का कोई समय नहीं होता, उसे भूख भी लगती है, वह हाथ पैर भी चलाता है, कभी रोने भी लगता है। इतनी सारी बातों का ध्यान रखते हुए कोई काम करना हो तो पहले ही मन में डर समाने लगता है। पर थोड़ा सहज भाव से और आप इस ख़याल से कि आप अपने बच्चे को कोई हानि नहीं पहुंचा सकतीं, शुरू करेंगी तो सब बढ़िया से हो जाएगा। मालिश कैसे और कहाँ से शुरू करें की जानकारी बहुत ज़रूरी है। मैं कोई एक्सपर्ट नहीं हूँ, ना ही कोई डॉक्टर हूँ, लेकिन मेरे पास कोई सहयोग नहीं था इसलिए मैंने अपने दोनों बच्चों की तेल-मालिश, व्यायाम, उन्हें नहलाना यह सब कुछ किया। आगे मालिश करने का जो तरीक़ा लिख रही यह वही है जो मैं आज़माती थी। आप चाहें तो इसे अपनाएं, चाहे तो किसी डॉक्टर या एक्सपर्ट की सहायता लें, यह आपका अपना चुनाव होना चाहिए।

बेहतर रहेगा यदि आप मालिश पैरों से शुरू करें। तलबों से शुरू करिए। थोड़ा-सा तेल अपनी हथेली में लीजिए उसे अपनी हथेली में मलिए फिर बच्चे के तलबों पर हलके हाथों से लगाइए और मसाज कीजिये। आपके हाथों का दवाब बहुत ज़्यादा या बहुत कम न हो। हमारे शरीर में तलबों और हथेली में सबसे ज़्यादा एक्यूप्रेशर के पॉइंट्स रहते हैं। इसलिए तलबे की मसाज़ करने के बाद अपने दोनों अंगूठों से हल्के-हल्के दबाइए। इससे बच्चे को बहुत आराम भी मिलेगा और एक्यूप्रेशर भी हो जाएगा।

तलबे के बाद एड़ी की मसाज़ कीजिए। आप जहाँ पायल पहनती हैं, वही जगह है जहाँ थोड़ा-सा तेल लेकर गोलाई में उँगलियों के सहारे गोल-गोल मसाज़ कीजिए। उसके बाद पैर। पैरों की मसाज़ में कुछ बातें ध्यान रखने वाली हैं, मसाज़ नीचे से ऊपर, पैर को सीधा करते हुए, फिर ऊपर से नीचे पैर को सीधा करते हुए करनी चाहिए। इसे सभी तरफ़ से ठीक से मालिश भी हो जाती है, और बच्चों को पैर भी सीधे होते जाते हैं। बच्चे जब पेट में होते हैं तो उनके पैर मुड़े हुए होते हैं, इसलिए एक सही तेल मालिश ज़रूरी है ताकि जब उनके चलने की उम्र आए तो उनके पैर पूरी तरह सीधे हो जाएँ। घुटनों की मालिश के वक़्त हल्के हाथ से उँगलियों को गोलाई में घुमाना न भूलें।

पैरों के बाद पीठ की मालिश करनी चाहिए। बच्चे को अपने पैरों पर उल्टा लिटा लें, या अपनी गोदी में उल्टा लिटा लें। फिर तेल को अपनी हथेली पर मलकर कन्धों से होते हुए कूल्हे तक हाथों को ले जाएं। ऊपर से नीचे की तरफ़ मालिश करें। कन्धों की मालिश के लिए, गर्दन के बीच से दोनों कन्धों की तरफ़ हाथों को चलाएँ। और पीठ के लिए गर्दन से नीचे की तरफ़।

पीठ के बाद छाती की मालिश करनी चाहिए, वह भी गर्दन से नीचे की तरफ़। ध्यान रखें छाती के नीचे आपके बच्चे की नाज़ुक पसलियाँ हैं, इसलिए बहुत ही आराम से और प्यार से मालिश करें। पसलियों के बाद हाथ की मालिश करें। हाथों की मालिश भी कन्धों से हथेली की तरफ़ और फिर हथेली से कन्धों की तरफ़ दोनों दिशा में थोड़ी-थोड़ी करनी चाहिए। हथेली की मालिश भी उसी तरह जिस तरह तलबे की करी थी। हाथ की मालिश के वक़्त नन्ही-नन्ही उँगलियों की मालिश करना न भूलें। बच्चों के चेहरे की मालिश करते समय सिर्फ़ उँगलियों का इस्तेमाल करें। गालों, ठुड्डी, माथा सभी पर हल्के हाथों से उँगलियाँ चलाएँ। सबसे आखिर में आता है सर। सर की मालिश के लिए आपको

बहुत ध्यान रखने की ज़रुरत है। बच्चे के सर की हड्डी पेट से पूरी तरह से मजबूत बनकर नहीं आती है। खोपड़ी का ऊपरी हिस्सा और पिछला हिस्सा बहुत नाज़ुक होता है। वहां हल्के हाथों से तेल रखें और हथेली से मलें। उस जगह पर ऊँगली न चलाएं। सर के बकाया हिस्से में ऊँगली के सहारे हल्के हाथों से मसाज़ करें। कान के पीछे उँगलियों के सहारे मालिश करने से बच्चे को बहुत मीठी नींद आएगी। सरसों का तेल बच्चों की मालिश के लिए सबसे ज़्यादा पसंद किया जाता है। लेकिन कई बच्चों को यह सूट नहीं करता ऐसे में आप नारियल का तेल भी इस्तेमाल कर सकते हैं। घर का निकला शुद्ध घी या जैतून का तेल भी कई लोग इस्तेमाल करते हैं। लेकिन दोनों ही थोड़ा महंगे पड़ते हैं इसलिए इनसे परहेज़ रखा जाता है। साथ भी बादाम का तेल भी लाभकारी रहता है। यहाँ सबसे ज़रूरी बात यह है कि तेल शुद्ध होना चाहिए, और वह आपके बच्चे की त्वचा को सूट करना चाहिए। गर्मियों में सरसों का तेल गरम कर सकता है, और सर्दियों में नारियल का तेल या घी ठंडा। इसलिए हर मौसम में जो चल जाए वह है जैतून का तेल, यदि आपकी जेब गवाही देती है तो वही इस्तेमाल करें।

अब सबसे आखिर में ये जानना ज़रूरी है कि तेल मालिश के फायदे क्या-क्या हैं?

यदि आप चाहते हैं कि आपका बच्चा शांति से सोए, उसकी माँस-पेशियों को आराम मिले , वे मजबूत बनें और आपके बच्चे की त्वचा स्वस्थ, सुन्दर और मजबूत रहे, तो प्रतिदिन अपने बच्चे की तेल मालिश ज़रूर करें। पर याद रखें दिन में पाँच बार नहीं। सुबह-शाम बस दो बार कुछ मिनट के लिए काफ़ी होगा।

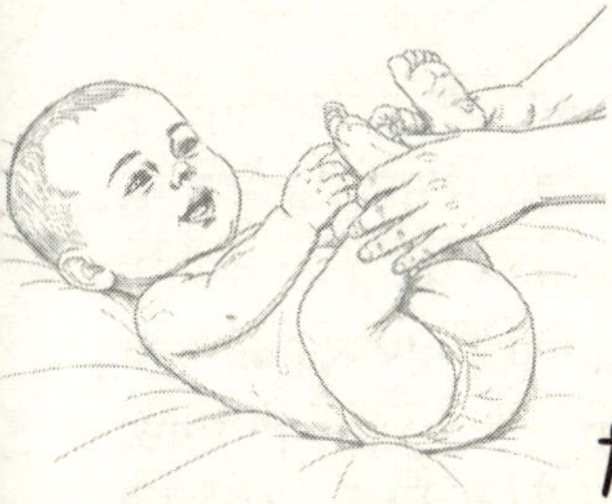

8

शिशुओं के लिए व्यायाम

बच्चों को मजबूत और ताकतवर बनाने के लिए मालिश की नहीं बल्कि व्यायाम की भी ज़रुरत होती है। अब क्योंकि वो बच्चे हैं तो ख़ुद से तो वॉक पर या जिम में जाकर कसरत कर नहीं सकते इसलिए वे पूर्णतः हम पर निर्भर करते हैं। वे हमसे कहेंगे नहीं लेकिन ये हमारी ज़िम्मेदारी है कि उनकी हर तरह की कसरत का ध्यान रखें।

कसरत चाहे बच्चे करें या बड़े वह सभी के शरीर के अच्छे सञ्चालन के लिए लाभकारी है। शरीर में चुस्ती, फुर्ती और तंदुरुस्ती सबको बनाए रखने के लिए। मांसपेशियों को मजबूत बनाने के लिए। हाँ, यदि आप बचपन से बच्चे में कसरत की अच्छी आदत डाल देते हैं है तो वह उनके लिए जीवन-भर का उपयोगी सबक होता है। बच्चों की कसरत दो तरह से हो सकती है, एक तो वे जब ख़ुद हाथ-पैर चलाते हैं, अपने शरीर को हिलाते-डुलाते हैं, नई-नई गतिविधियाँ करते हैं। दूसरी जब हम उनके हाथ-पैरों के साथ उनको भी व्यायाम कराएं।

बच्चों की व्यायाम कैसी और किस तरह की हो उससे पहले ये बात समझ लेनी ज़रूरी है कि बच्चों की व्यायाम कराते वक़्त हमें कितना

ज़ोर लगाना है। उनके हाथ-पैर बहुत ही नाज़ुक और हड्डियाँ बहुत ही नर्म होती हैं। कहीं उन्हें ताकतवर बनाने के चक्कर में उनकी हड्डियों पर लगने वाला ज़रुरत से ज़्यादा ज़ोर उन्हें नुकसान न पहुँचा दे। इसलिए बेहतर होगा कि आप ठीक से समझकर, या किसी अनुभवी की मदद लेकर ही अपने नन्हे शिशु की व्यायाम कराएं। जब आप अपने बच्चे की मालिश और व्यायाम ख़ुद करना चुनते हैं तो आप आश्वस्त रहते हैं कि सब कुछ अच्छे से हो रहा है। व्यायाम के नाम पर शुरू में मुझे भी बहुत डर लगता था। कहीं कुछ ज़ोर से दब न जाए। कहीं उसकी किसी हड्डी को चोट न पहुँच जाए। बेटे के जन्म के 20 दिन बाद ही जब माँ मिलने आईं तो उन्होंने काफ़ी कुछ सिखाया समझाया और करके भी दिखाया। हालाँकि उस समय बेटे को सिबोरिया हो गया था तो वे अधिक कुछ कर नहीं पाती थीं लेकिन फिर भी वे मुझे सारे एक्शन सिखा गई थीं। फिर धीरे-धीरे मैंने शुरू की और अब सब अच्छे से होने लगा। बच्चे के शुरूआती माह में वे बहुत अकड़ते हैं। बच्चे जब पेट से बाहर आते हैं तो उनके पैर सीधे नहीं होते। समय के साथ, सही मालिश और व्यायाम के साथ धीरे-धीरे उनकी हड्डियाँ सीधी होती जाती हैं। कई लोग मानते हैं कि बच्चों के पैर यदि सीधे करके दो-तीन माह तक हर समय कपड़े में बांधकर रखे जाएं तो वे जल्दी सीधे हो जाते हैं। हालाँकि मेरे विचार इससे सहमत नहीं होते। बांधकर रखने से बच्चों को उनकी प्राकृतिक क्रिया-कलाप करने में असुविधा होती है। इसलिए उन्हें बाँधने की जगह यदि ठीक तरह से मालिश और व्यायाम कराई जाए तो वे ज़रूर ही सीधे और मजबूत हो जाएंगे।

अब बात करते हैं कौन-सी व्यायाम लाभकारी है और ज़रूरी भी।

मैंने अपने दोनों बच्चों को जो व्यायाम कराईं उनका विवरण यहाँ दे रही हूँ। ये सभी व्यायाम मैं उन्हें मालिश के तुरंत बाद कराती थी। आप चाहें तो इन्हें अपनी रिस्क पर चुनें, चाहे तो किसी डॉक्टर से सलाह लें।

1. दाएँ पैर को तलबे से पकड़कर, उसके तलबे को बाएँ पैर की जांघ के ऊपर रखना। यही प्रक्रिया बाएँ पैर के साथ भी दोहराना। ऐसा मैं दस बार दोनों पैरों के साथ करती हूँ। ध्यान रहे आप बहुत अधिक ताकत न लगाएं।

2. दोनों पैरों को मोड़कर घुटनों को पेट से छुआना। ऐसा करने से पेट की गैस भी निकलती है और घुटनों की कसरत भी हो जाती है।

3. दाएँ पैर को बाएँ हाथ ऊपर रखकर कंधे से मिलाना, और बाएँ पैर को दाएँ हाथ के ऊपर रखकर कंधे से मिलाना। शुरूआती माह में इस व्यायाम को करने से बच्चे धीरे-धीरे ख़ुद ही अपने पैर के अंगूठे को पकड़ने लगते हैं और स्वयं भी ये व्यायाम कर लेते हैं।

4. दोनों हाथों को एक दूसरे के ऊपर रखकर कन्धों से मिलाना।

5. दोनों पैरों के निचले हिस्से से सर को छुआना।

6. पैर पकड़कर बच्चे को उल्टा लटकाना।

7. शुरूआती महीनों में बच्चे की आँखों की कसरत कराने के लिए उसके सामने किसी रंगीन वास्तु को दाएँ से बाएँ, फिर बाएँ से दाएँ घुमाना।

8. बच्चे जब बैठना सीख जाएं तो उन्हें पीठ के बल लिटाकर, उनके हाथों को पकड़कर उन्हें बैठाना, यह प्रक्रिया दो-तीन बार दोहराना। ऐसा करने से बच्चों के कंधे मजबूत होते हैं।

9. उन्हें पेट के बल लिटाना। इससे बच्चों की पसलियाँ फैलती है और मजबूत होती हैं।

10. उनके सामने कोई वस्तु रखकर उन्हें पकड़ाने की कोशिश करना, इससे बच्चों की उँगलियाँ और हथेली की मांसपेशियां मजबूत होती हैं। यूं तो बच्चे समय के साथ यह व्यायाम ख़ुद करने लगते हैं लेकिन हमें यह देखना है कि वे इसकी कोशिश कर रहे हैं या हम ख़ुद उनके हाथ में सब दे रहे हैं।

11. वे पैरों से जितनी साइकिल चलाएंगे उतने उनके पैर मजबूत होंगे।

इन सभी व्यायाम के अलावा मैंने शुरू से इस बात का बहुत ध्यान रखा कि मेरे बच्चे हमेशा कड़क गद्दे पर यानी जो बहुत नरम ना हो, पर ही सोए। हम माँ-बाप बच्चे को सुविधाएँ देने की वजह से कई बार उन्हें बहुत नरम बिछौने पर सुला देते हैं। ऐसे में बच्चे की पीठ अपना आकार नहीं ले पाती यानि उनकी रीड की हड्डी सीधी और सतर नहीं रह पाती। यह उनके लिए भविष्य में नुकसान दाई हो सकता है। वे जब बैठना सीखें तब भी हमें इस बात का ध्यान रखना चाहिए कि उनके बैठने की मुद्रा क्या है। वे सतर बैठें इसकी कोशिश करें।

कई विशेषज्ञ फिटबाल की सहायता से भी बच्चों को व्यायाम कराने की सलाह देते हैं। उनका मानना है कि इससे बच्चों की हड्डियाँ न सिर्फ़ मजबूत बल्कि लचीली भी बनती हैं। जिम्नास्टिक की बचपन से ट्रेनिंग का पार्ट मानी जाने वाली फिटबाल आप भी घर ला सकते हैं और उस पर लिटाकर, बैठाकर अपने बच्चे की व्यायाम करा सकते हैं। यह उसके लिए मज़ेदार अनुभव हो सकता है। बस सावधानी बरतिएगा यह ख़तरनाक भी हो सकता है।

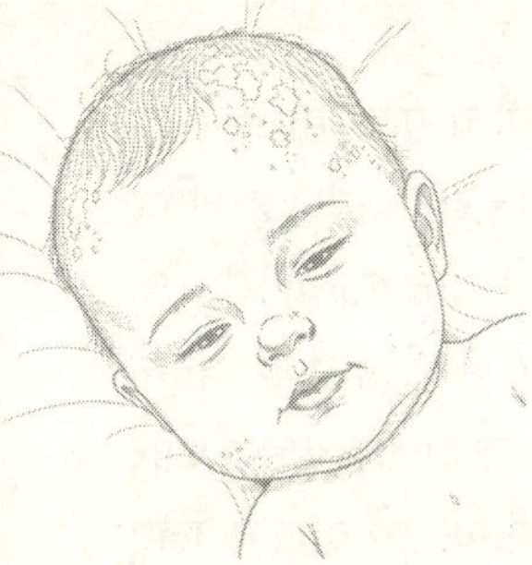

9

जाने क्या है सिबोरिया?

बच्चा होने के बाद शुरूआती दिनों की मुश्किलें तब और भी बढ़ जाती हैं जब बच्चे को कोई रोग हो जाए। यूँ तो आजकल बच्चे जन्म से ही पीलिया, निमोनिया आदि कई बीमारियाँ लेकर पैदा हो रहे हैं। लेकिन यदि बच्चा पूरी तरह स्वस्थ पैदा हुआ हो तो आप कभी नहीं चाहेंगे कि उसे कभी कोई बीमारी लगे। खासकर छोटी उमर में तो बिलकुल भी नहीं। मैं भी नहीं चाहती थी। लेकिन हमारे चाहने से क्या होता है। तब मेरा बेटा सिर्फ़ 16 दिन का था। जब उसके चेहरे पर मैंने पहली बार कुछ अजीब तरह के दाने देखे। मैंने तुरंत अपने परिवार वालों से बात की उन्हें दिखाया तो सभी ने कहा कि कुछ खास नहीं, मच्छर का काटा होगा, या फिर गर्मी से हुआ होगा। क्योंकि उस समय वाक़ई बहुत गर्मी पड़ रही थी इसलिए मुझे भी वही लगा। लेकिन जैसे-जैसे वो दाने बढ़ने लगे मन में चिकनपॉक्स की शंका होने लगी। तब डॉक्टर को दिखाकर उसके लिए कुछ घरेलु इलाज किये गए। नीम पत्ती आदि। लेकिन वो दाने कम होने की जगह बढ़ते जा रहे थे। चेहरे से ठीक हुए तो खोपड़ी पर होने लगे। फिर पीछे गर्दन और खोपड़ी के बीच। राई के दाने जितने बड़े वो दाने उसकी पूरी खोपड़ी, गर्दन और पीठ पर फ़ैल गए थे। ये रोग देखकर मैं

बुरी तरह डर गई। मुझे बहुत तकलीफ़ हो रही थी ये सोच-सोचकर कि इतनी नन्ही-सी जान इतनी तकलीफ़ को कैसे सह रही होगी। हम फिर डॉक्टर के पास भागे। उन्होंने पूरी जाँच पड़ताल के बाद बताया कि बच्चे को सिबोरिया हुआ है। और इसे पूरा ठीक होने में छः दिन से छः महीने तक का समय भी लग सकता है। हमें कुछ लगाने वाली दवाइयाँ और एंटीबायोटिक्स के साथ डॉक्टर ने हिदायत दी थी कि हमें बच्चे के लिए हायजीन का बहुत ध्यान रखना है। सिबोरिया के बारे में जब डॉक्टर से जाना तो पता चला यह कोई बीमारी नहीं, बल्कि बच्चों में होने वाला डैंड्रफ है। यह 60 प्रतिशत बच्चों को जन्म से आता है। इसके बढ़ने का एक कारण सर में पसीने की अधिकता भी है। यही कारण था कि डॉक्टर ने हमें कुछ वक़्त के लिए मालिश करने की मनाही कर दी। किसी प्रकार का घी या तेल नहीं इस्तेमाल करना था। जब मैंने शुरू से लेकर अंत तक सोचा तो लगा कि यह सब हमारी कम समझ की वजह से हुआ। जिन बच्चों को पसीना अधिक आता है उनके माता-पिता को कुछ बातें विशेष ध्यान में रखनी चाहिए। जैसे, सर में तेल लगाकर दिनभर के लिए ना छोड़ें। यदि सर में तेल लगा रहे हैं तो साबुन-शैम्पू से तेल निकाल दें। बच्चे का सर, प्लास्टिक पर ना रखें, कपड़े पर रखें, जिससे उसके सर को हवा मिलती रहे और पसीना जमने ना पाए।

अब समझते हैं कि इतने छोटे से बच्चों को इतना पसीना क्यों आता है। बच्चे जब सो रहे होते हैं, या माँ के आँचल में छुपकर दूध पी रहे होते हैं तब उन्हें सबसे ज़्यादा पसीना आता है। ऐसा इसलिए होता है, क्योंकि बच्चे के पैदा होने के बाद पसीने वाली ग्रंथियाँ केवल सर में विकसित हुई होती हैं। ये ग्रंथियाँ धीरे-धीरे उम्र बढ़ने के साथ पूरे शरीर में विकसित होती हैं। लेकिन जन्म के बाद सिर्फ़ सर में होने की वजह से बच्चों को सर में पसीना आता है। और बाक़ी के शरीर में नहीं। तो यदि आपके बच्चे को सर में अच्छे से पसीना आ रहा है, तो मान लें उसका दिमाग़

ठीक तरह से एक्टिव है। डॉक्टर बच्चे के जन्म के बाद उसके सर में पसीना देखकर भी पता लगाते हैं कि बच्चा नार्मल है या एब्रार्मल क्योंकि एब्रार्मल बच्चों के सर में नार्मल हीट सेंस करने वाले न्यूरोन्स नहीं होते हैं। आपने जन्म से पहले यदि कभी अपने बच्चे की अल्ट्रासाउंड रिपोर्ट देखी होगी तो आपको पता चला होगा कि भ्रूण की हार्ट-बीट रेट 140 से 150 होती है। जन्म के बाद भी यह एक दम से हमारे जैसी यानि 70-90 ना होकर 130 के आसपास रहती है। यह भी एक कारण है कि बच्चों को पसीना अधिक आता है।

आजकल ज़माना बदला है, बच्चे को जन्मते ही ए.सी में रख दिया जाता है। वरना पहले के लोग जन्म के बाद बच्चों को पूरा ढँककर रखने की सलाह देते थे। वैसे तो बच्चों को ढँककर ही रखना चाहिए। उन्हें सर्द-गरम से, पंखे या ए.सी आदि की सीधी हवा लगने से बचाना चाहिए। लेकिन ध्यान रखें कि यदि आप उनका सर ढंकना भी चाहते हैं तो उसे किसी ऊनी या गरम कपड़े से ढँकने की बजाय सूती कपड़े से ढंके। ताकि उन्हें पसीना आए तो कपड़ा उसे सोखने में मदद करे। हम माँ-बाप बच्चों को इतना ढंककर सुला देते हैं कि उन्हें ठीक से वेंटिलेशन भी नहीं मिल पाता। उन तक हवा पहुँच ही नहीं पाती। जिससे उन्हें बहुत अधिक पसीना आता है। यह भी ध्यान रखें। कि कमरा ना ज़्यादा गरम हो ना ज़्यादा ठंडा और कमरे में ताज़ी हवा आती-जाती रहे। अगर आपके बच्चे को बहुत अधिक पसीना आता है, तो सबसे आसान उपाय है, उसके बाल कटवा दें। मैंने अपने बेटे की टकली करवा दी थी, ताकि पसीना आए तो वह जमने ना पाए, और उसे दाने ना हों। आप अपने बच्चे का सर दिन में दो-तीन बार साफ़ कपड़े से पोंछकर, और हफ़्ते में दो-तीन बार शैम्पू करके साफ़ रख सकते हैं। यदि आपके बच्चे का सर गरम रहता है तो इसका ये कतई मतलब नहीं है कि उसे बुखार है, इसका

मतलब है कि उसका सर ठीक से कम कर रहा है। बुखार की आशंका है तो थर्मामीटर इस्तेमाल करें, शंका नहीं।

वैसे ये भी बता दूँ, कि अगर आपके बच्चे को बहुत ही अधिक पसीना आ रहा है, तो भी वह सामान्य नहीं माना जाएगा। अति सवर्त्र वर्ज्यते। डॉक्टर्स कहते हैं बहुत अधिक पसीना आना भी ठीक नहीं। कई बार बच्चे को हृदय रोग होने की सम्भावना अधिक पसीने से ही पता लगाई जाती है। इसलिए यदि आपको लगता है कि आपके बच्चे को बहुत अधिक पसीना आ रहा है, और यह सामान्य नहीं है तो तुरंत डॉक्टर से संपर्क करें। और जाँचें। सामान्य स्थिति में कुछ भी करने की ज़रुरत नहीं सिर्फ़ उसके सर को पूरी तरह से हवा मिलती रहनी चाहिए। उनका ख़याल रखिए।

10

कंगारू मदर केयर

ऑपरेशन टेबल पर लेटे हुए जब एक तरह नर्सेस आपके पेट को सिल रही होती हैं, और दूसरी तरफ़ डॉक्टर आपके ख़ून से लथपथ बच्चे को साफ़ करके आपके पास लाती हैं, पहली बार आपके गालों से उस नन्ही-सी जान की छुअन महसूस होती है ना, वह अहसास अद्भुत है। उसकी तुलना का कोई दूसरा अहसास हो ही नहीं सकता। रोता हुआ बच्चा भी वह स्पर्श पहचानकर शांत हो जाता है।

उस एक छुअन के बाद आपके बच्चे को आपसे कुछ घंटों के लिए दूर कर दिया जाता है। सिजेरियन डिलीवरी के बाद का पहला दिन। शुरूआती कुछ घंटे। जब आपका शरीर एनेस्थीसिया की वजह से सुन्न होता है। जब हल्का-हल्का दर्द लगातार आपकी आखें बंद नहीं होने देता। जब दो नर्स मिलकर आपके जल्दी-जल्दी गंदे हो रहे पेड्स बदल रही होती हैं, और आप झिझक रही होती हैं। तब मन में सिर्फ़ एक ही ख़याल चल रहा होता है कि जिसे मैंने कुछ ही घंटों पहले जन्म दिया उससे मुझे मिलवा तो दो। बच्चे के शुरूआती कुछ घंटे डॉक्टर की निगरानी के होते हैं जिससे उसे स्पेशल चाइल्ड वार्ड में रखा जाता है।

मेरे बच्चे को भी रखा गया। फिर शाम को जब डॉक्टर रूटीन चेकअप के लिए आईं तो उन्होंने नर्स को डांटते हुए कहा, "इनका बच्चा पूरी तरह स्वस्थ है तो फिर उसे अब तक इसे दिया क्यों नहीं, इन्हें फ़ीड कराने दो"। तब नर्स ने तुरंत जाकर मेरे बच्चे को मेरे पास लाया। मेरे दोनों हाथों में सुइयां घुपी हुई थीं, और कमर के नीचे का हिस्सा सुन्न था। ऐसे में चाची सास ने मेरे बेटे को पकड़ा और मैंने पहली बार उसे दूध पिलाया, उसे छुआ। उसका यह स्पर्श कैसा था यह किसी भी तरह लिखकर समझा पाना मुमकिन नहीं। वह बेहद अनोखा और ख़ूबसूरत अहसास था। सारी तकलीफें उस एक अहसास के लिए कुर्बान। मेरे बेटे को कुछ देर मेरे पास रखा गया, फिर वापस चाइल्ड केयर वार्ड में रख दिया गया। अगली सुबह जब मैं डिलीवरी वार्ड से प्राइवेट रूम में शिफ्ट हुई तो मुझे मेरा बच्चा दे दिया गया। वहीं मेरी बेटी के साथ का अनुभव मैं ऊपर लिख चुकी हूँ। वह मेरे पास डेढ़ दिन बाद आई थी। जिसके बाद दिन-रात उसकी लंगोटियां बदलने से लेकर उसे सुबह-सबेरे की धूप दिखाते हुए मैं उससे बतियाती रहती।

बच्चे और माँ के बीच शुरूआती कुछ दिनों, या यूँ कहूँ कि शुरूआती कुछ महीनों तक सिर्फ़ स्पर्श का ही रिश्ता होता है। जब आप तो उससे सब कुछ कह लेते हैं, लेकिन वह अपनी बात सिर्फ़ अपने स्पर्श से ही आपको बता सकता है। स्पर्श का ये रिश्ता जितना ख़ूबसूरत है उतना ही ज़रूरी भी।

कंगारू मदर केयर 1979 में शुरू हुई एक टेक्नीक थी, जिसे neotatologists एडगर रे और हेक्टर मार्टिनेज़ ने कोलंबिया में सबसे पहले शुरू किया। उन्हें उनके अस्पताल में जब प्री-मेच्योर बच्चों के लिए पर्याप्त इनक्यूबेटर नहीं मिले तो उन्होंने बच्चों को उनकी माँ के शरीर पर रखकर कपड़े से लपेट दिया, ताकि बच्चों को गर्माहट मिलती

रही। फलस्वरूप उन्हें बच्चों में अच्छा असर दिखा। तब उन्होंने इस प्रक्रिया का नाम कंगारू मदर मेथड रखा जो बाद में बदलकर कंगारू मदर केयर हुआ। एक और शौधकर्ता एवं चिकित्सक बर्गमैन बताते हैं कि, एक नवजात शिशु के मस्तिष्क का विकास सकारात्मक सिग्नल पर निर्भर करता है, यानि जब बच्चा माँ के संपर्क में रहता है, तो उसकी गंध एवं स्पर्श से बच्चे के दिमाग़ को सिग्नल मिलते हैं "आई एम् सेफ"। इसके विपरीत यदि बच्चे को माँ की गंध एवं स्पर्श ना मिले तो उसके मस्तिष्क को सिग्नल मिलता है, "आई एम् नॉट सेफ"। ऐसे में वह अन्य सारी प्रक्रिया जैसे, दूध पीना, अपने डायपर गंदे करना आदि सारे काम करता है, लेकिन उसके मस्तिष्क का विकास होल्ड पर चला जाता है। तब तक जब तक उसे फिर से अपनी माँ का स्पर्श या गंध न मिले। प्री-मिच्योर बच्चों में अच्छे विकास के लिए कंगारू मदर केयर को डॉक्टर इनक्यूबेटर से ज़्यादा अच्छा मानते हैं। वे मानते हैं कि माँ के संपर्क में रखने से बच्चे को एक सही तापमान मिलता है, जो उसके शरीर को चाहिए, जबकि इनक्यूबेटर में यह गरम या ठंडा हो सकता है।

अपनी प्रेगनेंसी के दौरान जब अपने आस-पास मैंने कुछ केसेस देखे जिनमें बच्चे का जन्म समय से पहले हुआ तब मैंने इससे सम्बंधित जानकारी हासिल की। तभी कंगारू मदर केयर के बारे में भी पढ़ा। इस प्रक्रिया के बारे में एक माँ लिखती है, "मेरा बेटा ठीक से स्तनपान नहीं कर पाता था। वह अपनी पकड़ नहीं बना पाता था। आखिरकार मुझे पम्पिंग के ज़रिए उसे दूध पिलाना शुरू करना पड़ा। फिर एक दिन यूँ ही अचानक ख़याल आया और मैं उसे अपने साथ नहलाने ले गई। बाथ टब के गुनगुने पानी में हम साथ नहाए। उसे मेरा स्पर्श अच्छा लग रहा था। उसी क्षण मैंने उसे स्तनपान कराने की कोशिश की, और तभी यह चमत्कार हुआ। जिस बात के लिए मैं कई दिनों तक परेशान रही

उसका हल मिल गया था। मेरा बच्चा अब अच्छे से स्तनपान कर रहा था। उसने अच्छे से अपना पेट भरा। तब मुझे समझ आया कि पानी में मेरे स्पर्श ने शायद उसे वो कम्फर्ट ज़ोन दिया जिसकी कमी थी पहले।”
बात सिर्फ़ प्री-मेच्योर बच्चों की नहीं है। समय पर जन्मे बच्चों को भी अगर कंगारू मदर केयर में रखा जाए तो उनका विकास सामान्य बच्चों से ज़्यादा अच्छा होता है। जन्म के बाद के शुरूआती कुछ महीनों में यदि बच्चा माँ के संपर्क में उसके स्पर्श में रहता है तो उसके कई फायदे हैं, जैसे, कई बार होता है कि बच्चे किसी भी वजह से ठीक से साँस नहीं ले पा रहे हैं। उनकी धड़कन धीमी हो रही है, ऐसे में यदि बच्चे को माँ की छाती के संपर्क में रखा जाए तो वे अपनी धड़कन का तालमेल माँ की धड़कन से बैठा लेते हैं और सामान्य स्थिति में आ जाते हैं। यह पूरी तरह माँ के साथ बच्चे के साइकोलॉजिकल कनेक्शन पर निर्भर करता है। इसके अलावा, जन्म के उपरान्त बच्चे का ब्लड शुगर लेवल भी माँ के संपर्क में रखने से सामान्य बना रहता है। जब मेरे बेटे को डेढ़ महीने में टीका लगा तो वह दो दिन तक दर्द से कराहता रहा। उसे बुखार भी था। मैं उसे सुलाने की कोशिश करती तो वह कुछ मिनिट सोता फिर रोने लगता। तब मैंने उसे अपनी छाती पर लिटाया और पीठ सहलाती रही। वह कराहा तब भी लेकिन फिर सो गया। और शांत भी हो गया। फिर दो दिन जब तक उसका बुखार नहीं उतर गया और पैर का दर्द ठीक नहीं हो गया मैं उसे छाती से लगाकर ही रखे रही। इस पूरी प्रक्रिया में वह बहुत ही शांत रहा। रोया भी नहीं और सोया भी। तब समझ आया कि कंगारू मदर केयर के लिए जो बात कही जाती है कि माँ के स्पर्श में रहने से बच्चे का दर्द कम हो जाता है और वह रिलैक्स हो जाता है, सच है। यह पूरी प्रक्रिया हम माओं के साथ बच्चों की बोन्डिंग को भी बहुत स्ट्रोंग बनाती है। डॉक्टर्स मानते हैं कि यदि बच्चा किसी तकलीफ में है तो माँ के स्पर्श से उसका न सिर्फ़ दर्द कम होता है बल्कि वह सोने की कोशिश भी

करता है। उसे आराम मिलता है। कोई भी अन्य तकनीक इसके आगे फीकी है। इसलिए यदि आपको भी लगता है कि आपका बच्चा किसी तकलीफ में है तो उसे दुलारें, बाकी सारे इलाज़ बाद में। साथ ही माँ के स्पर्श में रहने से उन्हें ज़रूरी बेक्टेरिया भी मिलते रहते हैं। शोधकर्ताओं का मानना है कि जन्म के बाद बच्चों को एलर्जी, स्किन प्रॉब्लम आदि से बचाने और पाचन क्रिया को अच्छा रखने वाले बेक्टीरिया माँ के स्पर्श में रहने से अपने आप ट्रान्सफर हो जाते हैं।

वैसे शोधकर्ता यह भी कहते हैं कि सिर्फ़ माँ नहीं बल्कि यदि पिता भी बच्चे को अपने शरीर के संपर्क में रखें तो बच्चे को काफ़ी आराम मिलता है, स्ट्रेस कम करता है और पिता और बच्चे के बीच की बोन्डिंग को बढ़ाता है।

11

तेरा बच्चा तो भालू है

मेरी बेटी की मालिश आदि करने में बहुत दिक़्क़तें आईं। उसे एक जगह रोककर रखना टेढ़ी खीर थी। उबटन तो उसने कभी करने ही नहीं दिया। पहले हमने कोशिशें की फिर जब वह रोती तो हमने कोशिश भी छोड़ दी। धीमे-धीमे जब वह बड़ी होने लगी तो वही चार लोग जागृत हो गए, जिन्होंने दुनिया का जीना मुश्किल किया हुआ है। अब जबकि मेरी बेटी चार साल की है तो आए दिन लोग मुझे सलाह देते हैं, आटे की लोई करो, उबटन करो, इसके कितने बाल हैं, लड़कियों के इतने बाल होने से बाद में दिक़्क़त होती है। ये दिक़्क़तें भी तो हमारी ही बनाई हुई हैं। लड़कियों के हाथ-पैर चिकने ही होने चाहिए, जिसके लिए बड़े होकर उन्हें हर महीने वैक्स करानी पड़े? काश कि सुन्दरता के ये खोखले मापदंड बदल पाएं।

हम अक्सर सुनती हैं, बच्चे जब पैदा होते हैं तो उन्हें तेल मालिश के साथ-साथ लोई यानि उबटन की मालिश भी की जाती है। जिससे बच्चों के शरीर पर दिखने वाले बाल हट जाएं और उनकी त्वचा चिकनी हो जाए। जब तक अपना बच्चा नहीं हुआ था तब तक इस बारे में न कभी सोचा था और न ही जानने की कोशिश की थी। लेकिन जब मेरा बेटा

हुआ तो उसके शरीर पर कई जगह रोएँदार बाल थे। घर की बुज़ुर्ग महिलाओं ने उबटन करने को कहा, लेकिन क्योंकि मेरा बेटा थोड़ा कम वजन का पैदा हुआ था, और जन्म के पंद्रह दिन बाद ही उसे सिबोरिया की वजह से शरीर पर दाने हो गए थे इसलिए हमने उबटन को ना कहा।

उसके कंधे, गर्दन में पीछे की तरफ़, हाथों में, माथे पर और मूंछों पर बाल थे, जो अलग से दिखते थे। धीरे-धीरे बाकी जगह के बाल तो विल्पुत होने लगे लेकिन मूंछों वाली जगह पर अब भी उसके बाल हैं। जिसकी वजह से अक्सर सब मजाक में कहते हैं कि ये तो मूंछें लेकर पैदा हुआ है। वो लड़का है इसलिए शायद हमने भी इस बात का लोड नहीं लिया कि अगर बाल रह भी गए तो। लेकिन बेटी के समय में लोगों ने मुझे बख़्शा नहीं। खैर, जब मैंने विस्तार से इस बारे में पढ़ा और जानने की कोशिश की कि बच्चों के शरीर पर ये बाल क्यों होते हैं तो कुछ रोचक जानकारियाँ सामने आईं। टीवी एड्स ने आजकल हमारे दिमाग़ में हर चीज़ की एक छवि बना दी है। उसी के चलते हम सोचते हैं कि जन्म के समय बच्चे, एक दम मुलायम, चिकनी और खुशबूदार त्वचा लेकर पैदा होते हैं। जिसका स्पर्श ही गुदगुदा दे। लेकिन असल में हर केस ऐसा नहीं होता। बच्चे शुष्क, बालों वाली और दरदरी त्वचा के साथ भी पैदा होते हैं। ऐसे में कई माता-पिता थोड़ा असहज और परेशान हो जाते हैं कि अब क्या करेंगे। कैसे बच्चे के इन बालों को हटाएँगे।

नन्हे शिशुओं के इन बालों को हटाने के उपाय जानने से पहले ये जानना ज़रूरी है कि ये हैं क्या और क्यूँ होते हैं।

शिशुओं में पाए जाने वाले इन बालों को लानुगो (lanugo) कहते हैं। आपने जानवरों में शरीर पर बालों को देखा होगा? ये बाल उनके प्रकृति द्वारा प्रदान किये गए कपड़े होते हैं। यही उनकी बाहरी वातावरण और मौसम आदि से रक्षा करते हैं। हम इंसान भी जन्म के समय प्राकृतिक रूप में यानि बिना कपड़ों के ही पैदा होते हैं। तो प्रकृति हमें भी शरीर पर

हलके बालों की एक लेयर के साथ पैदा करती हैं। ये लानुगो यानि बालों की परत गर्भावस्था की तीसरी तिमाही में बनना शुरू होती है। कई बार यह जन्म से पहले हट जाती है, और कई बार जन्म के बाद। ऐसा मान सकते हैं कि समय के साथ तेल मालिश आदि से यह धीरे-धीरे स्वयं हट जाती है।

असल में गर्भ में पनपने वाली बालों की यह लेयर बच्चों को गर्भ के भीतर की चिपचिपी परत से बचाए रखती है। एमनीओटिक फ्लूड से बच्चे की त्वचा एफेक्ट ना हो, कोई हानि ना पहुँचे इसका ख़याल भी बालों की यही परत रखती है। बच्चों की त्वचा में नर्मी बनी रहे, यह शुष्क ना हो, तापमान से उसकी सुरक्षा, ज़रूरी वसा बढ़ाने में और त्वचा साफ़ रहे, यह बालों की परत के द्वारा ही संभव है।

यह तो आप भी समझते होंगे कि जन्म के समय जितनी मेहनत माँ को करनी होती है, उतनी ही मेहनत बच्चे को भी करनी होती है ख़ुद को बाहर निकालने में। ऐसे में बच्चे की त्वचा पर दवाब भी बनता है, तब बालों की यह परत उसके काम आती है। और त्वचा को हानि पहुँचने से बचाती है।

बच्चे के जन्म का एक निश्चित समय होता है, लेकिन 60 प्रतिशत से भी ज़्यादा बच्चे अपने निर्धारित समय से पहले या बाद में पैदा होते हैं। ऐसे में जो बच्चे समय से पहले पैदा होते हैं उनके शरीर पर बालों की यह लेयर ज़्यादा मोटी दिखाई देती है। क्योंकि वे जन्म के समय से पहले पैदा हुए हैं, इसलिए उनके शरीर की प्राकृतिक प्रक्रिया, शरीर की संचालन प्रक्रिया पूरी नहीं हो पाई। इसलिए उन्हें जन्म के बाद इनक्यूबेटर आदि में रखा जाता है ताकि उन्हें वह वातावरण दिया जा सके जो उन्हें गर्भ में मिल रहा होता है। यदि बालो की परत मोटी है भी तब भी परेशानी की कोई बात नहीं है, न ही डरने की ज़रुरत है। अधिकांशतः ये बाल जन्म के कुछ हफ़्तों बाद ही अपने आप झड़ जाते

हैं। मेरे बेटे के कन्धों से बालों की वो मोटी परत कब गायब हुई मुझे पता नहीं। फिर भी यदि आपको लग रहा है कि आपके बच्चे के शरीर पर लोनुगा की परत नहीं हट रही है तो परेशान ना हों। उसके भी कुछ कारण हैं। बच्चों के शरीर में एक होरमोन होता है जिसका नाम है, "कोर्टिसोल"। यदि यह हार्मोन ठीक तरह से बच्चे का शरीर में नहीं बना पा रहा है तो "congential adrenal hyperplasia" की स्थिति बन जाती है, जिसके कारण लोनुगा यानि बालों की परत घटती नहीं। असल में जब हार्मोन कोर्टिसोल ठीक से नहीं बनता तो एण्ड्रोजन या वे हार्मोन ज़्यादा बनने लगते हैं जो पुरुषों में होते हैं। इस स्थिति में फिर चाहे आपका बच्चा लड़का हो लड़की उनके शरीर में बालों की अधिकता होने लगती है। और विस्तार से समझें तो शरीर में जब सोडियम का स्तर कम होने से खून का संचार दिल तक ठीक तरीके से नहीं हो पाता तब इस तरह की स्थिति पैदा होती है। ऐसे में आपको घबराना नहीं बल्कि इस बात का ध्यान रखना है कि आपके बच्चे का पेट ठीक से भर रहा है या नहीं। यदि उसके शरीर को भरपूर भोजन मिलता रहेगा तो संभतः ऐसी स्थिति पैदा नहीं होगी। वैसे इस समस्या से निपटने का कोई विशेष उपाय नहीं है। जन्म के एक माह के बाद यदि आपको लग रहा है कि आपके बच्चे के अनचाहे बाल अपने आप नहीं झड़ रहे हैं तो आप जैतून के तेल की मालिश एवं आटे की लोई हल्दी और तेल मिलाकर बना सकते हैं। उसकी मसाज से संभव है कि उन बालों की संख्या घट जाए। लेकिन आपको यह बहुत ध्यान से करना होगा। क्योंकि बच्चों की खाल और हड्डियाँ बहुत नरम होती हैं। खाल के नीचे ढेर सारी नसें हैं। कहीं बाल हटाने के चक्कर में कोई नस दब गई, या किसी हड्डी पर, या खाल पर ज़ोर पड़ गया तो आपकी नन्ही-सी जान को बेहद तकलीफ़ हो सकती है। इसलिए बेहतर है कि आप उसके रूप को सुन्दर बनाने की बेमलतब की चाहत को छोड़कर, वो जैसा है उसे वैसे भी खूब प्यार-दुलार करें और उसके खान-पीन का ध्यान रखें।

12

पहली-पहली सर्दी

जीवन की कुछ यादें ऐसी होती हैं जिनसे कोई मौसम, कोई घटना, कोई गीत, या कोई शहर जुड़ा होता है। मेरे लिए सर्दी का मौसम माँ की उस एक आवाज़ से जुड़ा है, "शाम हो रई है, कपड़े पहन जाओ"। यहाँ कपडे से उनका अर्थ स्वेटर और टोपा से है। उन दिनों हम भौंती में रहते थे। मध्यप्रदेश के शिवपुरी जिले का एक छोटा-सा गाँव। मैं आठ बरस की रही होउंगी जब पापा का वहां ट्रांसफर हुआ। घर हमें मिला खेत से लगा हुआ। इसलिए शाम होते ही ठण्ड बढ़ने लगती। हम बच्चे नीचे मुहल्ले में खेल रहे होते जब मम्मी छज्जे पर आकर आवाज़ लगातीं "शाम हो रई है, कपड़े पहन जाओ" और हम मम्मी को छेड़ते हुए कहते, "कपड़े तो पहने हुए हैं हमने" तब मम्मी मुस्कुरातीं और अगले ही पल जब आँखें दिखातीं तो हम दोनों बहनें भागे-भागे जाते और स्वेटर टोपा पहनकर आ जाते। सर्दियों से जुड़ा वह दृश्य मेरी आँखों में आज भी जीवंत है।

सर्दी का मौसम लगभग सभी को पसंद होता है। गर्मी का पसीना और बारिश की कीचड़ के बाद जब रजाई में छुपने वाली सर्दियाँ आती हैं

तो अच्छा लगता है। परिवार के साथ बैठकर सिगड़ी से हाथ सेकते हुए मूंगफली खाने का मज़ा भी सर्दियों में ही आता है। लेकिन यदि आप नई-नई माँ बनी हैं तो आपके लिए इस बार की सर्दियाँ थोड़ी चिंताजनक भी हो सकती हैं। मैं उस दौर से दो बार गुज़री, अपने दोनों बच्चों की पहली सर्दी के समय में। अपने नन्हे से बच्चे के साथ कभी टोपा तो कभी मोज़े, कभी उसकी नन्ही सी रजाई तो कभी उसके कपड़े। इन सब का लगातार ख़याल रखते हुए यदि आप चूक जाएँ और उसे छींक भी आ जाए तो आपको वहम हो जाएगा कि कहीं इसे सर्दी ने तो नहीं पकड़ लिया। यदि आप भी इसी चिंता में आजकल अपनी जान अजाब में डाल रहे हैं तो थोड़ी "ठंड" रखिए। सर्दियों को हउआ मत बनाइए, न ही अपने बच्चे को। वो जितना छोटा है, उतनी ही उसकी देखभाल की ज़रुरत है बस। जब मेरे बेटे को पहली बार सर्दी लगी तब मेरी माँ ने समझाया कि कहाँ गलती हुई। असल में हम बड़ों को गर्मी या सर्दी लग रही है तो ज़रूरी नहीं कि बच्चों को भी वैसा ही महसूस हो रहा हो। दशहरे के आस-पास मौसम बदलना शुरू हो जाता है। तब हमें तो गर्मी लगती है लेकिन हो सकता है कि उस समय चलने वाला पंखा हमारे नन्हे शिशुओं के लिए हानिकारक हो। देसी भाषा में इसे "बैठती ठण्ड" कहते हैं। जो बच्चे को लग जाती है। ऐसे में ज़रूरी है कि हम कुछ विशेष बातों का ख़याल रखें।

सर ढंकना ज़रूरी है, बच्चे जब पैदा होते हैं तब सर्दी हो या गर्मी पुराने लोग बच्चे को सूती कपड़े का टोपा पहनाने को कहते हैं। कारण कि बच्चों को सर से जल्दी सर्दी बैठती है। हालाँकि आजकल डॉक्टर्स बच्चों को ए.सी में रखवा देते हैं। लेकिन सही यही है कि बच्चों का सर ढका रहे। सर्दियों में तो यह बेहद ज़रूरी है कि उनके सर पर टोपा रहे। यहाँ जिस बात का सबसे ज़्यादा ध्यान रखना है वो यह कि बच्चों के सर पर ऊनी टोपा सीधे न लगाएँ। क्योंकि अभी सर्दियाँ शुरू ही हुई हैं, इसलिए

आप कपड़े का या होज़री का बना टोपा लगा सकते हैं। ऊनी टोपा लगाने से बच्चों के सर पर वेंटिलेशन नहीं हो पाता। क्यूंकि छोटे बच्चों का सर ज़्यादा गरम रहता है, इसलिए यह ज़रूरी है कि उनके सर को इतना भी पेक न किया जाए कि पसीना अन्दर ही जमने लगे। ऊनी कपड़ा पसीना सोख भी नहीं पाता है। इसलिए यदि ठण्ड ज़्यादा पड़े तब आप या तो फलालेन का बना टोपा लगाएँ या फिर सूती कपड़े का टोपा लगाकर उसके ऊपर ऊनी टोपा लगाएँ।

कान में रुई लगाकर रखें, स्वेटर टोपा पहनने के मामले में मेरा बेटा तो फिर भी आज्ञाकारी रहा, बिटिया ने जीना मुहाल किया। उसे बाँधने वाली कोई चीज़ पसंद नहीं। टोपा, मोज़े, स्वेटर सब उसे चुभता है। रात में किसी दिन वह दस मिनिट भी लगातार रजाई ओढ़ ले तो कोई रिकॉर्ड बन जाए। ऐसी स्थिति यदि आपके साथ भी हो तो करना यह चाहिए कि बच्चों के कान में रुई लगाकर रखें। ताकि यदि टोपा खुल भी जाए तो उनके कानों में सीधी हवा न घुस पाए। बच्चा फुल ना पहनना चाहें तो भीतर एक अच्छी थर्मल पहनाकर कोई टॉप या शर्ट आदि पहना दें। बच्चों की छाती और कान ढंके रहें तो उन्हें जल्दी सर्दी नहीं बैठती। सर्दियों में दिन के समय हल्का गरम लगने लगता है, ऐसे में भी बच्चे को टोपा पहनना ज़रूरी नहीं। लेकिन क्योंकि धूप के साथ-साथ बादल एवं हवा भी रहते हैं तो उनके कानों में लगी रुई उनकी सुरक्षा कर सकती है।

एक चुटकी हल्दी की कीमत, आयुर्वेद में हल्दी के बहुत सारे गुण हैं। घाव ठीक करना, रोग प्रतिरोधक क्षमता बढ़ाना, जुकाम ठीक करना आदि। बच्चों के मामले में भी हल्दी बहुत उपयोगी होती है। यदि आप अपने बच्चे को घुट्टी देती हैं तो एक चुटकी हल्दी उसमें मिला दें। यदि घुट्टी नहीं देती हैं उनके खाने में हल्दी का इस्तेमाल करें। ज़्यादा नहीं थोड़ी सी। यह आपके बच्चे की रोग प्रतिरोधक क्षमता बढ़ाने के साथ-साथ सर्दी से पहले ही उसका बचाव कवच तैयार करेगी

धूप, मालिश एवं सिकाई, यदि किन्ही कारणों से आपके बच्चे को जुकाम हो भी गया है तो, धूप भी काफ़ी फायदेमंद है। शुरूआती ठण्ड के हिसाब से सुबह 9-10 बजे की धूप में बच्चे को थोड़ी देर रखना अच्छा होता है। उसके शरीर की प्राकृतिक रूप से सिकाई हो जाती है। जो अन्दर से जुकाम को तोड़ने में सहायक है। सरसों तेल की मालिश, जिसमें यदि लहसुन भी उबाल दिया जाए फिर तलबों एवं हथेली पर मालिश की जाए तो बहुत फायदा पहुँचता है। इसके अलावा हलके गरम कपड़े से छाती की सिकाई भी फायदा पहुँचाती है। छाती की सिकाई निमोनिया बनने से रोकती है एवं कफ़ को फेफड़ों में जमने से रोकती है।

दस्त लगें तो घबराना नहीं, जब मेरे बेटे को सर्दी लगी तो उसका पूरा रूटीन बिगड़ गया। सुबह पहले एक बार पॉटी जाने वाले मेरे बच्चे को दस्त हो गए थे। हरे रंग के छितरे से दस्त। पहले मुझे लगा कि शायद मेरे खाने में कोई गड़बड़ी हुई है जिसकी वजह से इसे दस्त लग रहे हैं। लेकिन फिर माँ ने बताया कि क्यूंकि बच्चे अपना कफ़ गले या नाक से नहीं निकाल सकते इसलिए उनका कफ मल से निकलता है। हरे रंग के छितरे से दस्त जुकाम का साइन होते हैं। परेशान होने की ज़रुरत नहीं। जुकाम ठीक होते ही यह भी ठीक हो जाएँगे।

क्या ना करें, आपने कभी घर में काम करने वाली बाई, या उसी तरह के परिवारों में पलने वाले बच्चों को ध्यान से देखा है। वे हमारे जितना परेशान नहीं होते। सर्दियों में भी वे बच्चे उतने ढंके छुपे नहीं रहते। बाहर खेलते हैं ज़मीन में बैठते हैं, ठन्डे पानी से नहाते हैं। फिर भी उन्हें सर्दी नहीं पकड़ती। इसके उलट हमारे बच्चे रूम हीटर में रहते हैं, फुल पैक कपड़े पहनते हैं, गीज़र के पानी से नहाते हैं, फिर भी जल्दी बीमार पड़ जाते हैं। कारण? कारण बस इतना है कि हम हमारे बच्चों की हद से ज़्यादा केयर कर देते हैं। और यह तो आप जानते ही हैं कि अति सर्वत्र

वर्ज्यते। सर्दियों में बच्चे की परवाह करें, लेकिन इतनी भी नहीं कि उन्हें यदि कभी बिलकुल वैसा ही सब न मिल पाए जैसा आप दे रहे हैं तो वे बीमार पड़ जाएं। स्वेटर की जगह उन्हें थर्मल वियर पहनाएँ। हमारा उद्देश्य उन्हें सर्दी से बचाना है। रूम हीटर को जितना हो सके अवॉयड करें। रजाई आदि ओढ़ाकर उन्हें मौसम के अनुकूल बनने दें। यदि कान ढंके हैं, छाती ढंकी है तो फिर आपका बच्चा नंगा भी घूमे तो उसे सर्दी नहीं पकड़ेगी। इसके अलावा सोते समय बच्चे को मोज़े ना पहनाएँ। सुबह शाम बच्चे के तलवे ढँकने के लिए यदि आप उसे मोज़े पहना रहे हैं तो सोते समय हटा दें।

आखिरी में बस इतना ही कि केयर करें लेकिन उसमें लड़ने की क्षमता भी पनपने दें। जुकाम यदि हो भी जाए तो उसे निकलने दें, तुरंत दवाइयां देकर उसे दबाएँ नहीं।

13

वो सारा दूध निकाल देता है

मेरा बेटा जब दो माह का था तब एक रिश्तेदार मिलने आईं। उस वक़्त मैं अपने बेटे को दूध पिला रही थी। दूध पिलाते ही मैंने उसे कंधे पर लिया और पीठ सहलाने लगी। वो देखते ही ख़ुश हुईं, फिर कुछ सोचते हुए बोलीं, "कंधे पर कपड़ा रख लिया कर, दूध निकालेगा तो कन्धा और कपड़े ख़राब नहीं होंगे"। उस वक़्त तक मेरे बेटे ने ऐसा कोई एक दो बार ही किया था कि उसने दूध पीकर सारा दूध निकाल दिया हो। लेकिन उन्होंने बताया कि उनकी पोती तो दूध पीते ही उलटी कर देती है। वो बताने लगीं कि बच्चों को ऐसे उल्टियाँ नहीं होनी चाहिए। खाना पेट में नहीं पहुंचेगा तो बच्चे कमज़ोर हो जाएंगे। और भी न जाने क्या-क्या बातें बताकर उन्होंने मेरे मन में उलटी को लेकर एक भय पैदा कर दिया। अब मेरा बेटा जो इक्का-दुक्का कभी दूध निकाल भी देता तो मुझे चिंता हो जाती। यही लगता रहता कि इसका पेट खाली हो गया होगा। ये भूखा होगा। इसी चिंता में मैं कई बार तीस-पैंतीस मिनिट तक भी उसे कंधे पर लिए रहती ताकि उसे डकार आ जाए। ऐसे में मेरे हाथ और कंधे में तो दर्द शुरू हुआ ही, साथ ही बच्चे भी लगातार मिलने वाली हलकी थपकियों से परेशान हो जाता। अपनी मूर्खता को मैंने तब तक

नहीं छोड़ा जब तक एक दिन इस बारे में कहीं पढ़ नहीं लिया, किसी से पूछ नहीं लिया।

तब कुछ बातें समझ में आईं जो आपसे साझा कर रही हूँ।

सबसे पहले तो यह फ़र्क़ समझना ज़रूरी है कि बार-बार जो आपका बच्चा कर रहा है वह उलटी है या सिर्फ़ दूध निकाल रहा है। दोनों में फ़र्क़ है, और दोनों के अपने कारण हैं।

यदि बच्चा गला खींच रहा है, यदि उसने जो निकाला वो फटे हुए दूध या दही की तरफ़ दिख रहा है, और उसमें गंध भी है तो यकीनन उसने उलटी की है। इस तरह की उलटी में कई बार दूध नाक से भी निकल आता है। इस तरह की उलटी के कुछ कारण हैं, जैसे, या तो आपके खाने में कुछ ऐसा आया है जो बच्चे को पच नहीं पाया। या फिर उसका पेट एक-दो दिन से खाली न हुआ हो। या दूध पीते ही वह तुरंत लेट गया और दूध अन्दर तक जाकर पच नहीं पाया। असल में, जब भी बच्चा दूध पीता है या कुछ खाता है, वो वह मस्क्युलर ट्यूब के ज़रिए पेट में जाता है। जब दूध बच्चे के गले में जाता है तब बच्चे की इसोफेगस और पेट को जोड़ने के लिए मसल्स की रिंग खुल जाती है। दूध पेट में जाने के बाद यह वापस बंद हो जाती है। दूध का बाहर निकलना इस बात पर निर्भर करता है कि मसल्स की वह रिंग कितनी टाइट है। यदि वह टाइट नहीं है तो सारा दूध इसोफेगस में वापस चला जाता है और बाहर निकल आता है।

दूध पिए हुए कुछ वक़्त बीत जाए फिर यदि वह दूध बाहर निकाले तो आप उसे उलटी होना कह सकते हैं। यदि बच्चे ने दूध पीते ही तुरंत दूध निकाल दिया तो वह उतनी परेशानी की बात नहीं है। बच्चे का पेट यदि बहुत देर से खाली था और तब उसके पेट में दूध गया तो अन्दर

की गैस छाती में अटक जाती है। जब बच्चा दूध पीता है तो वह पूरी तरह अन्दर नहीं जा पाता, ऐसे में उसका पेट नहीं भरा है, लेकिन वह दूध भी नहीं पिएगा। और हो सकता है जो अन्दर गया है वह भी बाहर निकाल दे। जो तुरंत बाहर आया वह आपको फटे हुए दूध जैसा नहीं दिखेगा, बल्कि वह सामान्य दूध जैसा दिखेगा जो अभी कुछ देर पहले ही अन्दर गया है।

शुरू में जब मुझे यह बात नहीं मालूम थी तब मैं परेशान हो जाती थी। बेटा दूध पीता और दो-चार घूँट पीकर छोड़ देता। फिर भूख से रोता लेकिन दूध नहीं पीता। मुझे समझ नहीं पड़ता था कि आखिर उसे हुआ क्या है? कुछ देर तक बहलाने फुसलाने के बाद वह चुप होता, और फिर भूख से रोता। जब कारण समझा तो बहुत ही छोटी-सी समस्या थी। उसका आसान-सा हल ये था कि, दूध पिलाने के बाद जैसे ही बच्चे को अपनी छाती में भारीपन सा लगता है वह दूध छोड़ देता है। क्योंकि पेट पूरा नहीं भरा है इसलिए वह फिर भूख से रोता है, दूध पिलाने के लिए कहता है। ऐसे में कई बार वह आधा-आधा घंटे में बार-बार दूध मांगता है। हमें लगता है कि शायद हमारा दूध उसके लिए पर्याप्त नहीं है। पर असल में यहाँ ज़रुरत सिर्फ़ उसकी पीठ सहलाने की है, उसे डकार दिलाने की है। इसलिए दूध पिलाते समय ध्यान रखें, यदि बच्चे ने जल्दी दूध छोड़ दिया है तो उसे कंधे पर लेकर डकार दिलाएं। अन्दर से गैस निकलते ही पेट में जगह बन जाएगी, छाती से दूध अन्दर जाने का रास्ता भी खुल जाएगा। वह फिर से अच्छे से पेट भर दूध पी सकेगा। दूध पीने या खाना खाने के बाद थोड़ा-बहुत कुछ बाहर निकलना बुरा भी नहीं है, बल्कि इससे बच्चे की छाती हलकी हो जाती है। यदि पेट भरने के तुरंत बाद बच्चा पेट के बल लेट गया या पीठ के बल भी सीधा लेट गया तो उलटी होने की संभावनाएँ ज़्यादा होती हैं। ज़रूरी है कि

उन्हें या तो बैठाकर रखें या फिर कंधे पर लेकर हलके से पीठ सहलाएँ। यदि आप उन्हें सीधा नहीं बैठाते हैं तो पेट भरा होने से बच्चे को छाती में घुटन महसूस होगी जो उसके लिए खतरनाक हो सकती है। बच्चे को होने वाली इन उल्टियों को कम करने का एक तरीक़ा यह भी है कि उन्हें थोड़ा-थोड़ा खिलाएँ। एक बार में पेट भरकर खिलाने की कोशिश न करें। कितना खाना है इसका निर्णय बच्चे को खुद लेने दें। ज़बरदस्ती खिलाने से बच्चे गला खींचते हैं और फिर सब बाहर।

सामान्यतः बच्चे यदि दूध निकालते हैं, या थोड़ा बहुत खाना बाहर निकाल देते हैं तो परेशान होने की ज़रुरत नहीं। उल्टियों के कुछ अन्य कारण भी होते हैं, जैसे यदि खाते-पीते समय बच्चे को उबासी आ गई तो गला खिंच सकता है, यदि वह मुँह में ऊँगली डालता है और कभी ज़्यादा अन्दर तक चली गई तो, यदि उसे गैस है, या बहुत ज़्यादा दूध पी लिया तो, खाँसी आ गई तो भी उलटी हो जाती है। इसमें परेशान होने वाली बात नहीं, लेकिन यदि वह हर बार पेट भरने के बाद फटे दूध की तरह दिखने वाली उल्टियाँ कर रहे हैं। मुँह के साथ नाक से भी दूध निकल आता है, तो ज़रुरत है एक अच्छे डॉक्टर से मिलने की। यूँ तो जैसे-जैसे बच्चे की उम्र बढती है तो उसकी उल्टियाँ कम हो जाती हैं, लेकिन यदि कम नहीं होती तो यह भी ठीक नहीं। ऐसे में बच्चे का वजन नहीं बढ़ पाएगा। उसे भरपूर पोषण नहीं मिलेगा। यानि यह उसके स्वास्थ के लिए ठीक नहीं। इसलिए यह बेहद ज़रूरी है कि आप अपने बच्चे की हर एक्टिविटी पर ध्यान दे, वह क्या और कैसे कर रहा है देखें और समझें। ज़रुरत लगे तो डॉक्टर से ज़रूर मिलें।

14

मैं ये खाऊं या वो?

डिलीवरी के बाद मुझे लगभग 2 महीने तक सिर्फ़ सादा खाना ही खाना था। कारण दो थे, डिलीवरी ऑपरेशन से हो या नार्मल, शरीर कमज़ोर हो जाता है इसलिए गरिष्ट भोजन पचाने में शरीर को ज़्यादा मेहनत लगती है। जो मेहनत उसे शरीर को मिली क्षति की भरपाई करने में लगानी है फिर उसे वही गरिष्ट भोजन पचाने में खर्च करनी पड़ती है। इसलिए सादा भोजन दिया जाता है। छिलके वाली मूँग की दाल, बिना घी की रोटी, बिना मसाले या कम मसाले की सब्जी, दलिया और खिचड़ी, इन्हीं के भरोसे डिलीवरी के बाद के कुछ शुरूआती महीने काटने पड़ते हैं। साथ में यह भी ध्यान रखना पड़ता है कि आप फल-जूस आदि ठंडी चीज़ें ना लें। हालंकि इस एक बात पर अंग्रेज़ी डॉक्टर और आयुर्वेद के बीच मतभेद दिखाई पड़ता है। आजकल अंग्रेज़ी डॉक्टर डिलीवरी के बाद पहले दिन से ही फल, टमाटर, नीम्बू, मैदे के बिस्किट और ब्रेड जैसी चीज़ें खाने पर परहेज़ नहीं बताते, जबकि आयुर्वेद कहता है कि डिलीवरी के बाद शुरूआती दिनों में फल, खटाई, दही, मैदे के बनी सामग्री और गरिष्ट भोजन या तामसी भोजन नहीं करना चाहिए। सादा भोजन खाने का दूसरा कारण है कि जो आप खा रहे हैं, वही दूध बनकर आपके बच्चे को मिल रहा है। इस बात पर भी कई बार मतभेद जानने

में आते हैं। कुछ दिन पहले एक प्रसिद्ध पत्रिका में एक लेख पढ़ा जिसमें लिखा था कि माँ क्या खाती है इससे कोई फ़र्क़ नहीं पड़ता, क्योंकि जो दूध बनता है माँ के शरीर के फैट से। जबकि आयुर्वेद और पुराने ज्ञानी कहते हैं कि माँ क्या खाती है इसका सीधा असर बनने वाले दूध पर पड़ता है। खैर क्या कितना सही है इसमें ज़्यादा अन्दर तक जाने से पहले एक छोटी सी बात समझना ज़रूरी है कि यदि आपका खाया हुआ खाना सीधे आपके दूध को अफेक्ट न भी करता हो तो आपके शरीर और उसकी ताकत को तो अफेक्ट करता ही है। यदि हम माँ बने हैं तो कम से कम इतनी समझ तो हम में अब तक विकसित हो ही चुकी होगी कि क्या जंक फ़ूड है और क्या हेल्थी फ़ूड। ऐसे में जंक फ़ूड शरीर में यदि पोषण नहीं देगा तो आपके बच्चे को दूध में क्या मिलेगा और आपके शरीर में क्या बचेगा यह सोचिएगा। इसलिए यह बहुत ज़रूरी है कि हम अच्छा भोजन करें। लेकिन क्या खाएँ? जो हमें और हमारे नन्हे को नुक्सान न करे?

डिलीवरी के बाद खाने वाली चीज़ों की फहरिश्त लम्बी है यूँ तो, लेकिन मैं कुछ ज़रूरी नाम यहाँ ले रही हूँ, जो मेरे आजमाएं हुए हैं। आपने यदि न सुने हों तो अपनी नानी, दादी, माँ से इन दवाइयों का नाम पूछना, "पीपला मूर, सफ़ेद मूसली, सुहागा, सतवारी, काली मूसली, कमरकस" ये मैंने कुछ नाम ही लिए हैं, इनके साथ और भी कुछ दवाइयाँ आती है, "जापा" या डिलीवरी के नाम से किसी भी पंसारी की दुकान पर मिल जाती हैं। इन दवाइयों की एक निश्चित मात्रा को सोंठ, अजवाइन, हल्दी, मेवे जिसमें बादाम, पिस्ता, किसमिस, मखाना आदि को मिलाकर गुड में लड्डू बनाए जाते हैं। इन लड्डुओं का चलन मध्य भारत में बहुत ज़्यादा है। ये लड्डू न सिर्फ़ शरीर को ताकत देते हैं बल्कि इसमें मिलाई जाने वाली देसी जड़ी बूटियाँ डिलीवरी के बाद होने वाली शारीरिक क्षति की भी पूर्ती करती हैं। क्योंकि हर प्रदेश का अपना एक तौर तरीक़ा होता है, इसलिए ये देसी जड़ी बूटियाँ या इसी तरह का कोई और दवाई

अन्य प्रदेशों में भी दी जाती होंगी। यदि आपको इसकी जानकारी नहीं है, तो आज ही अपने बड़ों से इसकी जानकारी लें, यदि उन्हें भी इस बारे में नहीं पता तो किसी अच्छे आयुर्वेद के डॉक्टर से संपर्क करें। इसके अलावा यदि आप फ़ास्ट फ़ूड, कोल्ड ड्रिंक, ठंडा पानी, मैदे की बनी सामग्री जैसे ब्रेड, बिस्किट, तला हुआ खाना न खाकर, हरी सब्जियाँ जैसे कि- दालें, घी, दूध को अपने खाने में शामिल करेंगी तो इसके दो फायदे होंगे, एक- आपके बच्चे तक अच्छा दूध पहुँचेगा, दूसरा- आपका शरीर वापस अपने शेप में आ जाएगा।

अब थोड़ा विस्तार से खाने वाली उन चीज़ों के बारे में बात करते हैं जो हमारी आदत में होती हैं, और जिनसे हमारे दूध पर असर पड़ता है। वैसे तो प्रकृति ने यह प्रक्रिया इतनी प्योर बनाई है कि किसी भी मायने में आपके बच्चे को हानि न पहुँचे, आप जो भी खाएँ उसका असर आप पर ही पड़े, लेकिन क्योंकि दूध भी आपके ही शरीर से बनता है इसलिए यह ज़रूरी है कि हम उन सामग्रियों को कुछ दिन के लिए अलविदा कह दें जिनका एक प्रतिशत भी बुरा असर भी हमारे बच्चे पर पड़ सकता हो।

कॉफ़ी, ये कई लोगों का शौक होती है, कई की आदत, लेकिन जब आप माँ बनती हैं तो आपको अपनी हज़ार आदतें बदलनी पड़ती हैं। वैसे तो विशेषज्ञों का मानना है कि आप जितनी कॉफ़ी पीती हैं उसका एक प्रतिशत ही आपके शरीर के ज़रिये बनने वाले दूध में शामिल होता है, लेकिन आपका बच्चा और उसका शरीर अभी इतना छोटा है कि वह एक प्रतिशत भी पचाने में उसके लिए भारी हो सकता है, उसके शरीर को नुकसान पहुँचा सकता है। इसलिए हो सके तो कॉफ़ी को कुछ समय के लिए कहें बाय-बाय।

जानकारों की माने तो जड़ी बूटी और मसाले, ये ऐसी चीज़ें हैं जो हमारे खाने के बाद दो से आठ घंटे तक दूध में अपना असर रखती हैं। सबकी अलग-अलग तासीर होती है जिससे हर खाद्य सामग्री का सबके शरीर

पर अलग-अलग असर होता है। किसी को मूंगफली पच जाती हैं किसी को उनसे एलर्जी हो जाती है और किसी को एसिडिटी। इसलिए यह जानना बहुत ज़रूरी है कि जो भी मसाले और दवाइयाँ आप खा रही हैं वो यदि एक प्रतिशत भी आपके बच्चे के पेट में पहुँची तो उस पर क्या असर पड़ेगा। थोड़ा बहुत मसाले खाना बुरा नहीं, अब अगर आप कटोरा भरकर तीखी मिर्ची वाली चाट खाएंगे तो संभव है कि आपके बच्चे के पेट में जलन हो जाए। दूध, दही, मक्खन, ये यूं तो हमारे शरीर को ताकत देते हैं, ज़रूरी वसा और प्रोटीन देते हैं, लेकिन कई बार इनकी वजह से बच्चों को एलर्जी हो जाती है। सही समझे, आपके दूध पीने से संभव है कि आपके बच्चे को दाने, रैशेस, गैस और डायरिया जैसी कोई तकलीफ़ हो जाए। इसलिए यदि आपके बच्चे को कोई ऐसी तकलीफ़ हो रही है जो किसी दवा आदि से ठीक नहीं हो रही, तो एक बार आजमा कर देखिए शायद आपके खाने में कुछ ऐसा आ रहा है जो उसके शरीर को तकलीफ़ दे रहा है।डॉक्टर्स का मानना है कि ज़्यादा तला-भुना, खाने वाली माओं के बच्चों में भी वैसी ही चर्बी जमती है जैसी उन माओं में, यानि अपनी जीभ के लोभ में यदि आप अधिक तला हुआ खा रहे हैं तो सावधान हो जाए, आप अपने साथ-साथ अपने बच्चे के शरीर को भी नुक्सान पहुँचा रहे हैं।

ये कुछ बहुत ही सामान्य-सी बातें हैं, जो आपको आपकी माँ, दादी या नानी से सुनने को मिल जाती होंगी। ज़रूरी है तो बस उन पर आज के ज़माने का ठप्पा लगना। पुराना सब कुछ बदलने के चक्कर में हम बहुत सारी ज़रूरी बातें अनदेखी कर देते हैं। बेहतर होगा हम वक़्त रहते संभल जाएं। क्योंकि भविष्य में नुक्सान हमारा ही है।

15

ये मोटा क्यों नहीं होता?

उस दिन समाज के किसी आयोजन में मैंने अपने बच्चों के साथ शिरकत की थी। हम सभी के आस-पास एक ऐसी महिला ज़रूर होती है जिसका काम ही होता है सबको टोकना। वहां आयोजन में भी वही महिला मुझसे फिर आ टकराईं और उन्होंने हमेशा की तरह अपना डायलोग मेरी और उछाला, "इन्हें कुछ खाने-पीने को दिया कर कितने दुबले हो गए हैं"। मैं उनसे यही बातें कई बार सुन चुकी थी और अब सुनने की सीमा समाप्त हो चुकी थी इसलिए मैंने मुस्कुराते हुए उनसे कहा, "वो क्या है ना आंटी बच्चों के हिस्से का सारा खाना मैं ख़ुद खा जाती हूँ। कल से दोनों को आपके यहाँ भेज दिया करूँगी। आप ही इन्हें खिला-पिला दीजिएगा"। वे मुँह बनाती हुई वहाँ से चली तो गईं लेकिन मेरा मन खिन्न हो चुका था। क्यों दुनिया का हर बच्चा एक समान मोटाई का ही चाहिए सबको? कई लोग तो अपने साथ बिन माँगे ज्ञान की पोटली लेकर घूमते हैं। मानो उनका अल्प-ज्ञान नहीं बल्कि कोई हीरे-जवाहरात हुए कि जिधर मन चाहा थोड़े बरसा दिए, कि "ये खिलाओ, वो पिलाओ, ऐसे मालिश करो, नज़र उतारो वगेरह वगेरह"। मैं आज भी सबको यही जवाब देते-देते थक जाती हूँ कि "मेरे बच्चे पूर्णतः स्वस्थ हैं, दुबले या

मोटे होने से कुछ नहीं होता"। लेकिन इस मानसिकता के लोगों से कोई भी बात कहना असल में भैस के आगे बीन बजाना है। यानि जिन लोगों ने बच्चे का स्वस्थ होना उसके मोटापे से ही मान लिया हो उन्हें जवाब देने से क्या होगा? मेरे बेटे के जन्म से कुछ वक़्त पहले जानने वालों में किसी के यहाँ प्री-मेच्योर बच्चा हुआ। प्री-मेच्योर बेबी होने की वजह से उसे स्वास्थ सम्बन्धी कई परेशानियाँ उठानी पड़ीं। उसे अक्सर बुखार रहता, कभी ब्लड चढ़वाना पड़ता तो कभी ड्रिप। दिखने में वह मेरे बेटे से ज़्यादा मोटा-ताज़ा दिखता। अब यदि सिर्फ़ मोटापा ही अच्छे स्वास्थ्य की पहचान है तो क्या वह बच्चा जिसे हर 2-3 महीने में ख़ून चढ़वाना पड़ रहा है स्वस्थ होगा? हाँ यदि स्वस्थ होते हुए बच्चा अच्चा भरा-भरा रहे तो उसमें भी कोई बुराई नहीं है। लेकिन अधिक वजन को ही सब कुछ मान लेना ठीक नहीं। समझना यह होगा कि एक साल तक की उम्र तक हमें बच्चे में किन ज़रूरी पोषक तत्वों को पहुँचाने की ज़रुरत है, बजाय इसके कि उसका वजन 10 किलो हुआ या नहीं।

बच्चे के पहले साल में हमें कई बार उसे हस्पताल ले जाना पड़ता है। टीकाकरण के लिए। इस समय बच्चे का वजन आदि भी जाँचा जाता है। टीकाकरण वाला एक चार्ट भी आपको दिया जाता है। जिसमें बच्चे की ग्रोथ से सम्बंधित सारी जानकारी रहती है। जैसे कि उसका वजन सही बढ़ रहा है या नहीं, उसके क्रियाकलाप सही हैं या नहीं, आदि। यदि आपके पास भी ऐसा ही कोई चार्ट है तो आप उसमें देख पाएंगे कि उसमे न्यूनतम और अधिकतम वजन के लिए सीमा दी होती है। साथ ही यह भी दिया होता है कि बच्चा कितने वजन तक सामन्य की श्रेणी में रहता है। अब आपको बस इतना करना है कि हर माह अपने बच्चे का वजन और ऊँचाई नापनी है और उस तालिका में भरते रहना है। आपकी सारी चिंता का हल यहीं मिल जाएगा। यही तालिका आपको बता देगी कि आपका बच्चा सामान्य रूप से बढ़ रहा है या नहीं। जन्म के समय मेरे

बेटे का वजन 2 किलो 300 था जबकि बेटी का का वजन 3 किलो। दोनों के शरीर की संरचना, पसंद-नापसंद सब कुछ अलग है और उनके वजन और हाईट बढ़ने का चार्ट भी बिलकुल अलग। यदि मैं इसी बात के लिए परेशान होती रहूँ तो हो गयी परवरिश। इसलिए याद रखें यदि आप दूसरी बार माँ बन रही हैं, या आपके परिवार में भी किसी दूसरे बच्चे ने जन्म लिया है तो दोनों का ग्रोथ चार्ट अलग होगा, आपके अपने ही दोनों बच्चे अलग तरह से बड़े होंगे। इसलिए अपने बच्चे की तुलना कभी किसी न करें।

अब जानते हैं, कैसे जांचते हैं बच्चे की सही ग्रोथ,

वजन : किसी भी बच्चे का वजन ही एक ऐसी चीज़ है जो हमें सबसे पहले दिखती है। ढीली-ढाली शर्ट पहने बच्चे दुबला ही दिखेगा। लेकिन वह कितने किलो का पैदा हुआ था,तबसे अब तक उसका कितना वजन बढ़ा। वह कितने माह का है। उसके माता-पिता का शरीर कैसा है, यह सब जाने बिना ही यदि हम इस निर्णय पर पहुँच जाएं कि वह बच्चा कितना दुबला और कमज़ोर है तो हम मूर्ख ही हैं। सामान्यतः बच्चों का वजन सही दिशा में बढ़ रहा है या नहीं यह जांचने के लिए डॉक्टर्स ने एक पैमाना तय किया, जो बताता है कि चौथे माह में बच्चे का वजन उसके जन्म के वजन से दुगना हो जाना चाहिए। इसी प्रकार बच्चे के पहले जन्मदिन पर यानि एक साल में बच्चे का वजन उसके जन्म के वजन से तिगुना हो जाना चाहिए। यदि कम से कम इतना है तो बच्चा सही दिशा में बढ़ रहा है। ज़बरदस्ती उसे सूमो पहलवान बनाने की चेष्ठा ना करें। साथ ही यह भी जान लें कि शुरूआती महीनों में बच्चे का वजन तेज़ी से बढ़ता है जबकि चौथे-पांचवे माह के बाद वजन बढ़ने की प्रक्रिया स्लो

हो जाती है। शुरूआती महीनों में प्रतिमाह एक किलो तक बढ़ सकता है जबकि पांचवे माह के बाद 400 ग्राम प्रतिमाह भी।

बच्चे के सर का आकार : बच्चे के वजन और ऊँचाई के अलावा उसके सर का नाप भी कई डॉक्टर उसकी सही ग्रोथ जांचने के लिए करते हैं। यदि बच्चे के सर का नाप मापदंडों के हिसाब से नहीं बढ़ रहा है तो माना जाता है कि बच्चे के मस्तिष्क का विकास ठीक तरह से नहीं हो रहा है। यदि यह बहुत तेज़ी से बढ़ रहा है तो माना जाता है कि भीतर तरल की मात्रा बढ़ रही है, जो बच्चे के मस्तिष्क को हानि भी पहुंचा सकती है। लेकिन यह सिर्फ़ मापने का एक तरीक़ा मात्र है। इसके बाद आगे की जांचें आदि के बाद ही किसी नतीजे पर पहुंचा जाता है। साथ ही यह भी देखना चाहिए कि आपका सर कितना बड़ा है। कई लोग होते है जिनकी खोपड़ी बड़ी या छोटी होती है। यदि आप उनमें से हैं तो संभवतः आपके बच्चे की खोपड़ी भी बड़ी या छोटी हो सकती है। ऐसे में घबराने की ज़रुरत नहीं। बस ध्यान देते रहें कि आपका बच्चा सारे काम सामान्य रूप से कर रहा है या नहीं, और अधिक संशय हो तो डॉक्टर से बात कर लें।

लम्बाई : मेरे पति की ऊँचाई छः फुट एक इंच है, और मेरी ऊँचाई पांच फुट पांच इंच। ऐसे में यह अनुमान आसानी से लगाया जा सकता है कि मेरे बच्चे की ऊँचाई भी ठीक ही होगी। लेकिन पहले साल में ऊँचाई का पता लगाना कि बच्चा बड़ा होकर कितना लम्बा होगा मुश्किल है। हालाँकि डॉक्टर मानते हैं कि पहले साल में बच्चा कम से कम 10 इंच तक बढ़ता है। उसके बाद हर साल लगभग ढाई इंच। और 18 साल तक बढ़ने वाली उसकी ऊँचाई फिर विराम ले लेती है। लड़कियों के लिए यह भी कहा जाता है कि उनकी ऊँचाई तब तक बढ़ती है जब तक उनका मासिक धर्म शुरू नहीं होता। बहरहाल, मैं हर माह जब अपने

बच्चे की ऊँचाई नापती हूँ तो यही देखकर उसके दुबले होने को स्वीकार लेती हूँ कि उसकी ऊँचाई ठीक दिशा में बढ़ रही है। ये तीन बहुत ही सामान्य तरीके हैं जांचने के कि आपका बच्चा सही दिशा में बढ़ रहा है या नहीं। यदि ये सभी सामान्य हैं तो चिंता को भूलिए और अपने बच्चे पर मोटा होने का ज़ोर मत लगाइए। उसे उसके हिसाब से धीरे-धीरे आगे बढ़ने दीजिए। वैसे क्या आपको एक मज़ेदार फैक्ट पता है कि बच्चे की लम्बाई लेटे हुए में अलग आएगी और खड़े हुए में अलग, तो यदि आप ज़्यादा परेशान हो रही हैं तो दोनों तरह से माप लें, जिसमें ज़्यादा आए उसे मान लें। दिल बहलाने के लिए ये ख़याल अच्छा रहेगा ना ग़ालिब।

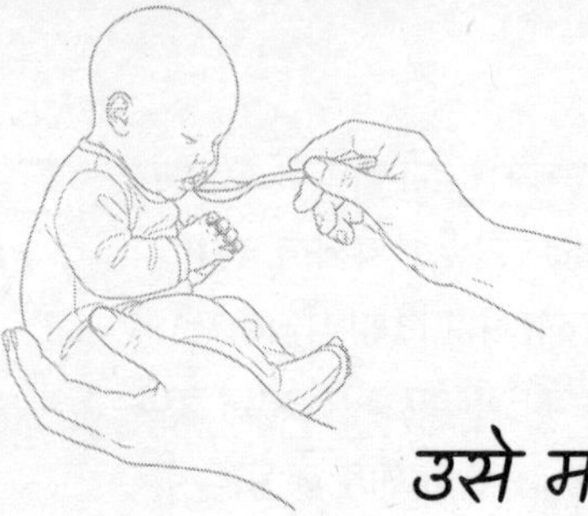

16

उसे मोटा करने के चक्कर में ज़्यादा तो नहीं खिला रहीं?

एक बार की बात है जब कुछ दिनों से मेरा बेटा खाना खाने में बहुत परेशान करने लगा था। पहले वह अच्छे से रोटी-सब्जी या जो भी घर में बनता था उसे थोड़ा-थोड़ा खा लेता था। लेकिन फिर अचानक उसने सब खाना बंद कर दिया। तरल हो या फिर ठोस वो कुछ नहीं खाना चाहता था। उसे अगर कुछ चाहिए था तो सिर्फ़ स्तनपान। यह स्थिति कुछ महीने पहले होती जब वह एक साल का नहीं हुआ था, तब मैं परेशान नहीं हुई होती, लेकिन नौ-दस माह के बाद बच्चे को पोषण के लिए ज़रूरी है कि वह थोड़ा-थोड़ा ठोस भी ले, जैसे फल, अनाज, सब्जियां आदि। चार-पाँच दिन जब उसने ठीक से कुछ नहीं खाया और उसे ज़बरदस्ती खिलाना पड़ा तो वह मुझे कमज़ोर दिखने लगा, और चिड़चिड़ा भी। जब हम बहुत परेशान हो गए तो डॉक्टर को दिखाने ले गए। डॉक्टर ने उसकी सारी जाँच की। पेट, तलबे, हथेलियाँ, जीभ, नाक, कान, सभी अच्छी तरह से जाँचने के बाद वे हमें गुस्से से देखने लगे। हमें कुछ समझ नहीं आया, फिर उन्होंने हमसे कुछ सवाल किए-

डॉक्टर : “आप इसे दिन में कितनी बार खाना खिलाती हैं?”

मैं : जी सुबह गाय का दूध देती हूँ, फिर दो-तीन घंटे बाद खाना जिसमें पोहा, दलिया, रोटी, सब्जी आदि, फिर दो तीन घंटे बाद कोई फल या जूस, फिर दो तीन घंटे बाद खाना जिसमें अनाज, फिर तीन घंटे बाद दूध। और बीच-बीच में थोड़ा बहुत स्तनपान।

डॉक्टर मेरा जवाब जानते थे, सुनते ही बोले आप इसे बच्चा समझती हैं या टंकी? आप इसे इतने कम अंतराल में इतना कुछ खिला देंगी कि उसे पचने का वक़्त ही नहीं मिलेगा तो वह कैसे कुछ खाएगा? इससे बच्चे का लीवर भी ख़राब हो सकता है। पहले मुझे शर्मिंदगी हुई फिर मैंने झेंपते हुए कहा कि अगर नहीं खिलाऊँगी तो वह भूखा रहेगा, रोएगा। उन्होंने मुझे डांटा और समझाया। हम बड़े लोग सुबह खाना खाने के बाद दोबारा खाना तक़रीबन 6-7 घंटे के बाद खाते हैं। यहाँ खाना मतलब ठोस आहार। बच्चों के साथ भी ऐसा ही है। उनका लीवर और आंतें अभी तक जो सिर्फ़ माँ के दूध पर टिकी हुईं थी उसे ही पचा रहीं थी वे बहुत सारा खाना पचाने की आदी नहीं होतीं। जैसे बच्चा सीधे पैरों पर खड़ा नहीं होता बल्कि, पहले बैठना सीखता है, फिर घुटने चलता है, उसके बाद खड़ा होता है और चलना सीखता है। ठीक वैसे ही आते पहले थोड़ा-थोड़ा खाना पचाना सीखती हैं उसके बाद अधिक। जब मैंने उनसे कहा कि फिर ये मोटा क्यूँ नहीं होता? तो डॉक्टर ने हँसते हुए कहा, “कल आप दोनों (माता-पिता) अपने बचपन की तस्वीरें लाना, मैं भी तो देखूँ आप इनकी उम्र में कितने मोटे थे?” तो असल में आपके बच्चों की छरहरी काया असल में उनका दुबलापन नहीं बल्कि उनका जेनेटिकल एडोप्शन भी हो सकता है। अब सवाल खाना खिलाने का कि कब, क्या और कैसे किया जाए? बच्चे को कब, कैसे और क्या खाने दिया जाए? (यहाँ जो भी जानकारी है वह एक साल से ऊपर के बच्चों के लिए है)

यदि आपका बच्चा रात में स्तनपान करता है तो सुबह जब वह सोकर उठेगा भूखा होगा, क्योंकि माँ का दूध जल्दी पचता है। अतः उसे उठते ही दैनिक क्रियाओं से निवृत कराने के बाद आप गाय का दूध पिला सकती हैं। सालभर का होने के बाद बच्चों के लिए गाय का दूध अच्छा होता है। यह न सिर्फ़ पौष्टिक होता है बल्कि पचता भी आसानी से है। गाय के दूध में केल्शियम अधिक होता है जो बच्चे की हड्डियाँ भी मजबूत करता है। इसके विपरीत भैंस का दूध गरिष्ठ होता है। कई बच्चे जो भैंस का दूध पीते हैं उनमें अपच और टाईट पॉटी की शिकायत अक्सर देखने को मिलती है। यदि आपको गाय का दूध आसानी से उपलब्ध नहीं है तो आप भैंस का भी दे सकते हैं लेकिन फिर उसमें पानी मिला लें। और बहुत अधिक मात्रा में न दें। ध्यान रखें बच्चे के साथ ज़बरदस्ती बिलकुल ना करें, उसे जितनी भूख हो उतना ही खिलाएं। यहाँ एक और ज़रूरी बात यह है कि दूध में ऊपर से कुछ ना मिलाया जाए तो बेहतर है जैसे बोर्नविटा आदि, स्वाद और पोषण के लिए यदि आपको कुछ मिलाना है तो आप इलायची, बादाम, पोस्त के दाने, छुन्वारा का पाउडर बनाकर, एक छोटी चम्मच दूध में उबालकर पिला सकते हैं। यह एक तरह से देसी बोर्नविटा है, वो भी बिना केफ़्फ़िन के।

दूध पिलाने के बाद आप उसे तीन घंटे के लिए छोड़ दें। इस बीच कुछ खाने ना दें। हाँ पानी पिलाते रहें थोड़ा-थोड़ा। पानी पाचन में भी सहायक बनता है। तीन घंटे बाद बच्चे को भूख लगने लगेगी। बेहतर रहेगा कि तीन घंटे या घड़ी ना देखें और तीन से ज़्यादा भी हो जाएं तो दिक़्क़त नहीं, वो ख़ुद अपनी भूख को पहचान लेगा, और रोकर आपको बता देगा। फिर उसे खाना दें। खाने में जो आप खाते हों यो बिना लाल मिर्च एवं तले हुए पदार्थों के अलावा सब खिलाएं। इससे बच्चा सब खाना सीखता है। कुछ विशेष चीज़ों के बारे में मैंने पहले के अध्यायों में बताया है।

यदि उसने ठीक से खाना खा लिया, यानि आधी रोटी, या एक इडली, या एक कटोरी दलिया, या इतना ही कुछ, तो तसल्ली रखें। यह समझने की कोशिश करें कि हर बच्चे की भूख अलग होती है, कोई कम खाता है कोई ज़्यादा, यदि वह मना कर रहा है, और नहीं खाना चाहता तो ज़बरदस्ती ना करें। उसे भूख लगी होगी तो वह ज़रूर कहेगा। कई बार स्वाद का अंतर भी पड़ता है, हो सकता है आप उसे जो खिला रहे हैं उसे वो पसंद ना आया हो ऐसे में पहले से ही एक और विकल्प तैयार रखें जो उसकी पसंद का हो। खाना खिलाने के बाद अब उसे दो घंटे बाद आप स्तनपान कराएं, और बीच-बीच में पानी देती रहें। बेहतर होगा यदि आप बच्चे को फलों का जूस देने की जगह फल सीधे खाना सिखाएं। जैसे, अनार के कुछ दाने, संतरे की एक कलि, थोड़ा-सा केला, सेब की कलि, ककड़ी, तरबूज, खरबूज आदि। इसके कुछ फायदे हैं, बच्चे को अलग-अलग स्वाद पता चलते हैं, उन्हें जितनी ज़रुरत होती है वे उतना खाते हैं, उनकी आँतों पर ज़्यादा दवाब नहीं पड़ता, और सबसे ज़रूरी उनके मसूड़ों को भी आराम मिलता है क्योंकि वे चबाकर अपनी खुजली मिटा पाते हैं। सुबह के खाने के बाद, अगला ठोस आहार जिसमें अनाज हो वो कम से कम छः घंटे के अंतारल से दें। बीच में यदि बच्चे को तेज़ भूख लगे तो फल या स्तनपान कराना अच्छा विकल्प है। जो माएं स्तनपान नहीं करातीं वे थोड़ा-सा दूध या दो-तीन चम्मच जूस दे सकती हैं। ध्यान रहे जूस दो-तीन चम्मच से ज़्यादा ना हो।

आखिर में शाम के भोजन के बाद उसे रात को सोने से पहले दूध पिलाएं। ताकि वह एक लम्बी नींद सो सके। भोजन और दूध के बीच में ढाई से तीन घंटे का अंतराल एक सही अंतराल है।

बच्चे को मोटा करने के चक्कर में मेरी तरह उसे ज़्यादा खिलाने की गलती ना करें। इससे बच्चा खाने से दूर भागने लगता है। उसे उतना ही खिलाएं

जितनी उसे ज़रुरत है। जब मैंने अपने बेटे के खाने के अंतराल में डॉक्टर के कहे अनुसार यह बदलाव किया तो वाकई उसके खाने की समस्या दूर हो गई। और वह अच्छे से पेट भरकर ख़ुशी-ख़ुशी खाने लगा। भूलिएगा मत कि आप दिनभर में छः रोटी छः घंटे में नहीं खाते बल्कि एक बार में खाते हैं फिर उसे पचने के लिए छोड़ देते हैं, ठीक वैसे ही बच्चे जब लम्बे अन्तराल और पूरी तरह पचने के बाद ठोस आहार लेंगे तो वे अच्छे से पेटभर अपनी भूख जितना ज़रूर खाएंगे।

***

खाने-पीने की बात बिना हाइजीन के पूरी नहीं हो सकती। लेकिन यह कब कहाँ कितनी ज़रूरी है इस पर मैं कहूँगी कि यह हाइजीन की फ़िक्र है या इम्युनिटी का ख़तरा या पश्चिम की नकल? क्या हमें थोड़ा पीछे चलना चाहिए?

वह साल 94 था। पापा का तबादला हुआ तो हम भौंती पहुँचे। शिवपुरी जिले का एक छोटा सा गाँव। मोहल्ले में हम कई सारे बच्चे थे। कुछ मकानमालिक के, कुछ पड़ोसियों के। एक घर में गाय थी। उनका घर कच्चा था। ज़मीन गोबर से लिपती। एक घर में अमरूद के पेड़ थे। जिस पर सारे मोहल्ले के बच्चे लदे रहते। कुल मिलाकर एकदम देसी परिदृश्य। अलग-अलग जातियों के लोग थे मोहल्ले में। आर्थिक रूप से देखा जाए तो अलग-अलग तबके के भी। मिडिल क्लास से लेकर ग़रीबी रेखा के नीचे वाले तक। लेकिन ये विभाजन मैं आज कर सकती हूँ। उस समय ये सब समझ नहीं थी।

उस समय तो बस खेलने से मतलब होता था। कौन किस जात का है, कितना अमीर है, कैसे स्कूल में पढ़ता है, अंग्रेजी बोल पाता है कि नहीं, कितने नम्बर आते हैं, इस सब से ना हमें मतलब होता था ना हमारे

घरवालों को। धूल-मिट्टी में खेलते, खेत में घूमते, खेत की छोटी सी नहर में नहाते, जामुन के पेड़ पर चढ़ते, गाय का गोबर लीपते, कंडे बनाते, मिट्टी के बर्तन-चूल्हा-सब्जी बनाते और सूखे पत्तों से घर बनाते। कभी मम्मी-पापा को कहीं जाना होता तो पड़ोसियों के भरोसे छोड़ जाते। मुझे याद है, जिनके घर हम अक्सर रुक जाते थे उनके यहाँ बिस्तर कपड़ों से ही बने होते थे। गाँव में उसे कथरी कहते हैं। घर के पुराने कपड़ों की चिन्दियों से कातकर बनाए गए ओढ़ना-बिछौना। तब इस बात की परवाह नहीं होती थी कि हमें कैसे बिस्तरों पर सुलाया जाएगा? कमरे में एसी-कूलर होगा या नहीं? कैसा खाना खिलाया जाएगा? कैसा पानी पिलाया जाएगा? तब दोस्ती मन से होती थी। उनके नंबर, हुनर, पैसा, स्टैण्डर्ड, क्वालिटी या अंग्रेजी में दक्षता देखकर नहीं। माँ-बाप हर समय कम्पटीशन की टेंशन में नहीं जीते थे। तब 'स्टैण्डर्ड' सिर्फ़ महानगरों तक सीमित था। गाँव के लोग तब भी सादा जीवन जी रहे थे। हाथ-पैर फटने की, मिट्टी में गंदे होने की, धूल-धूप में खेलने से काले होने की ना हमें परवाह थी ना घरवालों को। बस शाम को घर जाओ तो बढ़िया से रगड़कर हाथ-मुँह धो लिए। कपड़े बदल लिए, बालों में तेल चुपड़ दिया और हो गया। और आज ज़रा-ज़रा से बच्चे बालों में जेल लगाते हैं।

कोरोना काल में हर तरफ़ इम्युनिटी बढ़ाओ की बात चल रही थी। रिपोर्ट्स बता रही थीं कि भारत में रिकवरी रेट 42% थी। यह अन्य देशों से बहुत ज़्यादा थी। ऐसा हमारी इम्युनिटी की वजह से हुआ? दूसरे देशों में हाल बहुत बुरा था। अब हर तरफ़ इम्युनिटी बढ़ाने के गुर सिखाए जा रहे हैं। टिप्स दिए जा रहे हैं। लेकिन इस तात्कालिक आपाधापी से इतर आज के बच्चों की इम्युनिटी बढ़ाने के लिए हम क्या कर रहे हैं? क्या आप बच्चे को पैर फटने की चिंता किए बिना मिट्टी में खेलने देते हैं? क्या हम छोटी-मोटी बीमारी में घरेलू या देसी उपचार करते हैं? मेटरनिटी से जुड़े एक ग्रुप में मुझे सलाह दी गई थी कि बेटे

को विटामिन डी बढ़ाने के लिए उसे टैबलेट दी जाएं। मैंने यह सलाह ना मानते हुए उसे भरपूर धूप में रखा। उससे बेहतर स्रोत क्या होगा? बुख़ार आदि में उसके लिए घरेलू उपचार किए। चोट लगती है तो सबसे पहले उस पर हल्दी लगाते हैं।

अब बच्चों को स्ट्रॉन्ग बनाने के लिए, लंबा करने के लिए, मोटा करने के लिए तथा केल्शियम बढ़ाने के लिए, हर चीज़ के लिए पाउडर हैं। टैबलेट्स हैं। लेकिन क्या टैबलेट्स या पाउडर बिना कैमिकल्स के बनते हैं? क्या ये शरीर की इम्युनिटी को कोई हानि नहीं पहुँचाते? कभी सोचा है इस बारे में? मम्मी हमें सुबह खाली पेट तुलसी, काली मिर्च, और मुनक्का देती थीं। इम्युनिटी बढ़ाने के लिए। दस्त लगें तो नमक शक्कर का घोल या दही भात। यहाँ तक कि पाँचवी क्लास में लगा चश्मा भी मम्मी के घरेलू उपचार से उतर गया । हर तीसरे दिन मक्खन बनता। मम्मी हथेली पर रख देतीं, हम चाँट लेते। दूध-दही खाते, केल्शियम की भरपाई हो जाती। दूध-केला, दूध-दलिया से ताक़त मिलती। कच्ची हल्दी, अदरक का काढ़ा, बुख़ार आए तो तलबों पर घी को मथकर लगाना। नीम की कोंपल, दांतों के लिए दातुन। अब यह सब ओल्ड फैशन्ड माना जाने लगा है। घरों में ही हर चीज़ का उपाय होता है। यह हम अब भूल रहे हैं। अब टीकाकरण के बाद आने वाले बुख़ार के लिए लोग बच्चों को बुख़ार की दवा दे देते हैं। पहली बार सुना था तो मैं हैरान थी। क्योंकि टीकाकरण के बाद बच्चों को बुख़ार आना सामान्य है। इसमें दवा देना जबरन उनके शरीर में केमिकल्स को डालना है। असल में आज हम मानसिक रूप से कमज़ोर हो गए हैं। ज़रा बुख़ार आया कि एंटीबायोटिक दे दो। ज़रा चोट लगी कि पेनकिलर दे दो। बच्चे के शरीर को ख़ुद से लड़ना सीखने ही नहीं देते।

मम्मी-दादियों से तो हमारी ऐसी ठनी है कि उनके घरेलू ज्ञान को हँसकर टाल देते हैं। ये मत खाओ, वो मत खाओ बीमार हो जाओगे। आरो

का पानी पियो। हायज़ीन का ख़याल रखते-रखते हमने उनके शरीर को इतना नाज़ुक बना दिया है कि मामूली सा रोग भी उन्हें तोड़ दे। पश्चिम की नकल करने के चक्कर में हमने फिल्टर्ड पानी पीना शुरू कर दिया। घरों में गाय रखनी बंद कर दीं। दोना-पत्तल में खाने को ग़रीबी मानने लगे। ये और बात है कि पश्चिम ही अब सिखा रहा है कि गाय के साथ 30 मिनिट गुज़ारने से मेन्टल हेल्थ थैरेपी होती है। दोना-पत्तल में खाना प्रकृति के लिए बेहद फायदेमंद है। बच्चों को मिट्टी में खेलने से वे मजबूत होते हैं। नकल करने में हम इतने माहिर हैं कि अब हर घर में 'वेस्टर्न पॉट' लग गए। गुसलखाने में भी कुर्सी का ये चलन धड़ल्ले से चला। बच्चे उकड़ू बैठकर पॉटी करना और हाथ से धोना नहीं जानते क्योंकि हैंडशावर होते हैं।

वहीं अब विज्ञान कह रहा है कि वेस्टर्न पॉट पर बैठकर किए गए मल त्याग से पेट ढंग से साफ़ नहीं होता। आप विदेशियों की तरफ़ उबला खाने खाते हैं तो अलग बात है। खाने भी मिर्च-मसाले हैं तो जाने में भी देसी अपनाना लाभकारी रहेगा। इंडियन स्टाइल में पॉटी करने से ये समस्या नहीं होती तो अब पॉट के साथ पीढ़ा भी मिलने लगे हैं, ताकि कुर्सी पर भी उकड़ू बैठा जा सके। मेरे बच्चे नंगे पैर मिट्टी में खेलते हैं। दिनभर नंगे पैर ही घूमते हैं। उनके छोटे से पैर कटे-फटे से दिखते हैं। इलाज ये है कि मैं रोज़ शाम उसके पैरों की मालिश करती हूँ बजाय उसे मिट्टी में खेलने से रोकने के। नंगे पैर रहना उसके पैरों को मजबूत बनाएगा। बजाए हर वक़्त हायज़ीन की फ़िक्र में हलकान होने के आप जितना देसी रहेंगे, और जितना देसी बच्चों को रखेंगे रोग प्रतिरोधक क्षमता उतनी ही बढ़ेगी। और यही आपके बच्चों के कल को सुरक्षित रखेगा।

17

सफ़र के दौरान बच्चे को क्या खिलाएँ?

जब आप माँ बनने वाली होती हैं, और जब बन जाती हैं तो तकरीबन एक-सवा साल का समय ऐसा बीतता है कि आप कहीं भी आउटिंग, या घूमने-फिरने बाहर न जा पाई हों। प्रेगनेंसी और नयी-नयी माँ बनते ही कई सारी चीज़ों का लोभ छोड़ना पड़ता है। हम दो उलझनों में ही उलझकर रह जाते हैं, "इसको लेकर कैसे जाऊं?", "इसको छोड़कर कैसे जाऊं?" घूमना भी उन्हीं में से एक है। जिन्हें घूमने-फिरने का शौक है उनके लिए ये वक़्त बड़ा कठिन लगता है। खासकर हिन्दुस्तान में जहाँ पीठ या छाती पर बच्चा बाँधकर नयी नवेली माँ सिर्फ़ अपना घूमने का शौक पूरा करने के लिए तो नहीं निकल सकती है। जजमेंटल निगाहें उसे ऐसा करने ही नहीं देंगी। कई बार खीज भी होती है। जाने को मन भी ललचाता है। मेरे साथ भी कुछ ऐसा ही था। मैं घुमक्कड़ प्राणी हूँ। ऐसे में एक लम्बे समय के लिए बंधकर एक जगह पर रहना बहुत मुश्किल लगता है। खैर, समय बीता, बच्चा भी थोड़ा बड़ा हुआ तो हिम्मत की कि कहीं जाते हैं। तीन-चार दिन का प्लान बनाया। लेकिन सबसे बड़ी समस्या जो सामने खड़ी थी वो यह कि जब बाहर रहेंगे तो नौ माह के बच्चे को गरम खाना कैसे खिलाएंगे? क्या खिलाएंगे? जब बच्चा छः माह पूरे कर लेता है तब माँओं को सबसे बड़ी समस्या यही लगती है कि

अपने साथ एक बड़ा-सा झोला लेकर घूमना होता है। जिसमें बच्चे के खाने-पीने का सारा सामान रहता है। छः माह से पहले तक जब बच्चा सिर्फ़ माँ के दूध पर ही निर्भर है तब आप कहीं भी आएं-जाएं कोई समस्या नहीं, गरम ठन्डे की भी दिक़्क़त नहीं। बच्चे को जब भूख लगे आँचल में समेटा और झट से उसका पेट भर दिया। लेकिन छः माह के बाद सिर्फ़ माँ के दूध से बच्चे का पेट नहीं भर पाता, उसे कुछ ठोस आहार भी देना होता है। हालाँकि शुरू में बच्चे को सेमी-सॉलिड ही दिया जाना ठीक रहता है। जैसे दाल, या सब्जियों को उबालकर उनका गाढ़ा-सा सूप जैसा, या दलिया आदि। लेकिन सफ़र के दौरान आप गरम दाल, सूप या दलिया कैसे देंगे? तो फिर सफ़र के दौरान क्या करें? क्या खिलाएं? जब हमें चार दिन के लिए अपने नौ माह के बेटे के साथ जाना था तो मैं कई दिन पहले से परेशान हो गई थी। उसे क्या खिलाऊँगी, कैसे खिलाऊँगी। घर में तो आप बच्चे के लिए उसका मन बहलाने ढेर सरे खिलौने रख सकते हैं, जिसमें उलझा रहकर वो अपना खाना खा लेता है। आपने जो उसके लिए बनाया है यदि वो उसने नहीं भी खाया तो आपके पास दूसरा खाना बनाने का विकल्प होता है। लेकिन बाहर? वहाँ न तो आप ढेर सारे खिलौने ही ले जा सकते हैं न ही बदल-बदलकर उसके लिए कुछ बना सकते हैं। यदि बच्चा घुटने चलने लगा है तब और भी बड़ी मुसीबत यह होती है कि बच्चा यहाँ-वहाँ भागेगा, ऐसे में उसे एक जगह बैठाकर खिलाना और भी मुश्किल काम है। सफ़र के दौरान ये सारी बातें मुश्किल बढ़ाती हैं, तब लगता है कि घर में ही बढ़िया थे। ये सच है कि बच्चे बड़े हो जाते हैं तब घूमने आने-जाने में समस्या कम होती है, तो क्या इतने सालों तक कहीं जाया न जाए? अरे बिलकुल जाइए। कुछ बातें और मेरे अपने कुछ अनुभव यहाँ बाँट रही हूँ, शायद आपको कोई मदद मिल जाए।

अपने सफ़र के शुरू होने के कुछ दिन पहले से मैंने यह खोजना शुरू किया कि कौन-कौन सी वस्तुएं बिना गैस के बनाई जा सकती हैं, और

उनके लिए क्या तैयारी करनी है। साथ में उन्हें वैसे ही घर पर न सिर्फ़ बनाकर देखना है बल्कि अपने बच्चे को खिलाकर भी देखना है। आप सफ़र पर जाएं और एक दम से कोई नयी चीज़ बच्चे को खिलाएंगे तो संभव है कि वो अस्वीकार कर दे। बच्चों के अस्वीकार करने का सबसे आसान तरीक़ा है रो देना। ऐसे में आप परेशान इसलिए भी हो जाते हैं कि बच्चे का पेट नहीं भर रहा। सहयात्री भी आपको इस नज़र देखते हैं कि कैसी माँ है बच्चे को खाना भी नहीं खिला पा रही है। बाहर का आप कुछ खिला नहीं सकते। तो बेहतर यही रहेगा कि आप जाने के कुछ दिन पहले थोड़ी सी तैयारियां कर लें।

यहाँ एक बात यह ही कहना चाहूंगी कि ये परेशानियाँ तब ही आने की संभावनाएँ हैं जब आप बच्चे को बाहर का कुछ न खिलाना चाहें। सेरेलेक भी नहीं। मैंने भी अपने दोनों बच्चों को प्रोसेस्ड फ़ूड यानि बाज़ार का सेरेलेक आदि नहीं खिलाया था। मैं यही चाहती थी कि बाहर की बनी वस्तुएं खिलाने की जगह घर की बनी वस्तुएं खिलाई जाएंगी तो उसके लीवर को थोड़ी कम मेहनत करनी पड़ेगी और नुकसान भी नहीं पहुंचेगा।

जिस दिन आपके सफ़र की शुरुआत होनी है उस दिन आप घर से इडली, उबला आलू, या शकरकंद सेककर ले जा सकते हैं। ये तीनों ही चीज़ पाँच-छः घंटे तक ख़राब नहीं होती और बच्चों को खाने में भी मज़ा आता है। आप चाहें तो जाने के कुछ दिन पहले इन्हें दिन में एक बार बच्चे को खिलाकर भी देख सकती हैं। इससे आपको उसकी पसंद का भी पता चल जाएगा। इसके अलावा आप सेकी हुई सूजी भी ले जा सकते हैं। सूजी बच्चों को बहुत पसंद आती है। इसे सेककर रख लें, फिर उसे दूध के साथ या पानी के साथ उसका हलवा जैसा बनाकर आप खिला सकते हैं। सबसे अच्छे होते हैं घर के बने सेरेलेक। हाँ, बिलकुल! घर में भी सेरेलेक बनते हैं,पौष्टिक और शुद्ध। बिना किसी मिलावट के।

मैंने अपने बेटे के लिए दो तरह का सेरेलक बनाकर रखा था। एक सहेली से उसकी विधि सीखी थी।

मुरमुरे, सिके हुए चने, बादाम भिगोकर सुखाकर बारीक पीसी हुई, और इलायची पाउडर, इन सबको मिलाकर बनाया गया सेरेलेक बच्चों को बहुत पसंद आता है। इसके अलावा सभी तरह के अनाज को अच्छे से धोकर उन्हें अंकुरित होने रख दें अलग-अलग। जब वे अंकुरित हो जाएं तो उन्हें थोड़ा सा सुखाकर अच्छे से अलग-अलग घी में सेक लें। जब सभी अच्छे से सिक जाए तो उन्हें पीसकर पाउडर बना लें। और बस बन गया एक बेहद पौष्टिक सेरेलेक। इसे दूध या पानी के साथ घोलकर बच्चे को खिला सकते हैं उन्हें बहुत पसंद आता है। वैसे यदि आप बच्चे को बाहर का खाना देने का समर्थन करते हैं तो आप इडली भी खिला सकते हैं। यह आपको कहीं भी आसानी से उपलब्ध हो जाती है।

मैंने अपने चार दिन के सफ़र में अपने बेटे को फल, इडली, और सेरेलेक खिलाया। उसका पेट अच्छे से भरा रहता था तो घूमने में भी मज़ा आता था। मैंने एक साल से पहले अपने बेटे को गाय का दूध भी नहीं दिया था इसलिए मुझे थोड़ा ज़्यादा परेशान होना पड़ता था कि क्या खिलाऊं क्या न खिलाऊं। वह स्तनपान और अन्य खाद्य सामग्री पर आश्रित था। नौ माह तक वह ऊपर की वस्तुएं कम ही खाता था। हालाँकि बच्चों के लिए एक साल तक माँ का दूध उनका प्राइमरी फ़ूड रहता है लेकिन फिर भी वह आधी पूर्ती ही कर पाता है। इसलिए ध्यान रखें और तैयारी करके चलें। क्योंकि, भूखे पेट भजन न होय गोपाला। ऐसा न हो कि आपकी छुट्टियाँ एक दुखद घटना में बदल जाए। अमूमन आम हिंदुस्तानी, माता-पिता छोटे बच्चों के साथ यात्रा करने से कतराते हैं। खासकर विदेश यात्राएँ क्योंकि उन्हें लगता है कि - कहाँ जाएंगे, कैसे जाएंगे, बच्चे को क्या खिलाएंगे, कुछ खाने-पीने मिलेगा या नहीं मिलेगा, लेकिन अगर आपके बच्चे को ये तीन चीज खाना पसंद है तो

आप दुनिया के किसी भी देश में आसानी से यात्रा कर सकते हैं। एक- दही, दूसरा- उबला आलू, और तीसरा चावल। साथ में आप नमक तो ले जा ही सकते हैं आसानी से। इसके अलावा फ्रूट्स तो कहीं भी सारी दुनिया में एक जैसे ही मिल जाते हैं।

अद्वैत तब सवा दो साल के थे जब वे अपनी पहली विदेश यात्रा पर गए। यह यात्रा तुर्की की थी। उन्हें उबला आलू, चावल और दही खाना पसंद था और तुर्की में अमूमन हर जगह हमें आलू और चीज का पराठा आसानी से मिल जाता था। तुर्की की एक चीज और बहुत फेमस है - बेक्ड पोटैटो जिसमें बहुत सारी सब्जियां भर के उसे बेक करके देते हैं। तीखे मिर्च-मसाले के बिना यह भी बच्चों को पसंद आता है।

इसके अलावा मैं अपने साथ लेकर गई थी सूजी जिसको मैंने ड्राई-फ्राय करके रख लिया था। और ड्राई-फ्राय खिचड़ी। इसकी रेसिपी अगर मैं आपको बताऊं तो चावल और दाल को आप धोकर सुखाकर अच्छे से उसको पीसकर फ्राय कर लीजिए। फ्राय करने के लिए हल्की से तेल में नीम पत्ती, नमक और हल्दी के साथ थोड़ा सा चाट-मसाला मिलाकर आप पैकेट बनाकर रख सकते हैं। हर होटल में आपको कैटल मिल जाती है और उस कैटल में पानी उबाल के कटोरी में दो चम्मच खिचड़ी और उबला हुआ दो-तीन चम्मच पानी डालकर आप गरमागरम खिचड़ी बच्चे को खिला सकते हैं। ऐसे आप अपने बच्चों को सुबह-सुबह घर से ही मतलब होटल से ही नाश्ता कर कर ले जा सकते हैं और यह बहुत आसानी से पैक होकर आपके साथ जा सकता है।

बच्चों के साथ ट्रैवल ज़रूर करिए, जहाँ संभव हो, जितना संभव हो ज़रूर उन्हें दुनिया से मिलाइए। क्योंकि यात्राएँ बच्चों को बहुत कुछ सिखाती हैं, उन्हें दुनिया से मिलना और दुनिया में ढलना सिखाती हैं।

18

क्या है निपल इल्यूज़न और क्यों करते हैं मना पेसीफायर से?

बात दिसंबर 2017 की है। मैं अपने पति के साथ उनके एक दोस्त की शादी में चंडीगढ़ गई थी। साथ में हमारा नौ माह का बेटा भी था। दिसंबर था तो ज़ाहिर-सी बात है कि ठण्ड भी अच्छी खासी थी, फिर चंडीगढ़ तरफ़ ठण्ड थोड़ी अच्छी पड़ती भी है। खैर, ठण्ड ने हमें अपने छोटे से बेटे के साथ उतना परेशान नहीं किया, जितना उसके सोने की आदत ने किया। उसे स्तनपान करते हुए सोने की आदत लग गई थी। अधिकांश बच्चों को यह आदत हो जाती है। कारण होता है माँ का रात में इतना थका हुआ होना कि वह सोचती है, बच्चे को सुलाते-सुलाते कुछ वक़्त ख़ुद भी सुस्ताले। इसलिए वह लेटकर जब बच्चे को दूध पिलाती है तो बच्चे को धीरे-धीरे वैसे ही माँ के बगल में लेटकर दूध पीते हुए सोने की आदत पड़ जाती है। इस आदत का जो एक नुकसान है वो यह कि जब हम कहीं बाहर हों, और बच्चे को नींद आने लगे तो वह ज़िद करेगा कि आप उसे स्तनपान कराएं, या लेटकर सुलाएं, हालाँकि उसका पेट भरा हुआ होगा तब भी वह यह ज़िद करेगा क्योंकि उसे इसी तरह सोने की आदत है।

मेरे साथ भी उस दिन यही हुआ, हम बाहर होटल में कुछ दोस्तों के साथ खाना-खा रहे थे। बेटा भी साथ था। और उसे नींद आने लगी। वह रोने लगा, वहां कोई जगह नहीं थी जहाँ बैठकर उसे स्तनपान कराती। साथ ही उसका पेट भी भरा हुआ था। तब उस रात तकरीबन एक किलोमीटर पैदल चलकर मैं बेटे के लिए पेसीफायर खरीदकर लाई, उसके मुँह में लगाया और घुमाते हुए उसे सुलाया। क्योंकि उसे पेसीफायर की आदत नहीं थी इसलिए एक-दो बार उसने उसे बाहर थूक दिया, लेकिन नींद तेज़ आने की वजह से फिर वह निपल मानकर उसे मुँह में देकर सो गया।

निपल इल्यूज़न जैसे शब्द आजकल की माँओं के लिए नए नहीं हैं। लेकिन हमारे लिए यह समझना ज़रूरी है कि असल में यह है क्या? ज़्यादातर लोगों का निपल इल्यूज़न के मामले में जो ज्ञान है वह अवधारणाओं और बहुत कम उपलब्ध ठोस तथ्यों पर टिका हुआ है। हमारी माँओं से हमें और हमारी नानियों से हमारी माँओं को यह जानकारी एक पीढ़ी से दूसरी पीढ़ी को दी जाती रही, जिन्हें खंडित करने के बारे में किसी ने नहीं सोचा, और न ही बड़े-बड़े हेल्थ आर्गेनाइजेशन भी इसके बारे में कोई पुख्ता जानकारी उपलब्ध कराते हैं, जिससे वे अवधारणाएं चलती चली जाती हैं।

पेसीफायर या आम भाषा में जिसे "आर्टिफीसियल निपल या चुसनी या बिटकनी" कहा जाता है, को निप्पल इल्यूज़न का जनक माना जाता है। यह भी माना जाता है कि जब बच्चों को पेसीफायर दिए जाने लगते हैं, तो क्योंकि उनकी बनावट पूर्ण रूप से स्तन की तरह नहीं होती, वे रबर के बने होते हैं, इसलिए बच्चों को उन्हें माँ के स्तन की अपेक्षा कुछ अलग तरह से चूसना पड़ता है, और जब दिन के अधिकांश घंटों में वह उनके मुँह में लगा रहेगा तो ज़ाहिर सी बात है कि बच्चे माँ के स्तन को भी

उसी तरह से मुँह में लेंगे। जिसके परिणाम, माँ के स्तन को कई बार चोट पहुंचना, दूध का कम बनना और बच्चे की स्तनपान की चाहत का जल्दी ख़त्म होना, माने जाते हैं। इसके अलावा इसके इस्तेमाल पर कुछ बुज़ुर्गों का यह भी मानना होता है कि, क्योंकि पेसीफायर से बच्चे की भूख नहीं मिट सकती, इसलिए ऐसे में यदि बच्चा भूखा है तो वह पेसीफायर चूसते वक़्त अपने तालू से लार को चूसता, जिससे उसे लगता है कि वह दूध पी रहा है। इससे उसका तालू कमजोर होता है। साथ ही अधिक समय तक पेसीफायर मुँह में रहने से बच्चे के मुँह में दर्द हो सकता है, जिससे वह स्तनपान को एन्जॉय नहीं करेगा, उसका पेट नहीं भरेगा और अंतत उसका वजन बहुत धीमे बढ़ेगा या कम बढ़ेगा ।

अगर बच्चा ठीक से स्तनपान नहीं करेगा तो माँ का शरीर भी दूध कम बनाएगा, जिससे दूध बनाने वाले हार्मोन फिर पीरियड्स की तरफ़ मुँह कर लेंगे और पीरियड्स जिनसे शायद आपको कुछ और महीने निजाद मिल सकता है, फिर से हर महीने आपको परेशान करने आ धमकेंगे।

पेसीफायर का एक और नुकसान बच्चों के कान में इन्फेक्शन होना सामने आता है। यदि बच्चे अधिक समय तक या लगातार इसके आदि हैं तो थोड़ा ध्यान दीजिए उनके कानों पर। इसके अलावा मुँह का इन्फेक्शन, भी हो सकता है। यदि पेसीफायर को प्रतिदिन अच्छे से उबाला न जाए, या हर दस-पंद्रह दिन में बदला न जाए तो। और बच्चे के मुँह से यह इन्फेक्शन माँ के स्तन को भी स्थानांतरित होने की सम्भावना रहती है। अगर आप चाहती हैं कि आपका बच्चा एक लम्बे समय तक स्तनपान का सुख भोगे तो उसमें पेसीफायर समस्या खड़ी कर सकता है। शौधकर्ताओं का मानना है कि जो बच्चे पेसीफायर का अधिक इस्तेमाल करते हैं वे जल्दी स्तनपान छोड़ देते हैं, उन बच्चों की तुलना में जिन्होंने बहुत कम या कभी भी पेसीफायर का इस्तेमाल नहीं किया। अनुभवी लोग कहते हैं

कि इसके नुकसान की लिस्ट में बच्चों के दांतों का टेढ़ा-मेढा आना, भी शामिल है। तो कुल मिलाकर इसके एक-दो फायदों के सामने नुकसान की लिस्ट बहुत लम्बी है। मेरा बेटा तीन माह का था जब मैंने पहली बार उसे पेसीफायर दिया। कारण था उसके मसूड़ों का बनना और उसका स्तनपान के समय स्तन को काटने की कोशिश करना। पर दो ही दिन में जब हमने महसूस किया कि वह हर वक़्त ही उसे मुँह में रखना चाहता है, तब हमने उस पेसीफायर को नेचुरल टीथर-सूदर, और गाज़र और अन्य सब्जियाँ आदि से रिप्लेस कर दिया। इसके बाद हमने एक-दो बार जब इसका इस्तेमाल किया वह या तो किसी यात्रा के समय या फिर कभी बाहर गए होने पर। पेसीफायर भी बच्चों के लिए उसी लिस्ट में शामिल है जिसमें अति होते ही उसके नुकसान सामने आने लगते हैं। इसलिए यदि आप अपने बच्चे को पेसीफायर देकर सुस्ता लेते हैं तो थोड़ा सजग हो जाइए, ऐसा न हो कि अभी की बची मेहनत बाद में ज़्यादा नुकसान उठाने पर मजबूर कर दे।

19

डायपर पहनाऊं या नहीं?

पिछले तीस सालों में ज़माना बहुत बदल गया है। जीवन जीने के तौर तरीकों में भी अंतर आया है। ऐसे में बीते ज़माने से आज की तुलना करना बेमानी है। पर, कई जगह ये तुलना होती है। बच्चा पालने के मामले में भी ये तुलना होती है। हम तो ऐसा किया करते थे, पर अब तुम वैसा नहीं करती। डायपर भी एक ऐसा ही शब्द है जिसे तुलना झेलनी पड़ती है। हम अस्सी-नब्बे के दशक में पैदा हुए लोगों ने शायद अपने बचपन में कभी डायपर ना पहने हों। उस ज़माने में भारत में डायपर उतना चलन में नहीं थे, थे भी तो बड़े शहरों में वो भी बहुत महंगे दामों पर। छोटे शहरों में धीरे-धीरे बाद में आए। हालाँकि भारत के ग्रामीण इलाकों में अभी भी डायपर का बहुत ज़्यादा चलन नहीं है।

इस अध्याय में आप जो भी पढ़ेंगे डायपर को अच्छा या बुरा साबित करने के लिए नहीं लिखा गया। ये बातें सिर्फ़ आज की परिस्थिति के हिसाब से डायपर की उपयोगिता और ज़रुरत न पड़ने पर उपयोग न किए जाने के लिए लिख रही हूँ।

जब बच्चे सिजेरियन डिलीवरी से होते हैं तो उनके जन्म के बाद के कुछ माह बहुत कठिनाई भरे गुज़रते हैं। टांकों में दर्द, कमर में दर्द, उठने-बैठने में तकलीफ़ ये सब सामान्य बाते हैं। लेकिन ये सब सामान्य तब तक हैं जब तक आपको भरपूर नींद मिल रही हो। नवजात के साथ भरपूर नींद मिल पाना संभव नहीं है। इसलिए दोनों ही बच्चों के समय मेरे लिए भी ये सामान्य बातें कई अन्य माँओं की तरह बहुत तकलीफ़देय हो जाती थीं।

मुझे हर दो से ढाई घंटे में अपने बेटे को दूध पिलाना होता था। उसे दूध पिलाकर, डकार दिलाकर वापस सुलाती इतने में वो बाथरूम या पॉटी कर लेता। फिर उसकी लंगोट बदलती। ये सारी प्रक्रिया एक चक्र की तरह चलती जिसमें मुझे सोने के लिए बमुश्किल एक घंटा मिल पाता। कई बार टांकों में दर्द भी असहनीय होता लेकिन कुछ किया नहीं जा सकता है। हम लड़कियां माँ बनते ही अपनी तकलीफ़ को दरकिनार करना सीख जाते हैं। मैं भी वही करती रही तब तक, जब तक मेरी हालत बहुत न बिगड़ने लगी। फिर जिस दिन लगा कि अब अगर और नींद को नकारा तो शायद मैं बीमार पड़ जाउंगी। उस दिन मैंने अपनी एक सहेली को फ़ोन किया, ये जानने के लिए कि उसकी रातें कैसे कटती थीं, वो नींद के लिए क्या करती थी। उसने बताया कि वो रात में कुछ घंटे अपनी बेटी को डायपर पहना देती थी, जिससे उसकी बेटी की भी नींद अच्छे से हो और उसकी भी। तब मैंने पूछा कि क्या डायपर हानिकारक नहीं? तो उसने कहा कि, तब तक नहीं जब तक आप उन्हें सही तरीके से पहना रहे हों। उस दिन उसने मुझे वो सही तरीक़ा समझाया, जो था, हर तीसरे-चौथे घंटे के बाद डायपर बदलना चाहिए। डायपर बदलने के बीच में बच्चे को कम से कम पंद्रह मिनिट नंगा छोड़ना चाहिए। बच्चे की त्वचा शुष्क न हो इसलिए डायपर क्रीम का प्रयोग करना चाहिए, साथ ही इस बात का भी ध्यान रखना चाहिए कि आप जिस ब्रांड का डायपर

उपयोग में ले रहे हैं वो आपके बच्चे की त्वचा को सुहा रहा है कि नहीं, कहीं उससे बच्चे की त्वचा ख़राब तो नहीं हो रही।

उस दिन के बाद मैंने अपने बच्चे को रात के समय डायपर पहनाना शुरू किया, हालाँकि डायपर को लेकर मेरे मन में बहुत अपराध-बोध रहता था कि मैं अपनी नींद के लिए उसे डायपर में रखूँगी, लेकिन फिर जब वो एक रात चैन की नींद सोया, और अगली सुबह ख़ुशी- ख़ुशी उठा तो मेरा अपराधबोध कम हो गया। उसे डायपर पहनाने से सिर्फ़ मुझे ही अच्छी नींद नहीं आई थी बल्कि उसे भी अच्छी नींद आई थी।

अब बात करते हैं डायपर की अच्छाई और बुराई की,

डायपर की अच्छाइयों में अगर गिनें तो, इसे पहनने से बच्चे को बार-बार गीला नहीं होना पड़ता। वो रात को चैन की नींद सोते हैं जिससे दिन में भी अच्छे से रहते हैं। इससे आप भी चैन की नींद सोते हैं और अगली सुबह अपने बच्चे के हर काम को करने के लिए एक दम ताजा रहते हैं। अगर आपके मन में ये भ्रान्ति है कि डायपर पहनने के बाद बाथरूम अन्दर ही कैद रहती है और बच्चे को गीला लगता रहता है, तो ऐसा नहीं है, डायपर अन्दर से बच्चे की बाथरूम को अच्छे से सोख लेते हैं, उन्हें गीला नहीं लगता, तब-तक जब-तक उनका डायपर भरे न। यानि लगभग चार से पाँच घंटे तक। उसके बाद डायपर भर जाएगा तो उन्हें गीला लगेगा। यदि आप कहीं बाहर जा रहे हैं तो बच्चे को डायपर पहनाने से काफ़ी आसानी हो जाती है। अब वे नुक्सान जो अमूमन भारत में बड़े-पुराने लोग मानते हैं। देखिए कोई भी अ-प्राकृतिक चीज़ या कहूँ कि वैसी वस्तु जिसे किसी केमिकल का प्रयोग करके बनाया गया है वह कभी किसी प्राकृतिक चीज़ की तुलना में कमतर ही होती है। लेकिन वह हानिकारक तब होती है जब हम उसका दुरूपयोग करने

लगें। जैसे, डायपर का आपके बच्चे के लिए सुरक्षित होना इस बात पर निर्भर करता है कि आप उसका प्रयोग कैसे कर रही हैं। यदि बच्चे ने डायपर में पॉटी कर दी है, तो आपको उसे तुरंत बदलना चाहिए, वो उसमें से बाहर नहीं निकलेगी ये सोचकर उसी में छोड़ना नहीं चाहिए। यदि बच्चा गीला या गन्दा रहेगा तो उसे खाज-खुजली, रेशेस आदि हो सकते हैं। यदि डायपर भरा रहेगा तो बच्चे को यूरिन इन्फेक्शन होने की संभावनाएँ भी रहती हैं। यदि आप डायपर बदलने के बीच बच्चे को कुछ देर खुला रहने का समय नहीं दे रही हैं तो भी उसकी उतने हिस्से की त्वचा को फलने-फूलने का मौका नहीं मिलेगा।

मेरी बेटी तब शायद सवा दो वर्ष ही की थी जब वह एक दिन, रात को बार-बार रो रही थी। पहले मुझे लगा उसके पेट में दर्द है। हमने उसे शांत कराया और उससे सब पूछा। उसकी यह अच्छी बात रहती थी कि वह बोलती थी।

मैंने पूछा– "पेट में दर्द है?" उसने कहा– "नहीं"

मैंने पूछा– "पैर दुःख रहे हैं" उसने नींद में ही कहा– "नहीं"

मुझे लगा उसे शायद भूख लगी होगी, तो मैं उसके लिए दूध ले आई थी लेकिन उसने वह भी नहीं पिया। कुछ देर के बाद उसने बताया कि नुन्नु में दर्द हो रहा है। मुझे लगा शायद खेलते-गिरते-पड़ते कहीं चोट लगी होगी। मैंने उसका डायपर हटाकर उसकी यूरिन की जगह चेक की। ठीक से देखा तो मुझे वहाँ कुछ लाल-सा दिखा। मैं एक पल को डर गई। मुझे लगा शायद इसे खुजली हुई होगी और इसने नाखून लगा लिया होगा लेकिन जब और ध्यान से देखा तो मैं डर गई। वहां एक बारीक़-सा सफ़ेद पिल्लू चल रहा था। वह असल में बच्चों के पेट में हो जाने वाले छोटे-सा कीड़ा था। उस वक़्त तो मैंने उस पिटवर्म को हटाया। उसे पूरा

अच्छे से साफ़ किया और फिर डायपर की जगह नार्मल अंडरवियर पहना कर सुला दिया। इससे उसे बहुत राहत महसूस हुई और वह तुरंत सो गयी।

अगले दिन मैंने डॉक्टर से बात की। उन्होंने समझाया कि पेट के कीड़ों को नमी चाहिए होती है। यदि पेट में कीड़े अधिक होते हैं तो उनमे से एक-दो बाहर भी निकल आते हैं। डायपर पहने रहने से बच्चा सुसु करता है तो वह जगह कुछ देर के लिए नाम हो जाती है। जिससे पेट का कीड़ा बाहर निकलकर उस नमी के सहारे वेजाइना में घुस जाता है और बच्चों को काटता है। यह कोई नयी बात नहीं है इसलिए डरने की ज़रुरत नहीं है। बस ज़रुरत है तो ध्यान देने की कि आजकल आपका बच्चा मुँह में गंदे हाथ ज़्यादा दे रहा है जिससे उसके पेट के कीड़े बढ़ रहे हैं, साथ ही आपको पेट के कीड़ों की दवाई देने के अलावा कुछ घरेलु उपाय भी करने पड़ेंगे ताकि वे कीड़े जल्दी ख़त्म हों। मेरी माँ सुबह खाली पेट लाल टमाटर को काली मिर्च के साथ खाने का कहती हैं, तो मैं बीच-बीच में दोनों बच्चों को वही खिला देती हूँ। इससे काफ़ी आराम मिलता है।

डायपर पहनाना या ना पहनाना यह ज़रुरत पर निर्भर करता है। लेकिन जब बच्चा बोलने समझने लगे तो हम कोशिश करते हैं कि बस अब डायपर छूट जाए। मेरा बेटा तीन माह का था जब मेरी बुआ सास आईं थीं, उन्होंने मेरे बेटे को बाथरूम करने की ट्रेनिंग देनी शुरू की, और वो दो-तीन दिन में ही सीख गया। फिर मैंने उसे सुबह-सुबह पॉटी ट्रेनिंग देनी शुरू की, और हफ्ते-भर में वो सुबह उठते ही पॉटी करना सीख गया। उससे पहले तक हाल ये था कि मैं जब भी खाना खाने बैठती मेरा बेटा पॉटी कर लेता। क्योंकि उसका समय बंधा नहीं था इसलिए डर लगता कि वो न जाने कब पॉटी कर देगा। तब तक मेरा बेटा रात के समय डायपर पहनता था। फिर सर्दियाँ आईं, और उसकी बाथरूम

करने की गति भी बढ़ गई। ऐसे में जितनी बार वो गीला होता उसे ठण्ड लगती, तो रोता। इसलिए उसे दिन में भी डायपर पहनाना शुरू किया, लेकिन मैंने उसकी सुबह की पॉटी कराने की आदत और दिन में कुछ घंटे जब धूप रहती तब बिना डायपर के रहने की आदत नहीं बदली। इससे अब वो सुसु और पॉटी दोनों की ट्रेनिंग भूलता नहीं। अब रात में भी कुछ घंटे वो बिना डायपर के रहने लगा है। दस माह में वह यह सीख चुका था और डेढ़ साल का होते तक हमने उसे घर में फुल टाइम डायपर के बिना रहना सिखा लिया था। यही बेटी के साथ रहा। कभी ज़रुरत पड़ी या हम बाहर गए, तो पहनते रहे। वे बोलना सीख गए थे और यह जानना भी कि उन्हें कब सुसु-पॉटी जाना है।

डायपर से संबंधित कुछ भ्रम हैं, जैसे इसे पहनने से बच्चे की कमर पतली रह जाएगी, बच्चे के पैर चौड़े हो जाएंगे, लड़कों को पहनने से उनकी प्रजनन क्षमता कम हो जाएगी, आदि। आप इत्मीनान रखिए क्योंकि इनमें से किसी को अभी तक वैज्ञानिक तरीके से साबित नहीं किया जा सका है। इसलिए नियम-कानून को ध्यान में रखते हुए यह मैं आप पर छोड़ती हूँ कि आप अपने बच्चे को डायपर पहनाना चुनेंगी या नहीं।

20

दांत आ रहे हैं क्या करूँ?

मेरा बेटा तब लगभग चार माह का था जब उसके मसूड़ों ने दांत आने की सूचना देनी शुरू की थी। यानि मसूड़ों में खुजली होना, चबाने का मन करना, दर्द होना आदि। हालाँकि दांत आए आठवें माह में लेकिन बीच के चार महीनों में उसे कई बार दिक़्क़तें हुईं। मैं ख़ुद को और अपने बेटे को खुशकिस्मत ही मानूंगी कि उसे उल्टी, दस्त, या बुखार जैसी कोई परेशानी दांत आने के नाम पर नहीं झेलनी पड़ी। पर सबके साथ ऐसा नहीं होता। दांत आना अधिकाशतः माओं के लिए मुसीबत का समय होता है। बच्चे को कोई भी परेशानी हो, "दांत आ रहे हैं क्या?" एक जुमले की तरह प्रयोग में लिया जाता है। बिना ये सोचे-समझे कि सिर्फ़ दांत आने से परेशानी नहीं होती, इसके पीछे कोई और कारण भी हो सकते हैं।

अभी कल ही एक सहेली का फ़ोन आया, फ़ोन पर उसकी आवाज़ कम पीछे से उसके बेटे के रोने की आवाज़ ज़्यादा आ रही थी। मैंने पूछा, "क्या हुआ?", तो बोली, "दांत आ रहे हैं। उसी के लिए तुम्हे कॉल किया, क्या करूँ, क्या खिलाऊं, कुछ समझ नहीं आ रहा।" मैंने पहले

उसे शांत किया फिर सामान्य सी बातें बताई जो मेरे अपने अनुभव थे, और हमेशा की तरह जो मैंने अपने बड़े-बूढों, फॅमिली डॉक्टर आदि से सीखे थे। वही सब कुछ आपको यहाँ बता रही हूँ। शायद कुछ काम आ जाए।

सबसे पहले तो सारी चिंता छोड़िए और ख़ुश हो जाइए कि आपके बच्चे के दांत आ रहे हैं। यानि आपका बच्चा बढ़ रहा है, यह एक माइलस्टोन की तरह है उसकी वृद्धि में। इसलिए ख़ुश होना तो बनता है। मगर, इस माइलस्टोन के साथ जो तकलीफें आती हैं, उसमें अक्सर हम इसकी ख़ुशी मनाना भूल जाते हैं। तीन-चार महीने से शुरू होकर दो साल तक बीस दांतों की पंक्ति बनने में कई बार ऐसा मौका आता है जब बच्चा और बच्चे के साथ आप भी बेहाल हो जाते हैं। ज़ाहिर सी बात है, कभी हमारे दांत में दर्द होता है तो हम कितने परेशान हो जाते हैं, यहाँ तो मसूड़े बनना और फिर दांत आना पूरी प्रक्रिया ही हो रही है। जब मसूड़े बनते हैं तब बच्चों को दांतों में बहुत खुजली जैसी होती है, दर्द भी होता है, ऐसे में वे कुछ चबाते रहना चाहते हैं, लेकिन क्योंकि यह प्रक्रिया छः माह से पहले शुरू हो जाती है इसलिए उन्हें खाने के लिए तो कुछ दिया नहीं जा सकता, तब क्या करें? बच्चों को टीथर देना ऐसे में बहुत कारगर होता है। प्लास्टिक या रबड़ के टीथर आसानी से उपलब्ध हो जाते हैं। हालाँकि यहाँ मेरा मत कुछ अलग है, मैं बच्चों को प्लास्टिक या रबड़ के टीथर देने के पक्ष में नहीं हूँ। इससे कहीं ज़्यादा बेहतर है कि हम उन्हें गाजर, मूली, ककड़ी, या कोई सब्जी जैसे लौकी, कद्दू आदि की एक पतली कलि पकड़ा दें, प्लास्टिक चबाने से कोई फल या सब्जी चबाना लाख गुना बेहतर है, है कि नहीं? तो यदि आपको लग रहा है कि आपका बच्चा आजकल अपनी ऊँगली मुँह में ज़्यादा दे रहा है, उसे चबा रहा है या स्तनपान के समय आपको भी काट रहा है तो तुरंत इन सब्जी फलों

को तैयार करके रखें और उसे पकड़ाते रहें। सब्जी-फल की कलि देने का एक फायदा यह भी है कि बच्चे को स्वाद लगता है। वह अलग-अलग स्वाद पहचानता है और अपनी पसंद-नापसंद भी। इन सब्जियों को देने का एक तरीक़ा और भी है कि इन्हें कुछ देर फ्रीज़ में रख दें। अच्छा ठंडा हो जाने दें फिर बच्चे को चबाने दें। ठंडी वस्तु चबाने से मसूड़ों की खुजली में आराम मिलता है। और बच्चे को राहत भी। लेकिन ठंडी वस्तु देने से पहले यह सुनिश्चित कर लें, सर्दी का मौसम नहीं है, और बच्चे को सर्दी जल्दी तो नहीं पकड़ती। हालाँकि यह खाने की नहीं सिर्फ़ चबाने की बात है फिर भी बेहतर होगा कि हम पहले से ही सर्दी का भी ख़याल रख लें। इसके अलावा आप ख़ुद भी हल्के हाथों से बच्चे के मसूड़ों की मसाज कर सकती हैं। सीधे या कोई पलता सूती कपडा लें, उसे पानी में भिगोकर निचोड़ लें, और उंगली में फंसाकर बच्चे के मसूड़ों की धीमे-धीमे मसाज कर दें। इससे उसे बहुत आराम मिलेगा।

तो ये तो हुई बात कि क्या-क्या करें उसके आराम के लिए, अब बात करते हैं कि इस दौरान दस्त आदि क्यों होते हैं?

सबसे पहले ये विचारधारा छोड़नी ज़रूरी है कि दांत आने से बच्चे को दस्त लगते हैं। कई सारी शोधों के बाद भी अभी तक यह सिद्ध नहीं हो पाया है कि दांत आने के दौरान बच्चों को लगने वाले दस्त उनके शारीरिक परिवर्तन या शारीरिक वृद्धि का कारण हैं। तो फिर क्यों लगते हैं दस्त?

जवाब बहुत ही आसान है, जैसा कि मैंने ऊपर भी लिखा कि दांत आते वक़्त बच्चों को मसूड़ों में सूजन, खुजली आदि होती है, जिससे उन्हें हर वक़्त चबाने के लिए कुछ चाहिए होता है। ऐसे में बच्चे जब ज़मीन में गिरा पड़ा, या गन्दगी लगा या धूल-मिट्टी आदि लगा, कुछ भी मुँह में देते हैं, यहाँ तक कि अपनी ख़ुद की ऊँगली भी जिसे वे कई बार ज़मीन

पर या इधर-उधर कहीं भी मार चुके हो, मुँह में डालते हैं तो इससे उनके पेट में गन्दगी जाती है जो दस्त लगने का सीधा-सा कारण होती है। दस्त और उल्टी का पेट से सीधा संबंध होता है, और पेट में अगर कुछ भी अटर-शटर पहुंचा तो मान लीजिए समस्या शुरू। इसलिए विशेष ध्यान रखिए सफाई का। बुखार का आना भी इसी से जुड़ा माना जा सकता है, या कई बार वायरल आदि के कारण भी बुखार आ सकता है। इसलिए यदि बच्चे को दस्त, उल्टी या बुखार आदि हैं तो "दांत आ रहे हैं, ऐसा तो होगा ही" मानकर चुपचाप ना बैठें, डॉक्टर से संपर्क करें।

अब एक आखिरी बात कि बच्चों के जब दांत आते हैं तो वे बेहद चिड़चिड़े और परेशान हो जाते हैं। हालाँकि दांत आते वक़्त बच्चों को ये सब समस्या ना हों इसके लिए कई होम्योपेथिक दवाइयां आती हैं, आप चाहें तो किसी अच्छे डॉक्टर से संपर्क करके दवाई दे सकते हैं, लेकिन मैंने दवाई देना नहीं चुना। क्योंकि दांत आना एक प्राकृतिक प्रक्रिया है, इसे किसी बाहरी दवाई से आसान बनाने के पक्ष में मैं नहीं, साथ ही दवाई कोई भी कितनी भी सुरक्षित होने की गारंटी हो उनके साइड-इफेक्ट्स होते ही हैं। हालाँकि ये मेरा अपना मत है। आपका मत और चुनाव दोनों मुझसे अलग हो सकते हैं। आप बच्चे को अधिक-से-अधिक समय दें, उनकी नींद भी कई बार दर्द से टूटती है तो भी वे परेशान होते हैं, ऐसे में उनका ध्यान बंटाएं, यदि वे खाने लगे हैं तो उनके लिए कुछ अच्छी चबा-कर खाने वाली वस्तुएं बनाएं तो यह समय आसानी से पार हो जाएगा। ध्यान रखें कि दांत आते वक़्त कई बार बच्चों को भूख कम लगती है, साथ ही वे तरल पदार्थ खाना कम पसंद करते लगते हैं, इसलिए बेहतर रहेगा कि आप उन्हें ज़बरदस्ती ना खिलाएं, और कुछ ठोस आहार दें। बाकी तो थोड़ा धैर्य, और थोड़ा बच्चे का ख़ास ख़याल दांत आने की प्रक्रिया को आसान बना देगा, जैसे मेरे मामले में हुआ। आपको शुभकामनाएँ।

21

बच्चों की साइकोलॉजी

बचपन, ये एक ऐसा शब्द है जो अपने आप बहुत कोमल-सा भाव और मासूमियत को समेटे हुए है। बच्चों को घर में सबका प्यार, लाड़ दुलार मिलता है। उनकी ख्वाहिशें पूरी होती हैं। उन्हें नियम, कानून, तौर-तरीके सब सिखाये जाते हैं। ताकि वे बड़े होकर एक सभ्य इंसान बनें। बचपन में घटी किसी घटना का हमारे मानस पटल पर ऐसा असर पड़ता है कि उसकी छवि हमारे बड़े होने के बाद भी हमारे अन्दर दिखाई देती है। एक-दो घटनाओं से उदाहरण देकर समझाने की कोशिश करती हूँ।

अर्जुन अपने माता-पिता का इकलौता बेटा है। उसकी माँ यूं तो एक सामान्य महिला हैं लेकिन घर और समाज में उनकी छवि एक मानसिक रूप से कमज़ोर महिला की रही। अर्जुन के पिता घर में सबसे छोटे थे इसलिए अर्जुन की माँ को उसकी ताईयों ने हमेशा दबा कर रखा। अर्जुन के साथ भी सभी जगह ग़लत व्यवहार इसलिए किया जाता कि अर्जुन की माँ तो पागल है। उसके पिता का गुस्सा भी बहुत तेज़ था, नतीजतन अर्जुन के अन्दर धीरे-धीरे गुस्सा पनपने लगा। पर, क्योंकि वो छोटा है इसलिए उसे कहीं भी अपना गुस्सा ज़ाहिर करने की इजाज़त नहीं थी।

आज हालात ये हैं कि अर्जुन छोटी-छोटी सी बातों में इतना नाराज़ हो जाता है कि सबको डर लगता है वो कभी कहीं किसी को हानि न पहुंचा दे।

दूसरा उदाहरण, मीरा के पिता एक निहायती शराबी इंसान थे। कहने को मीरा एक अच्छे परिवार में जन्मी थी, लेकिन उसके पिता की इस बुरी लत से उसे सभी जगह नीचा देखना पड़ता। धीरे-धीरे मीरा के अन्दर अपने पिता और शराब के लिए इतनी नफरत पैदा हो गई कि उसे अब हर पुरुष वैसा ही लगता है। उसके मन में शक होने लगता है।

एक तीसरे उदाहरण में, नितिन के माता-पिता का आपस में बहुत झगड़ा होता था। उसके पिता बच्चों के सामने ही उसकी माँ को गलियां देना, उनके कामों को ग़लत ठहराना, उसकी हर बात को काटना जैसी हरकतें करते थे। नतीजतन नितिन भी अपनी माँ के साथ वैसा ही व्यव्हार करने लगा।उसने घर के बाहर अपने लिए साथी तलाशने शुरू कर दिए। ऐसे दोस्त बना लिए जो उसे ऊपर से सहारा देते और अन्दर से उसकी जेब ढीली कराते। अंत ऐसा हुआ कि नितिन एक दिन दोस्तों द्वारा की गई ग़लत हरक़त में फंसा दिया गया।

हमें बच्चों को कैसे पालना चाहिए इस विषय पर तो जितना भी लिखा जाए कम होगा, लेकिन हमें ख़ुद को कैसा रखना चाहिए इस विषय पर हम आज बात करेंगे। कहते हैं, बच्चा होने के बाद हम दोबारा बड़े होते हैं। बच्चों को अच्छी बातें सिखाते-सिखाते हम भी बहुत कुछ सीखते हैं। लेकिन बच्चों को रटी-रटाई बातें सिखाने से वे नहीं सीखते, वे सीखते हैं हमारे व्यव्हार में लाई गई चीज़ों से।

मेरी बेटी ने जब खाना शुरू किया तो हम उसे हाई-चेयर पर अपने साथ डायनिंग पर बैठाते। लेकिन हम जो खाना उसके लिए बनाते वह कभी नहीं खाती। उसे वही सब चाहिए होता था जो हमारी थाली में होता था।

वह अक्सर अपने दादू के साथ खाना खाने बैठती थी। दादू उसकी थाली लगाते और अपनी थाली में रखी हर चीज़ उसे देते। इससे उसने जल्दी और अच्छे से अपने हाथ से खाना खाना सीख लिया। हालाँकि यही कोशिश हमारे बेटे के साथ भी की गई थी लेकिन वह नहीं सीख पाया। संभवतः इसका कारण यह रहा कि वह उस समय घर में अकेला बच्चा था और हर कोई उसे पैम्पर करना चाहता था। अपने हाथों से खिलाना चाहता था। ऐसे में अब जबकि वह आठ वर्ष का हो गया है उसकी खाना-खाने की आदते अब भी नहीं सुधरीं। उसे अब भी बहुत समय लगता है, नखरे करता है और चाहता है कि कोई उसके पास बैठा रहे या अपने हाथ से खिला दे। वहीं मेरी चार वर्ष की बेटी भूख लगने पर अपने आप से खाना माँगकर, अपने हाथ से अच्छे से खाना खा लेती है। और सब कुछ खा लेती है। एक ही घर के दो बच्चों ही आदतों में भी अंतर हो सकता है, भले ही आपको लगता है कि आपने उन्हें एक जैसा सिखाया है पर असल में कहीं तो फ़र्क़ आया था जिसने उनकी साइकोलोजी को बदला जो हम नहीं समझ पाए।

बड़े वाले को पता था कि उसे अगर माँ ने अपने हाथ से नहीं खिलाया तो वह दादू के सामने रोकर उनसे अपनी बात मनवा लेगा, जबकि छोटी वाली को यह ऑप्शन दिया ही नहीं गया। इस बात ने एक बड़ा फ़र्क़ पैदा किया। यह कोई मिथ नहीं है कि बच्चे बड़ों से ही सीखते हैं। आपकी हर आदत, हर हरकत, हर काम, हर शब्द पर उनकी नज़र होती है और वे हर उस बात की नकल करना चाहते हैं या उसमें से अपने मतलब का निकालकर बाकि सबको छोड़ देना चाहते हैं।

इसके अलावा हम क्या बोलते हैं, कैसे चलते हैं, आपस में कैसे बात करते हैं इस पर उसकी पूरी नज़र रहती है। उम्र में वह अभी मात्र दस माह का है लेकिन कई बातें हमसे सीखने लगा है। ऐसे में अगर हम सोचें

कि उसे अच्छी बातें सिखाने के लिए हमें उसके थोड़ा और बड़े होने का इंतज़ार करना चाहिए तो वह शायद हमारे लिए बाद में एक भूल साबित होगी। क्योंकि तब तक वह बहुत कुछ सीख चुका होगा। बचपन में देखी गई, सीखी गई या सुनी गई बातें हमारे मानस पटल में बैठती जाती हैं, यही कारण है कि बचपन में याद कराई गई कविता हमें आज भी याद रहती है और बड़े होकर याद किए गए पाठ हम परीक्षा देने के लिए बड़ी मुश्किल से याद रख पाते हैं।

अगर मैं आपसे पूछूं कि "मछली जल की रानी है" वाली कविता सुनाइए तो आप झट से सुना देंगे, लेकिन यदि मैं आपसे कहूँ कि दसवीं कक्षा में पढ़ी कई हिंदी की कोई कविता सुनाइये या कोई कहानी तो बमुश्किल आप उसे याद कर पाएँ। कारण कि जैसे-जैसे हम बड़े होते जाते हैं हम कम सीखना, कम याद रखना शुरू कर देते हैं। विज्ञान इस विषय पर अपने कई तर्क रखता है, लेकिन फ़िलहाल यहाँ विज्ञान में न घुसते हुए मैं आपसे सामान्य ज्ञान की ही बात करुँगी।

बच्चों के जीवन में सीखने के तीन चरण होते हैं, एक शारीरिक क्षमताएँ, दूसरा दिमाग़ी तौर पर और तीसरा सामाजिक। शारीरिक क्षमताएँ हर बच्चे की अलग-अलग होती हैं, जो बहुत ज़्यादा उसके खान-पान और वातावरण पर निर्भर करती हैं। आज के ज़माने में ये इस बात पर भी निर्भर करती हैं कि हमारा बच्चा मोबाइल चलाना सीख रहा है या बाहर जाकर धूल-मिट्टी में खेलना। वह अपना शरीर जितना चलाएगा, उसका शरीर उतना ही मजबूत होगा।

सबसे अहम है मानसिक शिक्षा। यदि आप चाहते हैं कि आपका बच्चा अच्छी बोली सीखे, तो कभी उसके सामने तुतलाकर बात ना करें। वो जैसे शब्द सुनेगा वैसे ही बोलना सीखेगा। उससे वैसी ही बात करें जैसी आप उससे बदले में चाहते हैं। न सिर्फ़ उससे बल्कि परिवार में भी

आपस में वैसी ही बात करें जैसी आप उससे चाहते हैं। यहाँ एक सबसे ज़रूरी बात ये भी है कि बच्चों के सामने कभी नकारात्मक बातें न करें, मसलन, "देखों आज तुम्हारे पापा ने मेरे लिए ऐसा नहीं किया", "देखो घर में कोई मेरा ख़याल नहीं रखता", "कोई मेरी परवाह नहीं करता", बच्चों के सामने कभी वे बातें न करें जो आपको दुःखी करती हों। बच्चों का मन सफ़ेद सिलेट जैसा होता है। हम उस पर जो लिखेंगे वे वही सीखेंगे। यदि हम उनके सामने किसी की बुराई करेंगे तो यदि आप हर वक़्त अपने बच्चों से अपने पति, या घर के अन्य सदस्यों या आपके आस-पास के लोगों की शिकायतें, उनकी कमियाँ गिनाना या उनकी चुगली करते रहेंगे तो यह आपके बच्चों के स्वाभाव को भी असंतुष्ट और शिकायती बना सकता है। वे आपसे सीख रहे हैं जो भी जीवन में हो उसकी कमी ढूंढों और शिकायत करो। अतः आप उनसे क्या कह रहे हैं इस बात का बहुत ध्यान रखें। साथ ही उनसे नकारात्मक बातें ना करें, जैसे बच्चा घर का कोई काम कर रहा है तो उससे यह कभी ना कहें, "कि अरे मेरा बच्चा बहुत थक गया होगा, इतना काम थोड़ी करते हैं", बल्कि उनसे कहें, "अरे वाह मेरा मेहनती बच्चा, शाबाश! बहुत अच्छा काम किया।"

पहले वाले वाक्य से बच्चे में सिम्पेथी गेनिंग का भाव जागेगा, उसे लगेगा वह बेचारा है, और उसने कितनी मेहनत की, जबकि दूसरे वाले से उसमें मेहनत का भाव जागेगा और उसे लगेगा कि वह तो अभी और मेहनत कर सकता है। आज यह बात मामूली लग सकती है लेकिन कल जब वे बड़े होंगे तो यही अंतर उनके जीवन की दिशा तय करेगा कि उन्हें मेहनती बनना है या कम काम करके हर समय आलसी और दया का पात्र बने रहना है। अतः कभी उनसे नकारात्मक बातें ना करें।

एक कहानी याद आती है यहाँ। पड़ोस में रहने वाले दो बच्चे बाहर खेल रहे थे। खेल-खेल में वे पेड़ पर चढ़ गए। तभी बहुत तेज़ हवा चलने लगी। दोनों की माँ बाहर आई और देखा तो दोनों पेड़ पर चढ़े थे। एक की माँ ने आवाज़ लगाई, “देखो सावधानी से, गिर मत जाना”, वही दूसरे की माँ ने आवाज़ लगाई, “धीमे-धीमे उतरना, आराम से आ जाओगे”। दोनों में से कोई माँ नहीं चाहती थी कि उसका बच्चा गिरे, लेकिन जिस माँ ने कहा था, “देखो गिर मत जाना” वह आख़िर में गिर गया। कहानी की सीख यह थी कि बच्चों से नहीं “ना” के साथ बात ना करें। उनसे हमेशा ऐसी बात कहें जो उन्हें प्रेरणा दे, न कि उन्हें दया का पात्र बना दे। उनसे हमेशा सकारत्मक बात कहें। यदि वे किसी परेशानी में हों तो उनके दुःख पर दया न दिखाएं बल्कि उन्हें हिम्मत देकर उनमें जोश भरें।

तीसरा और आखिरी पहलु है, सामाजिक शिक्षा, इसके लिए बस इतना ही समझना ज़रूरी है कि समाज कोई निर्धारित जगह नहीं है, हमारे लिए दूसरे लोग समाज हैं और दूसरों के लिए हम। जो वर्ताव हम समाज से अपने लिए चाहते हैं वही हमें अपने बच्चे को सिखाना है। उसे घर घुस्सू न बनाएं। बाहर निकालें और हर क्षेत्र में आगे बढाएं ताकि उसका पंचमुखी विकास हो सके।

अगर अब भी मन में कोई शंका है, तो बस एक मन्त्र याद कर लें, “आपका बच्चा हर पल सीख रहा है।”

22

बच्चों को याद भी आती हैं

शहर बदला, हवा पानी भी। वो ढल जाएगा उन सबमें जिनके बीच रखेगी माँ उसे। वो मिलता है मोहल्ले की हर औरत से जैसे जानता हो उन सबको, फिर थामता है दो पल को उँगली और छूकर समझता है। फेर लेता है मुँह, देखता है माँ की ओर जो बहलाने की अनंत चेष्ठाओं में कोई और बहाना खोज रही है। बिना कहे कहता है माँ से, ये वो नहीं जिसे मैं ढूँढ रहा हूँ। वो मिलता है फिर कुछ बच्चों से, गली में दौड़ते, साईकल चलाते, चिल्लाते या लुका-छुपी खेलते। एक बच्चा अभी-अभी धप्पा देकर गया उसे। वो पीछे मुड़ा, देखा, मुस्कुराया। कुछ देर खिलखिलाया। उनके साथ भागने को मचला। माँ ने थामी उसकी उँगली और दौड़ पड़ी बच्चों संग बच्चा बन। वो अभी दौड़ ही रहे थे कि फिर कोई आदमी गुज़रा गली से, जाना-पहचाना सा। उसे लगा शायद ये वही है। बच्चों को छोड़ भागा उस ओर, माँ भागी पीछे-पीछे, पास जाकर चेहरा देखा, मुस्कुराया, आदमी भी मुस्कुरा दिया। बच्चों की मुस्कुराहट के बदले शायद ही कोई नहीं मुस्कुराता होगा। फिर आदमी बढ़ गया आगे। बच्चा उसकी मंज़िल नहीं थी। बच्चे ने फिर देखा, मगर इस बार मुस्कुराया नहीं। ये वो आदमी नहीं था, ये उसका आदमी नहीं

था। उसने फिर माँ की आँखों में देखा। माँ से बिना कहे पूछा, वो कब आएगा, या अब नहीं आएगा। उसने माँ के बाल नोंचे, गाल चूमे, गले में बाहें डाल दीं, फिर सुनने लगा वही आवाज़ें। लुका-छुपी की। धप्पा की। फिर एक बच्चे ने उसे धप्पा कहा। फिर कुछ देर वो भूल गया अपने आदमी को। जिसे खोज रहा है वो कई दिनों से।

सुनने-पढने में आपको ये एक कहानी सी लग रही होगी है ना? लेकिन इस कहानी का मर्म समझ आया? ये कहानी मेरे या आपके किसी भी बच्चे का वो बाल मन हो सकता है जो बचपन में दादी के घर से नानी के घर या मौसी के घर या कहीं भी दूसरे शहर जाता है। फिर याद करता है उस जगह को जहाँ से वो आया है। वो कह नहीं पाता, बता नहीं पाता कि उसे याद आ रही है। ऐसे में या तो उसके खाने-पीने की इच्छा में बदलाव आता है या फिर उसे बुखार भी आ जाता है। और हम समझते हैं कि मौसम हवा पानी बदला है शायद इसलिए वो परेशान है। बेशक ये भी एक कारण हो सकता है, लेकिन जगह बदलने के साथ-साथ बच्चे की शारीरिक स्थिति में आए परिवर्तन का एक कारण ये भी हो सकता है कि वो किसी को बहुत दिल से याद कर रहा है। या वो किसी से बहुत ज़्यादा जुड़ा हुआ था और अब उसकी याद में परेशान हो रहा है।

मेरी बेटी तब छः माह की थी। एक दिन हम सभी बाज़ार गए। बेटी मेरे साथ आगे गोद में बैठी थी, और बेटा पीछे सीट पर। बाज़ार में हम एक जगह उतरे। काम करके वापस गाड़ी में बैठे। बैठते ही मेरी बेटी ज़ोर-ज़ोर से रोने लगी। हमें समझ नहीं आया कि आख़िर हुआ क्या। वह बार-बार पीछे देखे और रोए। कुछ सेकण्ड बाद मुझे समझ आया कि उसे उसका भाई गाड़ी में दिखा नहीं था और उसे लगा कि हमने उसके भाई को बाज़ार में ही छोड़ दिया है। जब मैंने बेटे को आवाज़ लगाई और उसने उठकर आगे झाँका तब मेरी बेटी रोते-रोते हँसने लगी। इसी

तरह वह तब सात माह की रही होगी। मैं मायके में थी। पापा कुछ काम से दो-तीन दिन के लिए बाहर गए। जब वापस आए तो दरवाज़े से घुसते ही मेरी बेटी ने उन्हें देखा और ज़ोर-ज़ोर से रोने लगी। हमें लगा शायद वह पापा को पहचान नहीं पाई और डर गई है। पास असल में तो वह इसलिए रोई थी कि उसे लगा आने वाला शख़्स उसके नानू नहीं दादू हैं। और वह दादू को याद कर रही थी और शायद उन्हीं के आने की उम्मीद भी।

हम किसी स्थान पर लम्बे समय तक रह लें तो उसे छोड़ते वक़्त हमें तकलीफ़ होती है। बहुत याद भी आती है। किसी व्यक्ति से यदि विशेष जुड़ाव हो तब भी ऐसा ही होता है कि हम कई-कई दिन तक उसको याद करते हैं। तो फिर बच्चे क्यों याद नहीं कर सकते? असल में मॉडर्न विज्ञान ने जब तक ये सिद्धांत नहीं दिया था कि बच्चे भी संवेदनशील, भावुक और समझदार हो सकते हैं तब तक पुराना विज्ञान या यूँ कहें कि बीसवीं सदी तक का विज्ञान यही मानता था कि शिशुओं की भावनाएं इतनी विकसित नहीं होती कि उन्हें जज्बाती क्षति पहुंचे। यहाँ हम बच्चे यानि बात कर रहे हैं तीन-चार साल की उम्र तक के और उससे छोटे बच्चे की। क्योंकि तीन-चार साल के बाद की बातें हमारे दिमाग़ में रहने लगती हैं। हम याद रखना तब तक सीख जाते हैं। हमें भले ये याद न हो कि हमने अपना पहला कदम कब उठाया था, किसकी उँगली पकड़ी थी, या कौन-

से खिलौनों से खेले थे, लेकिन हमें ये ज़रूर याद होगा, धुंधला ही सही कि हमने पहली या दूसरी कक्षा में कौन से दोस्त बनाए थे या कौन से स्कूल में पढ़े थे।

हमारी ये याददाश्त कैसे बनी रहती है, कभी सोचा है? ये बनती है प्रासंगिक स्मृति की वजह से। यानि हम जिस स्थान या व्यक्ति को देखते

हैं, उसे समझते हैं उसे हमारे मस्तिष्क में बना हिप्पोकेम्पस आपस में जोड़ देता है और बना देता है एक याद। जिसे दोहराकर हम उन चीज़ों को याद करते हैं। बच्चों में इसकी कमी होती है। क्योंकि प्रासंगिक मेमोरी एक जटिल प्रक्रिया है, और क्योंकि यह धीरे-धीरे बनती है, जैसे-जैसे हम बड़े होते हैं यह हमारे भीतर डाटा सुरक्षित रखती है। यदि यह शुरू से ही बच्चों में रहेगी तो उनके मस्तिष्क के विकास में बाधा उत्पन्न करेगी, वे नयी चीज़ें नहीं सीख पाएंगे। इसलिए बेहतर है कि यह उनमें कम होती है और वे जल्दी भूल जाते हैं, फिर कुछ नया याद करने के लिए, सीखने के लिए।

ऐसा क्यों होता है? क्या बच्चों में शोर्ट टर्म मेमोरी लोस होता है? नहीं, बिलकुल नहीं। लोस कहना ग़लत होगा, क्योंकि जो मेमोरी पूरी तरह विकसित ही नहीं हुई उसे लोस नहीं कहा जा सकता। बच्चे के दिमाग़ में हर सेकण्ड दस लाख से भी ज़्यादा न्यूरल कनेक्शन बनते हैं, यानि उनका दिमाग़ बहुत ही ज़्यादा व्यस्त रहता है। वे यदि किसी वस्तु को देखते हैं तो पहले उनके दिमाग़ को यह समझना पड़ता है कि वह वस्तु कैसी है, गोल, चपटी, मोटी-छोटी या किसी अन्य आकार की। वह उनसे कितनी दूरी पर है। उसे छूने से कैसा अनुभव होगा। आदि-आदि चीज़ों को जब उनका दिमाग़ समझ लेता तब वह उस वस्तु को उठाने के लिए बढ़ता है। यही कारण है कि छोटी-सी नाली पार करने के लिए भी बच्चे बड़ा-सा कदम उठाते हैं या छलांग भरते हैं। पर क्या हर वक़्त नयी चीज़ सीखते बच्चे आसानी से व्यक्ति या वस्तु को भूल जाते हैं? हाँ बेशक वे भूलते हैं लेकिन तुरंत नहीं। बच्चों का दिमाग़ विज्ञान और दार्शनिकता का मिश्रण है। वे बहुत गहराई से किसी वस्तु या व्यक्ति विशेष को समझते हैं। उससे जुड़ते हैं। ऐसे में बार-बार एक ही व्यक्ति से मिलने, उसके साथ अच्छा और सुखद समय बिताने से बच्चों को लगता है कि वही उनके लिए अच्छी चीज़ है। बच्चों को अटेंशन चाहिए

होती है, और यदि कोई उन्हें अपना वक़्त देता है तो वे उससे जुड़ते हैं। जब वह व्यक्ति या उनका वैसा ही कोई खिलौना उनसे दूर होता है तो वे दु:खी हो जाते हैं। सिर्फ़ इसलिए नहीं कि वह उनके लिए अनुपस्थित है बल्कि इसलिए भी कि उनके दिमाग़ ने जिस वस्तु/व्यक्ति को अच्छे से नाप-तौल कर ख़ुद से जोड़ा, समझने में इतना दिमाग़ खर्च किया वह उनसे दूर हो गया।

यह लाइन सुनने में अजीब नहीं लगेगी क्योंकि हम बड़ों के साथ भी तो ऐसा ही होता है न। दिमाग़ के इस हिस्से को या काम करने के इस तरीके को सोशल ब्रेन कहते हैं। जो हमें लोगों से जोड़ने का काम करता है। बच्चों पर किसी की याद का जो असर पड़ता है वो उनके खान-पान में छेड़छाड़ या बुखार के रूप में इसलिए निकलता है क्योंकि बच्चे बहुत जल्द असुरक्षा महसूस करते हैं। वे कह नहीं पाते और भीतर ही भीतर जब उनका मस्तिष्क उस बदलाव से लड़ता है तो वह उनके शरीर पर प्रतिक्रिया दिखाता है। यदि आप भी अपने बच्चे को लेकर किसी एक स्थान से दूसरे स्थान पर जा रही हैं तो इस बात के लिए तैयार रहें कि आप कुछ दिन परेशान होने वाली हैं। उसका मन लगाने के लिए, उसे बहलाने के लिए आपको सामान्य से ज़्यादा मेहनत करनी पड़ेगी। धीरज से काम लेना होगा और बच्चे को ज़्यादा समय देना होगा।

23

मेरा बच्चा इतना ज़िद्दी क्यों?

आजकल जहाँ घरों में एक या दो ही बच्चे होते हैं तो उन्हें अलग लेवल की पेम्परिंग मिलती है। जिससे उनके नखरे भी अलग होते हैं। क्या आपने कभी सोचा है कि हमारे माता-पिता हमेशा इतने "एडजस्टिंग या कोम्प्रोमाइज़िंग नेचर" के क्यों रहे? शायद इसलिए कि उनके माता-पिता के पास इतना समय ही नहीं होता था कि वे एक-एक बच्चे को पैम्पर कर पाएं। तब जब दस-बारह भाई बहन हों तो माँ किस-किसको देखे? ऐसे में वे बच्चे जितना मिला, जैसे मिला उतने में ख़ुश हो जाते थे। मुझे याद है मेरी माँ बताती हैं कि बचपन में उन लोगों के यहाँ सभी नौ भाई-बहन के कटोरे थे जिसमें सुबह पहले सभी को लाइन से दूध और ठंडी पूड़ी मिलती थी नाश्ते में खाने। और सभी मज़े से और स्वाद से खा भी लेते थे। आज हमारा बच्चा सुबह के नाश्ते में रोज़ एक चीज़ छोड़ो, उसी दिन उस एक नाश्ते के लिए हमें दो-तीन ऑप्शन रखने पड़ते हैं कि वह कुछ तो खा ले। इससे आजकल के बच्चों की साइकोलोजी ने उन्हें बता दिया है कि "बेटा तुम बहुत ख़ास हो, जो चाहो ज़िद से मनवा लो।"

हम एक गेदरिंग में गए थे। वहाँ सभी के छोटे बच्चे भी थे। एक बच्चा लगातार अपनी माँ से कोल्डड्रिंक पीने की ज़िद कर रहा था। उसकी उम्र

दो साल थी। उसकी माँ ने एक-दो बार समझाया फिर हँसकर उसके हाथ में थम्सअप की एक छोटी बोतल थमा दी, वह बोली "इसके पापा इसे इतना प्यार करते हैं कि किसी चीज़ के लिए मना नहीं करते।" और मैं ख़ुद से सवाल कर रही थी कि ये कैसा प्यार है जो दो साल के बच्चे को कोल्डड्रिंक पीने की ज़िद से नहीं रोक पाया। संभवतः या तो मैं अपने बच्चों से प्यार नहीं करती या मुझे प्यार की भाषा नहीं पता।

मम्मी बचपन से एक कहानी सुनाती आई हैं। आज के समय में वह बहुत सामयिक लगती है। कुछ इस तरह है-

"दो दोस्त थे। रामू और श्यामू। लड़कपन की उम्र थी। दोनों की माताएँ अपने बेटों से ख़ूब प्रेम करतीं। पर दोनों माताओं में फ़र्क़ था। रामू की माता सख़्त मिज़ाज़ थी। वहीं श्यामू की माता नरम दिल। दोनों दोस्तों को एक बार बुखार आया। तेज़ बुखार। बुखार की हालत में जब ज़ुबान का स्वाद कड़वा हो जाता है तो मन मचलता है, कुछ अच्छा खाने जबकि खाना मिलता है उबला-रूखा। रामू और श्यामू का भी दलिया-खिचड़ी खाकर मन उकता गया था। दोनों ने ही अपनी माँ से कुल्फ़ी -आइसक्रीम माँगी। माताओं ने मना कर दिया, लाज़मी था। दोनों बच्चे रोने लगे। जब दोनों ज़िद पर उतर आए तो श्यामू की माता से बेटे के आँसू देखे ना गए और उसने श्यामू को मन-भर कुल्फ़ी खिलाई। वहीं रामू की माता ने पहले रामू को डांटा फिर पुचकार मन बहलाने के लिए कहानियाँ सुनाने लगी। कुछ देर रामू को बुरा लगा। इस बात का ज़्यादा बुरा लगा कि श्यामू को कुल्फ़ी मिल गई थी। उसे लगा कि श्यामू की माता ज़्यादा अच्छी है, मेरी नहीं। लेकिन दो दिन बाद जब माता की मेहनत और दवाओं से वह ठीक हुआ और वहीं श्यामू को कुल्फ़ी खाने की वजह से बिगड़े बुख़ार में कुछ और दिन बिस्तर पर बिताने पड़े तो रामू को समझ आया कि उसकी माता ने जो किया उसकी भलाई के लिए किया।"

बच्चों की भलाई के लिए माताओं को कई बार कठोर बनना पड़ता है। मेरी माँ ने हमेशा ही रामू की माता बनना चुना। वे हर उस जगह कठोर बनी रहीं जहाँ उन्हें लगा कि ज़िद पूरी करने से बच्चों का नुकसान होगा। और हर उस जगह नरम होकर बाँह फैलाए खड़ी रहीं जहाँ हमें उनकी सख़्त ज़रूरत थी। मैंने भी अपनी माँ की तरफ़ रामू की माँ बनना चुना है। पल भर की नाराज़गी सहन है लेकिन हाँ में हाँ मिलाकर, या ज़िद पूरी कर अपने बच्चे का जीवनभर का नुकसान सहना नहीं।

अपनों की भलाई के लिए हमें कई बार कठोर बनना पड़ता है, बनना चाहिए और यह ज़रूरी है, ज़रूरत पड़ने पर उन्हें सज़ा देनी चाहिए, बिना यह सोचे कि वे आपके लिए क्या सोचेंगे। और जब वे कुछ सही करने की कोशिश कर रहे हों तो उनकी हिम्मत बढ़ानी चाहिए, ताकि वे बुरे से बद्तर हो जाने की जगह अच्छे से बेहतर की ओर बढ़ पाएँ।

मान लीजिए कि आप कहीं ट्रेन में जा रहे हैं। आपको एक सहयात्री भी मिलते हैं जिनके भी दो बच्चे हों। ट्रेन में कई सारे खिलौने बेचने वाले, या खाने पीने की वस्तुएं बेचने वाले आते-जाते रहते हैं। ऐसे में बच्चे अक्सर माता-पिता से कहते हैं कि उन्हें कुछ खाने-खेलने को दिलाएं। आपके और सहयात्री दोनों के ही बच्चे इन वस्तुओं की माँग कर रहे हों। आपके साथ पत्नी पहले से कुछ खिलौने और खाना लेकर आई हों, और आपके बच्चे एक बार के बाद माँ के सामने ज़िद करने की हिम्मत न कर पाएँ और तब आप ख़ुशी-ख़ुशी उन्हें एकाध बार कुछ दिलवा दें। मगर, जो सहयात्री है उनके दोनों बच्चे हर फेरी वाले के आते ही लोट लगाने लगें। उन्हें हर वो वास्तु चाहिए हो जो वहां बिक रही है। शुरू में एक-दो बार तो उनके माता-पिता लेकिन हर बार ज़िद करने पर वे नाराज़ होने लगें। बच्चों को डांटने लगे। डांटने से बच्चे और ज़िद करने लगे, ट्रेन की फ़र्स पर लोटने लगे या अपनी माँ के बाल खींचने लगे। और जब वे

अधिक ज़िद करें तो उनकी माँ उन्हें पीट दे। सबके सामने बहुत जोर से मार पड़ने की वजह से बच्चे झेंप जाएँ और फिर देर तक रोते रहें। आप इनमें से कौन से माता-पिता बनना पसंद करेंगे?

यह सिर्फ़ एक उदाहरण है। हममें से कई लोगों ने पब्लिक प्लेस में छोटे बच्चों को हद से ज़्यादा ज़िद करते देखा होगा। मॉल में, खिलौनों की दुकान में या कहीं भी। कई बच्चों के माता-पिता तो शर्मिंदगी से बच्चों को अंततः अपनी हैसियत से बाहर जाकर भी सामान दिला देते हैं। मगर क्या हम सोचते हैं कि इसका दूरगामी नतीजा क्या होगा? यहाँ सबसे पहले यह समझना ज़रूरी है कि बच्चों में ज़िद कैसे आती है, और उन्हें यह कैसे पता चलता है कि ये ज़िद उनके लिए कामयाबी दिला रही है। इसके कई सारे कारण हो सकते हैं-

यदि आप एकल परिवार में हैं और आपका एक ही बच्चा है तो आप अतिमोह में उसकी सारी इच्छाएँ पूरी करते जाएंगे ऐसे में जब कभी उसे कुछ चाहिए होगा तो उसे “ना” का अर्थ पता ही नहीं होगा। फिर आप नहीं मानेंगे तो वह ज़िद करेगा। और नतीजा बुरा होगा।

दूसरा कारण एकल परिवारों में बच्चों को व्यस्त रखने का भी होता है। पिता दफ्तर के कामों में और माँ घर के कामों में व्यस्त रहती हैं या आज के परिपेक्ष में माँ भी दफ्तर के कामों में व्यस्त रहती हैं। ऐसे में बच्चे बचपन से खालीपन के शिकार होने लगते हैं और अपनी बात माता-पिता तक पहुँचाने के लिए ज़िद करते हैं। बात सिर्फ़ एकल परिवारों की नहीं है, सामूहिक परिवारों के भी कई बच्चे ज़िद्दी होते हैं क्योंकि दादा-दादी के अति लाड में उन पर किसी भी बात की कोई पाबंदी नहीं होती। यहाँ इस तरह लिखने का मेरा एक सीधा-सा अर्थ यह है कि यदि आप चाहते हैं कि आपका ज़िद्दी न बने तो आपको उसके प्रति कभी-कभी

थोड़ा कठोर रवैया भी अपनाना पड़ेगा। कठोर से यहाँ अर्थ उसे डांटना या मारने से नहीं है बल्कि आपको उसे आपकी ना का अर्थ समझाना होगा। उसे आपकी आवाज़ से यह पता हो जाए कि आप कब गुस्से में हैं और कब नहीं तो भविष्य में आपको सरेआम आपके बच्चे को मारने पीटने की नौबत नहीं आएगी।

बच्चा जब पहली बार ज़िद करता है तभी हमें उसे रोकना चाहिए। यदि वह किसी चीज़ की मांग कर रहा है और आप उसे मना कर रहे हैं तो संभवतः वह रोएगा। ऐसे में यदि उसके रोने से आप पिघल जाते हैं तो अब उसे यह पता लग गया है कि रोने से उसका काम हो जाता है। ठीक इसी तरह यदि उसके रोने पर भी आप नहीं पिघलते या उसके जमीन पर लोटने पर भी नहीं पिघलते तो देर से ही सही उसे यह समझ आ जाएगा कि आप उसकी ज़िद पूरी नहीं करेंगे। इस तरह तो कतई नहीं। पर, ऐसे में आपका काम सिर्फ़ यहीं ख़त्म नहीं हो जाता। यदि हमने इस बात को यहीं पर छोड़ दिया तो हो सकता है बच्चे के मन में आपके प्रति रोष पैदा होने लगे, वह चिड़चिड़ा बन जाए। उस स्थिति से बचने के लिए जब बच्चे का रोना या ज़मीन पर लोटना शांत हो जाए तब आप उसे प्यार से पुचकार कर, कोई किस्सा या कहानी सुनाकर उस वस्तु से होने वाली हानि समझाएँ ताकि उसे यह समझ आए कि, ऐसा नहीं है कि उसके माता-पिता उसे इग्नोर कर रहे हैं बल्कि वे जिस बात के लिए मना कर रहे हैं वह मनाही वाक़ई में उचित है। यह बहुत ज़रूरी है कि बच्चे में आपके प्रति एक भरोसा हो। वह समझता हो कि उसकी माँ या पिता ने यदि किसी बात के लिए मना किया है तो ज़रूर उसके पीछे कोई कारण होगा ही। बच्चों को यह नहीं लगना चाहिए कि उनसे जो कहा गया वह उन पर थोपा गया है, बल्कि उन्हें यह पता हो कि जो कहा गया वह किसी वाजिब वजह से कहा गया। ऐसे में बच्चे में असंतोष और क्रोध दोनों पैदा नहीं होते। अनुसाशन हीनता भी बच्चों को ज़िद्दी बनाती

है। यदि आप बचपन से ही उनके कामों का समय तय करने लगेंगे तो वे ख़ुद भी उसे समझने लगेंगे। तालमेल बैठाकर चलना ज़रूरी है। बच्चों को यह भी महसूस नहीं होना चाहिए कि उनकी बात सुनी ही नहीं जा रही है। ऐसे में वे उग्र होने लगते हैं और उद्दंड भी। सबसे सरल तरीक़ा यही है कि बच्चे को जितना हो सके समय दें और उसके मन की बातों को जानने की कोशिश करें।

मेरा बेटा कई बार बाहर घूमने जाने की ज़िद करता। अधिकतर घर में रहता और उसके कुछ तय समय थे जिनमें वह बाहर जाता। इसके अलावा दोपहर के समय जब वह बाहर जाने की ज़िद करता तो हम उसे मना करते। अब ऐसे में यदि वह रोता भी तब भी हम उसकी यह ज़िद पूरी नहीं करते बल्कि उसे बहलाने की कोशिश करते। उसे समय देकर उसके साथ खेलते। उसे हंसाते, इससे वह भूल जाता कि उसे बाहर जाना था, और साथ ही मेरी मनाही से जो क्षणभर के लिए उसके मन रोष आया भी तो वह अब प्यार में बदल चुका होता। नतीजतन अब यदि मैं उसे किसी बात के लिए मना करती हूँ तो वह मेरी आँखों में देखता है कि भाव कैसे हैं, "यदि भाव ग़ुस्से के हैं तो वह रोने का नाटक करता है ताकि हम मान जाएं, यदि हम नहीं मानते तो वह मुझे लाड़ जताकर मनाने की कोशिश करता है, यदि हम ना मानें तो वह कुछ देर रोकर चुप हो जाता है। उसे समझ आ चुका है कि ज़िद से उसकी कोई बात पूरी नहीं होगी। यदि भाव ग़ुस्से के नहीं होते तो वह झट से वह काम कर लेता है जिसके लिए उसे मना किया जा रहा था।"

हमें यह समझना होगा कि बच्चे भी समझते हैं। बस हमें थोड़ा कठोर होना पड़ेगा उनके भले के लिए। बच्चे गीली मिट्टी की तरह होते हैं, और हम माता-पिता उनका कुम्हार। यह हम पर है कि हम उन्हें किस रूप में ढालते हैं। कुम्हार भी अपने मटके को मजबूत करने के लिए उसे

ठोकता-पीटता है लेकिन साथ में वह भीतर से हाथ लगा लेता है ताकि मटका फूटे ना। बस यही तो हमें करना है, कठोर होना है लेकिन उन्हें प्यार से समझाना भी है।

हम जिस दौर में पैदा हुए तब हिंदुस्तानी माता-पिता 'जेंटल पेरैंटिंग' जैसी किसी चीज़ से दो-चार नहीं हुए थे। लेकिन हमारे बच्चे जिस वक़्त में दुनिया में आए हम पर प्रेशर बना कि हम जेंटल पेरैंटिंग करें। ना जाने कितने माता-पिता कर पाते होंगे, मुझसे नहीं हो पाती। रसोई में रोटी बेलते हुए जब आप देख रहे हों कि आपकी दो औलादें किसी फालतू-सी बात पर भिड़ी हुई हैं तब आप समझ नहीं पाते कि गैस की आँच कम करनी है या अपने उबाल भरते खून को। ऐसे में आँखों में क्रोध और हाथों में बेलन लिए माँ अगर रसोई से बाहर झाँककर दोनो से ये ना कहे कि "तुम लोग लड़ना बंद करते हो या मैं आऊँ" और माँ के हाथ का वह बेलन जो भले कभी उड़ते तीर की तरह बच्चों को ना लगे 'जेंटल पेरैंटिंग' के नाम पर, मगर उसका खौफ़ ज़रूर बच्चों में बना रहे तो यक़ीन मान लीजिएगा कि हम आज के माता-पिता उतनी जेंटल पेरैंटिंग तो सीख ही गए हैं जितनी हिदुस्तानी माँ-बाप की सिविक ग्रोथ के लिए आवश्यक थी।

24

वे बच्चे हैं, उन्हें सुरक्षित रखना हमारा काम है

"आज एना को लेकर किसी काम से बैंक जाना हुआ। सामान्य सी बात है कि छोटे बच्चे देखकर अपरचित व्यक्ति भी उनको गोद में ले लेते हैं। गोद लेने वालों में दो पुरुष भी थे, ये नहीं कह रही कि उनके भाव गलत थे फिर भी अंदर से मन झल्ला रहा था, देते वक़्त से उनकी गोद मे रहते वक़्त तक मन-ही-मन सोच रही थी कि अपनी बच्ची छीन के कहूँ कि तुम लोग अब बेटियों के लायक नहीं वक़्त।" फेसबुक पर एक माँ की ये पोस्ट पढ़ी। आज जहाँ बच्चियों के लिए माहौल बेहद असुरक्षा का हो गया है वहाँ

माओं की इस तरह की चिंता स्वाभाविक है। पर, इस चिंता का मौक़ा ही ना आए तो? यहाँ कुछ भी लिखने से पहले मैं उन सभी-माता पिताओं से ये गुज़ारिश करना चाहती हूँ कि अपने बच्चों को किसी भी अनजान व्यक्ति, या जान-पहचान वाला व्यक्ति जिस पर आपको भरोसा नहीं, उसे ग़लती से भी गोद ना दें, उसे दूर रखें। बच्चे जब तक बोलना नहीं सीखते तब तक हमें ज़्यादा ध्यान रखना पड़ता है, यदि हमारे बच्चे किसी बड़े सर्कल में रहते हैं। ज़्यादा लोगों से उनका मिलना-जुलना होता है। या कॉलोनी आदि में वे किसी के घर खेलने जाते हैं तो अपनी छठी हिस को हमेशा जागृत रहिए और ध्यान देते रहिए कि आपका बच्चा कब

कहाँ किस बात पर रिएक्ट करता है। यहाँ मेरे कहने का यह अर्थ कतई नहीं कि आप शक्की बन जाएँ। हर किसी को शक की नज़र से देखने की ज़रुरत नहीं सिर्फ़ बेफ़िक्र होकर सब इग्नोर नहीं करना है। वे मासूम हैं उनके साथ कुछ ग़लत होगा तो उन्हें यह समझ भी नहीं आएगा कि उनके साथ क्या हो रहा है। लेकिन उन्हें तकलीफ़ होगी, असहजता होगी। और अधिकांश मामलों में बच्चे अपनी ये असहजता प्रकट नहीं कर पाते। कुछ लोग होते हैं जिन्हें आदत होती है, या ये कहना ठीक होगा कि उनकी नीयत ठीक नहीं होती, वे मानसिक रूप से इतने क्षुब्ध होते हैं कि उन्हें बच्चों में भी मासूमियत नहीं दिखती। वे उन्हें भी अपनी हवस का शिकार बना लेते हैं।

मेरी एक सहेली के साथ घटी ये घटना यहाँ सिर्फ़ इसलिए लिख रही हूँ ताकि हम समझ पाएँ कि गलती कहाँ होती है। "नीरा (बदला हुआ नाम) अपने परिवार के साथ अपने ददिहाल जा रही थी। ट्रेन से सफ़र तीन घंटे का था और वे लोग जनरल डब्बे में सफ़र कर रहे थे। नीरा के साथ उसके पिता, भाई और माँ थी। उस वक़्त नीरा छः वर्ष की थी। डब्बे में भीड़ थी, फिर भी उन लोगों को बैठने की जगह मिल गई। नीरा माँ की गोद में थीं। काफ़ी देर बाद जब माँ के पैर दुखने लगे तो उन्होंने नीरा को सामने की ऊपर वाली सीट पर बैठा दिया। जिस पर एक बूढ़े से अंकल सो रहे थे। वहां उन्हें साइड में थोड़ी-सी जगह दिखी। नीरा भी ऊपर बैठने के लालच में बैठ गई। कुछ देर बाद नीरा ने महसूस किया कि उसे पीछे से ग़लत जगह कोई छू रहा है। वो पहले समझ नहीं पाई, फिर असहजता हुई तो ऊपर से नीचे कूद गई। माँ को लगा कि शायद नींद आने की वजह से ऐसा हुआ। नीरा ने ज़िद की कि वो ऊपर नहीं बैठेगी लेकिन भीड़ में कहीं और जगह ना मिल पाने की वजह से उसे वापस ऊपर बैठा दिया गया। नीरा समझ नहीं पा रही थी कि माँ को कैसे बताए, उसने बहुत हिम्मत करके माँ से कहा कि वो अंकल उसे धक्का दे रहे हैं। तब जाकर नीरा को वापस माँ की गोद में जगह मिली।"

सोचिए नीरा बोल सकती थी, समझा सकती थी, लेकिन फिर भी ठीक से कह नहीं सकती थी। उससे भी छोटे बच्चे जो महज़ एक या दो साल के होते हैं या उससे भी छोटे वे तो अपनी बात कह भी नहीं सकते। कई ऐसे मामले सामने आते हैं जिनमें नन्हे-नन्हे बच्चों को खिलाने के बहाने पुरुष लेते हैं फिर उन्हें यहाँ-वहाँ छूना, उनके कपड़े हटाना आदि भद्दी और ओछी हरकतें सामने आती हैं। ऐसे में बच्चा ना कुछ कह सकता है, ना ही कुछ समझ सकता है। ऐसी स्थितियों से बचने के लिए कुछ सुझाव यहाँ दे रही हूँ, शायद आपके काम आ सकें,

क्या करें?

1. सबसे पहले ना कहना सीखें, यदि आपको किसी व्यक्ति की नीयत पर शक है, तो फिर चाहे वह आपका रिश्तेदार ही क्यों ना हो उसे ना कहें। अपने बच्चे से दूर रखें और उसे गोद में तो बिलकुल ना दें। रिश्तेदारी बिगड़ने से ज़्यादा खतरनाक है बच्चे का शारीरिक शोषण।

2. बच्चों को टॉफ़ी आदि के बहाने किसी के भी पास जाने को मना करें। यदि कोई आपके सामने आपके बच्चे को टॉफ़ी दिखाकर गोद में लेता है तो उसे मना करें। टॉफ़ी के बहाने वे आज किसी अपने के पास जा रहे हैं, बाद में किसी पराए के पास भी जा सकते हैं। बच्चों को भी ना कहना सिखाएं।

3. यदि आपको किसी काम से बाहर जाना है, और आप अपने बच्चे को भी साथ ले जा रही हैं तो केरी बैग का इस्तेमाल करें। आप लोगों ने देखा होगा, पुराने ज़माने की महिलाएँ और वर्तमान में मजदूर वर्ग की महिलाएँ अपनी पीठ या पेट से अपने बच्चे को बांधे रखती हैं। अब फिर से उसी क्रिया को एक नया रूप देकर "केरी

बेग्स" चलन में आए हैं। बाज़ार में कई तरह के आपकी जेब के हिसाब से उपलब्ध हैं। बड़े शहरों में इनका चलन बहुत तेज़ी से बढ़ा है। आप भी इसे ले सकती हैं। इसके इस्तेमाल से बच्चा आपके पास रहेगा और आपके हाथ भी बंधे नहीं रहेंगे, यानि कहीं बाहर जाने कि स्थिति में भी आपको अपने बच्चे को किसी और को गोद ना देना पड़े।

ये तीन ज़रूरी बातें हैं जो हमें अपने बच्चों के लिए ध्यान में रखनी है। ये मसला सिर्फ़ शारीरिक शोषण का नहीं है। एक और बात ध्यान में आ रही है। बात 2004 के आस-पास की है, मध्य-प्रदेश का एक केस सामने आया था जिसमें टेम्पो में एक व्यक्ति ने एक बच्चे को सुई जैसा कुछ चुभाया, और बाद में पता चला कि वह सुई एड्स के संक्रमण की थी। अख़बार में यह ख़बर छपी थी। इसकी सच्चाई क्या थी और किस हद तक थी यह अब याद नहीं क्योंकि बात काफ़ी पुरानी है। लेकिन शारीरिक शोषण के अलावा हमें अपने बच्चों के लिए इन मामलों में भी बहुत सतर्क होने की ज़रुरत है। वे क्या खा रहे हैं, किस्से मिल रहे हैं, किसके पास रह रहे हैं, उनके दोस्त और उन दोस्तों के परिवार कौन हैं। बच्चों को कैद किए बिना, उन्हें पंख देने के साथ-साथ हमें ये सतर्कता बरतनी होगी जो उनके लिए उनके भविष्य के लिए बेहद ज़रूरी है। अंत में आपको कुछ आंकड़े बताती हूँ, भारत में 53 प्रतिशत बच्चे किसी ना किसी रूप में शारीरिक शोषण का शिकार बनते हैं, और भारत में 300000 बच्चे भिखारी हैं, जिन्हें चाइल्ड ट्राफीकिंग के ज़रिए इस तहर के काम करने के लिए मजबूर किया जाता है। अब यदि आप चाहते हैं कि आपका बच्चा इस तरह की किसी भी मुसीबत में ना पड़े, तो आँखों पर सतर्कता का चश्मा पहनिए और किसी भी प्रकार की दुर्घटना से बचिए।

25

थोड़ा ख़याल अपना भी ज़रूरी है

उसे सोए हुए ना जाने कितनी रातें, कितने साल गुज़र गए।

अकेले बैठे-बैठे, कभी गोदी में, कभी कंधे पर झुलाते-झुलाते ना जाने कितने हालात गुज़र गए।

अस्पताल में कटे पेट और कलाई पर बँधी हुई सुइयों के साथ,

हर रुदन पर गीले कपड़े बदलने की उठ्ठक-बैठक हो,

या महीनों तक सूजे कंधे लेकर, बिना किसी सहयोग के उन्हीं नन्हे कपड़ों के ढेर धोने-सुखाने की खट-खट,

तब भी कोई नहीं था, जब वो भाग-भागकर सब्ज़ी-तरकारी भी करती,

मुँह के निवाले छोड़-छोड़कर बच्चे की लंगोटियाँ बदलती,

दिन-रात कब शुरू होते, कब ख़त्म उसे होश नहीं रहता था,

धीमे-धीमे ख़ुद को खो रही हो, दिल चुपके से ये कहता था,

उसकी मालिश-नहाना, खाना-खिलाना, क्लास-वर्क और होम-वर्क से शुरू होता दिन,

और उसके नन्हे पैरों के दर्द को सहलाते-सहलाते ख़त्म हो जाती रातें।

उसने छोड़ दीं, अनगिनत पार्टियाँ, दोस्तों के साथ हँसी-ठट्ठे भी,

औलाद उसकी है, बस इसी ख़याल से ना की कोई शिकायत कभी।

ना मदद माँगी, न ही मिली

कभी जो सहयोग माँगा भी, तो लंबी चौड़ी दलील मिली।

फिर एक दिन उसे लगा, अब थोड़ा ख़ुद के लिए भी जीना चाहिए

अपने हुनर के जो चिथड़े ज़िंदगी ने किए, उन्हें थोड़ा सीना चाहिए।

मगर, इतना आसान नहीं होता औरत का आगे बढ़ पाना,

पहले कोई घर में ही पैर खींच लेता, और फिर ज़माना।

कहते हैं बच्चे के लालन-पालन में पूरा गाँव लगता है,

पर सच तो ये है कि, बच्चे की हर ग़लती के लिए बस माँ ही ज़िम्मेदार है,

आज भी माँ की छाती पर चढ़कर ये कहता है।

हाँ कठिन है! बहुत कठिन। यह ख़याल तो ठीक लगता है कि "रात जब बच्चे सो जाएँ तो काम कर लो" मगर बच्चे कोई एक नींद सोते हैं? हर तीसवें मिनिट कभी इसे, कभी उसे, फिर-फिर थपकियाँ देती माँ के लिए कठिन है एकटक काम करना। मगर वह हार नहीं मानती। बनाए रहती है एकाग्रता दोनों ओर। जी जो अटका होता है उसका बच्चों में और अपने काम में भी। काम जो आफ़त नहीं है उसके लिए बल्कि तसल्ली है इस बात की कि वह कुछ कर रही है, अपनी पसंद का। कुछ ऐसा जो उसे सुकून दे। जिसमें ख़ूब मेहनत कर वह थककर सोए। इसलिए वह हार नहीं मानती। तब भी नहीं जब सुबह सूरज के उगने से पहले बच्चे अपनी पूरी ऊर्जा के साथ उठकर देर रात थककर सोई माँ को उठाने की चेष्टा करें, तब भी नहीं जब सुबह से लेकर रात तक में वह मिनिट-मिनिट अपने काम के लिए उन कामों में से चुरा रही हो जिसे समाज ने सिर्फ़ "औरत" के लिए निहित कर रखा है। माँओं का थकना मना है, माँ होने

के बाद स्त्री अधिक मजबूत, अधिक जुझारू, अधिक फुर्तीली हो जाती है ताकि अपने बच्चों के सामने वह यही छवि प्रस्तुत कर सके कि ज़िंदगी में आगे बढ़ने के लिए मेहनतकश होना ज़रूरी है। वह संघर्षशील बन पाई क्योंकि उसकी माँ ने उसे ऐसा ही बनाया, और अब वह अपने बच्चों को भी ऐसा ही बनते देखना चाहती है, "जुझारू"।

क्योंकि हम नयी-नयी माँ बने हैं, इसलिए अपने बच्चे का ख़याल रखते-रखते हम अपना हाल भूल जाते हैं। वैसे तो माँ के लिए यह कथन प्रसिद्ध ही है कि माँ ख़ुद से पहले बच्चे के बारे में सोचती है, मैं आपसे कहूँ कि यदि अभी आपने थोड़ा-सा अपने बारे में नहीं सोचा तो इसका असर और दुष्प्रभाव आपके बच्चे पर भी पड़ सकता है तो आप क्या करेंगे?

मिनी की शादी एक भरे-पूरे परिवार में हुई थी। लेकिन उसकी प्रेगनेंसी और डिलीवरी कठिन रहे। बच्चा आने के बीस-पच्चीस दिन बाद ही मिनी के पति ने मिनी के व्यवहार में कुछ विशेष परिवर्तन देखे। मिनी, बच्चा आने से पहले अपने बच्चे के लिए जितनी उत्साहित रहती थी, अब वो उतनी ही नाख़ुश दिखती थी। हर वक़्त थकी-थकी और बीमार-सी दिखने लगी थी। बात-बात में लड़ने लगना या चिल्लाने लगना। धीरे-धीरे उसका ग़ुस्सा बच्चे पर भी निकलने लगा। उसका बेटा यदि ज़्यादा रोता तो वो उसे डाँटती। इतनी नन्ही-सी जान को डांटना किसे अच्छा लगेगा? मिनी तो फिर माँ थी, अपने बच्चे को डांटकर वह भी ख़ूब रोती। काश मिनी समझ पाती या कोई उसे समझा पाता कि उसके व्यवहार में आने वाला यह विशेष परिवर्तन कुछ और नहीं बल्कि पोस्ट-प्रेगनेंसी-डिप्रेशन की वजह से था। मिनी के परिवार में पाँच लोग होते हुए भी बच्चे की ज़िम्मेदारी अकेले उस पर ही पड़ती थी। घर के अन्य लोग अपने-अपने जीवन में इतने व्यस्त थे कि बच्चे को नहलाने, मालिश करने, दिन भर उसकी देखभाल करने, उसकी लगोटियाँ बदलने तथा रात-रात भर उसके साथ जागने की पूरी ज़िम्मेदारी, सिर्फ़ मिनी की

थी। कोई भी बच्चे को लेता तो अधिकतम पंद्रह मिनिट, उससे ज़्यादा नहीं। खिलाने और उसके साथ खेलने के बाद सब अपने काम में लग जाते। ऑपरेशन से बच्चा होने की वजह से मिनी को अपनी भी कई तकलीफें थीं। लेकिन उसे इतना वक़्त ही नहीं मिलता था कि दम भरकर अपनी तकलीफों पर वो आह भी कर ले। रात-रातभर जब वो अपने बेटे को गोदी में रखकर बैठी रहती तो अपने पति को सोता हुआ देख उसे बहुत ग़ुस्सा आता। शुरू में उसने कोशिश की कि पति को उठाए लेकिन दिनभर अपने काम से थकने के बाद उसका पति इतनी गहरी नींद में सोया रहता कि उसे मिनी की आवाजें और अपने बच्चे का रोना कुछ भी सुनाई न देता। इसके अलावा सबको यही लगता कि मिनी दिनभर करती क्या है? घर का कोई काम तो उसे करना नहीं पड़ता, ऐसे में बिस्तर पर लेटे-लेटे वो अपने बच्चा का सारा काम तो कर ही सकती है। काश कोई समझ पाता कि ऑपरेशन ने मिनी के शरीर को पहले ही तोड़ दिया है। अब उसे आराम की ज़रुरत है। बच्चा पालना सिर्फ़ उसका काम नहीं है, उसे भी मदद चाहिए। लेकिन मिनी नहीं कह पाई।

हममें से अधिकतर भारतीय महिलाएँ परिवार में मिलने वाली इस तरह की मदद के लिए गुहार नहीं लगा पाते। हम अकेले ही पिसते रहते हैं। हम दूसरों से मदद मिलने की उम्मीद तो करते हैं लेकिन ये कह नहीं पाते कि हमारी मदद कर दो। ऐसे में यदि कोई ख़ुद से हमारी मदद करने ना आए तो वो इंसान हमें बुरा लगने लगता है।

मेरा बेटा तब करीब छः माह का था जब मैं उसे लेकर पहली बार मायके गई। यदि उस समय मुझे वह ब्रेक ना मिला होता, या मैं मायके ना गई होती तो संभवतः मैंने आत्महत्या कर ली होती। यह पढ़ने में जितना बुरा लग रहा है सोचने में उससे भी ज़्यादा लगता है कि हम एक बच्चे के जन्म के बाद उसके साथ ख़ुश रहने की जगह इतना कैसे थक जाते हैं जीवन से, कि हमें मरने के ख़याल आने लगें। ऐसा होता है पोस्टपार्तम

डिप्रेशन में खासकर तब, जब आपके पास बच्चे को सँभालने के लिए कोई सहयोग ना हो। मैंने बेटे के लिए कोई डेडिकेटेड आया नहीं रखी थी। घर परिवार के लोग या कोई स्टाफ उन्हें खिलाने सिर्फ़ तब लेता था जब मुझे घर के दूसरे काम करने हों, या नहाना हो। कई बार मैं पॉटी करने जाती थी और झाल्लकर वापस आती थी कि "कम से कम ये काम तो सुकून से कर सकूँ।" उसके जन्म के पैंतालीस दिन बाद जिस दिन मैं जापा से उठी घर की सहायिका भी छोड़कर चली गई। जिससे काम और बढ़ गया। घर में लम्बे समय के लिए मेहमानों का आना-जाना भी लगा रहता था, जो आराम का बचा-कुचा वक़्त भी लील जाता था। मैं छोटे बच्चे के कपड़े वॉशिंग मशीन में धोने के पक्ष में नहीं थी, क्योंकि आप कितना भी कोशिश कर लें वॉशिंग मशीन में थोड़ा बहुत सर्फ़ कपड़ों में रह ही जाता है। फिर मेरे बेटे को सिबोरिया भी हो गया था जिसके चलते मैं उसके कपड़ों के साथ कोई भी रिस्क नहीं लेती थी। ऐसे में जब तक सहायिका थी उसने हाथ से कपड़े धो दिए लेकिन उसके जाते ही यह काम भी मुझे ही करना था। नन्हे-नन्हे कपड़ों का एक ढेर हर दिन धोना-सुखाना, अन्य कामों में एक एड-ऑन था। घर और बच्चे के काम निपटाते-निपटाते और नींद की, सुकून की सही खुराक ना मिल पाने से मेरा डिप्रेशन बढ़ता गया और मैं उस ख़याल तक पहुँच गई जहाँ मुझे लगने लगा कि ऐसे जीने से तो मरना बेहतर है। लेकिन वो कहते हैं ना कि माँ को तो मरने की भी फुर्सत नहीं होती। मेरे मन में जब भी मरने का ख़याल आता मैं यही सोचती कि यदि अभी मुझे कुछ हो गया तो मेरे बच्चे का क्या होगा? उस एक ख़याल की पतली-सी डोर थामे मैं आगे बढ़ती रही। और छः माह बाद जब मायके पहुँची तो अपनी माँ की गोद में जाकर बिखर गई। मेरी माँ ने मुझे संभाला। मेरी हालत देखकर वे ख़ुद भी चुपचाप रो लेतीं लेकिन मुझे समझाती रहतीं। मेरे कंधे जाम हो गए थे। डॉक्टर को दिखाया तो उन्होंने कहा कि ऑपरेशन के तुरंत बाद के महीनों में मैंने जो ठन्डे पानी से बाल्टियाँ भर-भरकर कपड़े धोए

हैं, घंटों बैठ-बैठकर बेटे को दूध पिलाया, उसे सुलाने के लिए उसे घंटों कंधे और गोदी में लिए रहना, और नींद का ठीक से ना मिल पाना इस कारण मेरे कन्धों में सूजन रहने लगी थी। मुख्य कारण कैल्शियम की कमी थी और सर्वाइकल का बढ़ना था। धीमे-धीमे सब ठीक हुआ। मेरी माँ की समझाइश और साथ ने मेरे मन से जीवन ख़तम करने जैसे फ़िज़ूल ख्यालों का भगाया और मैं कुछ हद तक मानसिक रूप से स्वस्थ होकर वापस आई।

मेरी बेटी जब डेढ़ माह की हुई तो हमने उसके लिए एक सहायिका रख ली। जो सुबह 8 बजे से शाम 5 बजे तक घर में रहती थी उसके लिए। लेकिन तब भी सिस्टम यही बना हुआ था कि बेटी को नहलाना, उसकी मालिश, दिन में पच्चीस बार उसकी लंगोट बदलना और उसे सुलाने की ज़िम्मेदारी मेरी थी। सुलाने के बाद या जागी हुई बेटी को कुछ खिलाने-बहलाने की, उसके कपड़े धोने की, ज़िम्मेदारी सहायिका की थी। इससे मुझे सहयोग मिला और कुछ देर सुस्ताने का समय भी, लेकिन यह बस कुछ मिनिटों का ही होता था क्योंकि बेटी से फारिग होती तो बेटे के काम सामने दिखते, उसका स्कूल के तैयार होना, पढ़ना-लिखना, होमवर्क, उसका खाना आदि जैसे कामों की लिस्ट थी जो कभी ख़त्म नहीं होती थी। उसके दादाजी का कभी-कभी सहयोग मिल जाता था जिससे किसी दिन थोड़ी राहत मिल जाती थी। धीमे-धीमे मैंने सहायिका को सिखाया कि मैं बेटी को दूध पिलाकर उसे दे देती और वह सुला भी देती। जब बेटी ने खाना शुरू किया तो मेरा एक काम और बाधा उसे खिलने का।

उन दिनों मैंने अपना नया-नया आर्ट बिज़निस शुरू किया था। तब बेटी एक साल दो माह की थी। उसके सारे काम निपटाकर मैं रात दो बजे तक काम करती थी। फिर सुबह 7 बजे से बेटे का स्कूल-टिफिन बनाने आदि से दिन की शुरुआत होती। मेरे काम शुरू हुए एक माह ही हुआ था कि हमारी घर के काम की सहायिका ने टाटा कह दिया। कुछ दिन

बाद ही बेटी के लिए जो सहायिका थी उसके घर में भी कोई एक्सीडेंट हो जाने से वह चली गई। एक बार फिर मैं बिलकुल अकेले थी। घर के सारे काम। दो बच्चे और मेरा अपना नया-नया शुरू किया बिज़निस। लेकिन मैंने सोच लिया था कि मैं थकूंगी नहीं। हारूँगी तो बिल्कुल नहीं। कई महीनों वैसे ही बीते "फिर, फिर क्या? फिर मोहल्ले में ऐश्वर्या आई" मुन्नाभाई एमबीबीएस के उस गाने में एश्वर्या आई थी, मेरे जीवन में दोबारा सहायिका आई। इस बार मैंने बेटी को खाना खिलाने की ज़िम्मेदारी भी उससे बांटी, ताकि दिन में चार बार में से एक-दो बार तो कोई और भी बेटी को खाना खिला सके। मैंने इसी तरह धीमे-धीमे ज़िम्मेदारियाँ सहायिका के साथ बाँट लीं।

मैं कहूँ कि पहले बच्चे के जन्म के बाद से अब तक मैंने लगातार दो घंटे की नींद नहीं ली, मैंने दिन में कभी आराम करना या सुस्ताना छोड़ दिया, तसल्ली से नहाना छूट गया तो यह सब अतिशयोक्ति नहीं होगा, और ना ही ऐसा करने वाली मैं कोई अकेली माँ होउंगी लेकिन ऐसा होना नहीं चाहिए। यही यहाँ समझना है। अब जबकि बच्चे बड़े हो चले हैं तो वे सबके हो जाते हैं, लेकिन जब वे छोटे होते हैं तो उन्हें माँ पर अकेला छोड़ दिया जाता है, और उनके बड़े होते ही देखने वाले यह भूल जाते हैं कि एक स्त्री असल में कितने कठिन दौर से गुज़री है। मैं भी औरों से अलग नहीं हूँ, मैंने भी अपने बच्चों के साथ बहुत रातें तकलीफ़ में बिताईं। लेकिन जैसे ही मुझे ये महसूस होने लगा कि मेरे व्यवहार में परिवर्तन आने लगा है। मैं दुःखी रहने लगी हूँ, तो मैंने सबसे पहले कारण जाना फिर निवारण की कोशिश की।

बच्चा होने के बाद भी यदि आप ख़ुश नहीं है या परेशान-सी घूम रही हैं तो यकीन माने ऐसी हालत में रहने वाली आप अकेली नहीं है। 40 से 80 प्रतिशत तक महिलाएँ इस दौर में उलझी पाई जाती हैं। विज्ञान ने इसे "baby blues" नाम दिया है। वैसे तो यह दौर शुरू होने के बाद

दो तीन हफ़्तों में ही स्वतः ही ख़त्म हो जाता है, लेकिन यदि यह जल्द ही ख़त्म नहीं हुआ है, और आपकी तकलीफें दिन-ब-दिन बढ़ती जा रही हैं, तो संभवतः आप पोस्ट प्रेगनेंसी डिप्रेशन की शिकार हैं।

इस डिप्रेशन के जो मुख्य कारण माने जाते हैं, उनमें हार्मोनल परिवर्तन, आपके परिवार में किसी की या आपकी डिप्रेशन हिस्ट्री, या फिर ज़िन्दगी में बच्चे के नए अध्याय से जुड़ी ज़िम्मेदारियाँ। ऑपरेशन वाली माँ के साथ डिप्रेशन की संभावनाएँ इसलिए बढ़ जाती हैं क्योंकि बच्चा होने के बाद कुछ महीनों तक उसका शरीर सामान्य स्थिति में आने में काफ़ी समय ले लेता है।

डॉक्टर्स मानते हैं कि कम से कम दस प्रतिशत महिलाएँ सीवियर डिप्रेशन की शिकार हो जाती हैं। असल में संख्या तो इससे ज़्यादा होती है लेकिन क्योंकि कई महिलाएँ इस बीमारी का इलाज कराने की जगह इससे जूझती रहती हैं, इसलिए आंकड़ों में दर्ज नहीं हो पाती। इसलिए यहाँ यह जानना ज़रूरी है कि कहीं आप भी तो डिप्रेशन में नहीं?

यदि आपको लग रहा है कि भले आपने बच्चे को जन्म दे दिया है लेकिन अब आप माँ बनना हैंडल नहीं कर पा रही हैं, ये ज़िम्मेदारी अब आपसे किसी मायने में नहीं निभ सकती, यदि आपको लग शर्मिंदगी हो रही है कि आप बेहतर तरीके से अपने बच्चे का ख़याल नहीं रख पा रही हैं, आप अपने बच्चे से वो जुड़ाव महसूस नहीं कर पा रही हैं जो आपको अब तक सुनने-समझने मिला, आप स्थिति को समझ ही नहीं पा रही हैं कि आखिरी हो क्या रहा है?, आप झुंझलाहट महसूस करती हैं, छोटी-छोटी सी बातों पर बेबात ही नाराज़ हो जाती हैं, आपको अपनी ज़िन्दगी किसी लायक नहीं लगती, आप रात को देर तक रोती हैं, आपको लगता है कि आप पागल होती जा रही हैं या हो जाएंगी, आपको सब कुछ बुरा लगने लगता है, घर परिवार में सबसे नाराजगी

रहती है, और सबसे अहम यदि आपने एक बार भी अपने छोटे से बच्चे पर अपनी नाराजगी ग़ुस्सा दिखाकर या उसे मारकर निकाली है तो आप सीवियर डिप्रेशन की शिकार होती जा रही हैं। आपको जल्दी ही इसका इलाज करने की ज़रुरत है, अन्यथा स्थिति आपके और आपके बच्चे के लिए बिगड़ जाएगी। यहाँ इलाज का मतलब सिर्फ़ यह नहीं कि आपको डॉक्टर के पास जाकर दवाइयाँ ही खानी हैं। वैसे भी जब तक आप दूध पिला रही हैं, बेहतर है कि आप दवाइयों से दूर रहें। इलाज के लिए सबसे ज़रूरी है- आपका बात करना, अपनी भावनाओं को बाँटना, अपने कामों के लिए दूसरों से मदद माँगना और ध्यान करना। यह वाकई न सिर्फ़ कारगर है बल्कि इसका सकारात्मक असर आपके बच्चे पर भी पड़ता है। आप यदि परेशान और झुंझलाती रहेंगी तो वैसी ही अवस्था और सोच के कारण आपका बच्चा जो आपका दूध पी रहा है, वह भी रोतलू हो जाएगा, और यदि आप ख़ुश रहेंगी तो आपना बच्चा भी ख़ुशमिजाज होगा।

डिप्रेशन एक ऐसी बीमारी है जिसमें मरीज न तो आसानी से अपनी बीमारी समझ पाता है, न स्वीकारता है। यदि आप किसी से कह दें कि उसे डिप्रेशन है तो वह तिलमिला जाता है, कारण कि डिप्रेशन को मेंटल डिस-आर्डर के साथ गिनते हैं। और कोई भी यह नहीं चाहेगा कि कोई उसे मेंटली इल यानि बीमार कहे। लेकिन क्या वाकई हमें इस तरह अपनी इस समस्या को दरकिनार करना चाहिए?

प्रेगनेंसी के बाद हमारी ज़िन्दगी एक नए सिरे से शुरू होती है। यदि आपसे कोई कहे कि आप जिस घर में रह रही हैं, जिस रसोई में महीनों से खाना बना रही हैं, उसी रसोई में बहुत सारा ख़ज़ाना छुपा है, तो आप अपनी रसोई को एक नए अंदाज में देखने लग जाएंगी, है न? ठीक वैसे ही इस शरीर के साथ है, आपने अपने अन्दर के मातृत्व को अभी-अभी जाना है, आपको नहीं पता था कि आपके अन्दर इतने सारे गुण छुपे

हैं, एक ज़िन्दगी को संभालना उसे बनाना कोई आसान काम नहीं, यह किसी ख़ज़ाने जैसा ही है, जिसे आपको संभालकर रखना है। क्योंकि ये ज़िम्मेदारी नयी है और आप अभी नौसीखिए हैं इसलिए भाग-दौड़, रात्री-जागरण वगेरह से दिमाग़ यदि थोड़ा परेशान हो भी गया तो इसे स्वीकारने में कोई हर्ज़ नहीं होना चाहिए।

उस दिन मैं अपने बेटे के साथ बहुत थक गई थी, डिलीवरी के बाद लगभग 20 दिन ही गुज़रे थे, लेकिन बेटा सारा दिन परेशान रहा, न ठीक से सोया, न दूध पिया और रात हुई तो लगा अब कुछ सो जाएगा तो मुझे भी आराम मिलेगा, लेकिन वो नहीं सोया। उसे लेकर रात-भर बैठी रही। फिर यह अक्सर होने लगा, उसके साथ दिन हो या रात मेरे लिए सब बराबर था। चौबीस घंटों में से अगर मुझे एक घंटा भी नींद मिल जाती तो बड़ी बात थी।ऐसे में मैं रोने लगती, छोटी-सी बात भी मेरे आँसू बहा देती। तो क्या मुझे ये मान लेना चाहिए था कि मैं एक बुरी माँ हूँ, जो अपने बच्चे को ठीक से रखने की जगह बस रोती रहती हूँ? नहीं ऐसा नहीं है। शुरू-शुरू में मुझे भी ऐसा ही लगता था। सोच वैसी ही होती जा रही थी, लेकिन दुखी होना, उदास होना, घबरा जाना ये सोचकर कि मैं क्या करूँगी, कैसे करूँगी, सब हो पायेगा या नहीं, कहीं कुछ गलत न हो जाए, छोटी-छोटी सी बात पर ग़ुस्सा आ जाना, कई बार अपना ग़ुस्सा अपने नन्हे से बच्चे पर दिखा देना, बहुत जल्दी उत्तेजित हो जाना, ये सब ऐसे लक्षण हैं जो ये बताते हैं कि आप डिप्रेशन की कगार पर हैं। लेकिन प्रेगनेंसी के बाद अधिकतर महिलाएँ इस पर इसलिए ध्यान नहीं दे पाती क्योंकि उनके पास अपने बारे में सोचने का समय नहीं होता। पर ध्यान रखिए, यदि अभी समय हाथ से निकल गया तो बाद में धीरे-धीरे ऐसा रवैया आपकी आदत बन जाएगा। या हो सकता है कि आपका डिप्रेशन बहुत बढ़ भी जाए। इसलिए ज़रूरी है कि समय रहते चेत जाएँ और इसका ठीक से इलाज करें। बिना दवाइयों

के भी यह मुश्किल जंग जीती जा सकती है, बस जीवनशैली में कुछ आवश्यक परिवर्तन करने होंगे।

सबसे ज़रूरी है अच्छा भोजन

डिलीवरी के बाद कुछ महीनों तक हमें दाल, हरी सब्ज़ियाँ, बिना मसाले का, दलिया औरखिचड़ी जैसा बिलकुल सादा खाना मिलता है। कई बार इस तरह के खाने से ऊब होने लगती है। धीरे-धीरे खाने की भूख कम होने लगती है, हमें पता ही नहीं चलता कि हम कम खा रहे हैं, हमें भूख है लेकिन हम खा नहीं रहे क्योंकि भोजन में दिलचस्पी नहीं रही। समय ऐसा है कि हमें ज़्यादा खाना है क्योंकि बच्चे को दूध भी पिलाना है। इसलिए ध्यान रखें कि आपके शरीर को भरपूर पोषण मिल रहा है या नहीं। दूध पिएँ, दलिया खाएँ, सब्ज़ियों को अलग तरह से बना कर खा लें, सादा लेकिन स्वादिष्ट भोजन की ढेरों रेसिपी आपको नेट पर मिल जाएंगी। अपने भोजन का विशेष ध्यान रखेंगी तो शरीर स्वस्थ रहेगा और मन ख़ुश।

पानी ही जीवन है

पानी एक ऐसी दवाई है जो न जाने कितने रोग ठीक कर सकती है। डिप्रेशन में भी यह राम बाण इलाज की तरह काम आता है। यदि आप उतना पानी पी रहे हैं जितना आपके शरीर को चाहिए तो आप इस बीमारी से उबार सकते हैं। बुंदेलखंड में जच्चा यानि नयी बनी माँ को डिलीवरी के बाद अजवाइन का पानी शुरूआती दो-तीन महीनों तक पीने के लिए दिया जाता है। इससे आपको और आपके बच्चे दोनों को गैस की समस्या नहीं होगी। दिन भर में तीन से चार जग पानी पिएँ, यदि वाकई स्वस्थ रहना है।

अपना भार बाटें

मेरे बेटा लगभग पौने दो माह का हुआ उसको देखकर मैं और मेरी सुबह की नींद के लिए मेरे सहयोगी बने मेरे ससुर साहब। मेरा बेटा रात 2 बजे सोकर सुबह ४ बजे से फिर उठ जाता। पिताजी भी सुबह चार बजे तक उठ जाते हैं। ऐसे में मैं सुबह-सुबह उन्हें बेटे को सौंपकर डेढ़-दो घंटे की नींद ले लिया करती थी। वे बच्चों को सँभालने में काफ़ी सजग हैं और रोते हुए बच्चे को बड़े प्यार से चुप करा लेते हैं। नवजात की परवरिश में बच्चे का सहयोगी वही बन सकता है जिसे बच्चे को चुप कराना, उसे बहलाना, घुमाना, उससे बातें बनाना आता हो क्योंकि तब बच्चे ना बोलते हैं, ना ज़्यादा समझते हैं और ऐसे में उनसे बातें करना, उन्हें फुसलाना जिसे आए वह आराम से आपकी सहायता कर पाएगा। जब वह पौने तीन माह का हुआ और मुझे खाना बनाना होता, तो मैं उसके बाउंसर में लिटाकर उसे पिताजी के ऑफिस में रख देती। वे कंप्यूटर पर अपना काम करते रहते, उसका बाउंसर हिलाकर उससे बातें करते रहते। इतने में मैं खाना-बना लेती। तब हमारे पास कोई घरेलु सहायिका नहीं थी। कुछ माह के बाद हमें घर के काम के लिए सहायिका मिली। हालाँकि घरेलु सहायिकाओं का सिस्टम शायद सारी दुनिया में एक जैसा है कि वे असल में साल में चार माह तो किसी ना किसी बहाने से गायब ही रहती हैं। मेरे साथ तो पिछले आठ सालों में कई-कई महीनों तक घरेलु सहायिकाएं नहीं रहीं। और कई बार ऐसा हुआ कि जब उनकी सबसे ज़्यादा ज़रुरत थी वे होतीं। जैसे कि बेटी के जन्म के समय जब परिवार मेरे साथ अस्पताल में होता तब पीछे से बेटे के सारे काम, उसे खाना-खिलाने से लेकर उसकी सारी तैयारी देखने का काम भी मेरी एक सहायिका ने बखूबी संभाला था। मैंने धीमे-धीमे कोशिश की कि जो भी मेरे आस-पास बच्चों को संभाल सकता है मैं उन्हें कुछ देर के लिए बच्चा सँभालने कहूँ। बेटी के जन्म से पहले ही मैंने तय कर लिया था कि

इस बार मैं बेटी को सँभालने के लिए भी अलग से एक सहायिका रखूँगी क्योंकि इस बार बेटी अकेली नहीं होगी जिसका मुझे ध्यान रखना था, बल्कि चार साल का बेटा भी था। ऐसे में मैं मानसिक और शारीरिक रूप से हारने लगती यदि अकेले ही सब संभालने की कोशिश करती। बेटी जब डेढ़ साल की थी तब तक सुबह-सुबह उसके और बेटे के दूध की ज़िम्मेदारी मेरी थी, ऐसे में कभी मैं बीमार हो जाऊं तो दिक़्क़त होती थी। वह 9 बजे तक भूखी फिरती रहती, तब फिर से एक बार जब वह ढाई साल की थी पिताजी ने सुबह के दूध की ज़मीदारी संभाली और अब पिछले दो साल से वे इस ज़िम्मेदारी को संभाले हुए हैं। परवरिश में कोई भी जिम्मेदारी जो देखने में छोटी सी लगे माँ के लिए बहुत बड़ी होती है यदि उसके बदले में रातभर ढंग से ना सोई माँ को कुछ घंटे ही सही शांति की नींद मिल जाए।

यदि आप बीमार हो गईं तो आपके बच्चे का ख़याल कौन रखेगा? इसलिए ज़रूरी है कि अपने शरीर को क्षमता से अधिक थकाने की जगह उसे थोड़ा आराम भी दें। यदि परिवार में रहती हैं तो बोलना सीखें, जो काम कर सकती हैं करें नहीं कर सकती हैं ना करें, जबरदस्ती का भार अपने ऊपर लेकर अपने स्वास्थ्य को ना बिगाड़ें। यदि आपका बच्चा रात को जागता है, दिन-भर परेशान रहता है तो परिवार के किसी अन्य सदस्य के साथ ये ज़िम्मेदारी बाटें। एक रात आप जागे, एक रात कोई दूसरा, या आधी रात आप जागें आधी रात कोई दूसरा। यदि आपको आराम नहीं मिलेगा, या आपकी नींद पूरी नहीं होगी तो डिप्रेशन जल्द ही आपको धर-दबोचेगा। इसलिए ज़रूरी है कि भरपूर न सही अपने शरीर को उतना तो आराम दें जितने में वो चलने लायक रहे।

योग एवं ध्यान

डिलीवरी के बाद काफ़ी समय तक हम अपनी रूटीन ज़िन्दगी में नहीं लौट पाते। जहाँ सोने का वक़्त ही ना मिल रहा हो वहां व्यायाम तो बहुत दूर की बात है। लेकिन यदि आप कहीं से भी समय चुराकर दिनभर में सिर्फ़ पंद्रह मिनिट ख़ुद को दे सकते हैं तो बहुत सारी परेशानियों से बच सकते हैं। अनुलोम-विलोम, और ॐ का उच्चारण करते हुए साँस को अन्दर-बाहर करने से आपको भीतर तक शांति मिलेगी। यह मेरा आज़माया हुआ नुस्खा है।

Guilt में ना जिएँ

मेरी माँ, वैसी माँ कैसे बनी जैसी वो हमें दिखती है, ये माँ बनकर ही जान रही हूँ। धीरे-धीरे उसकी चिंता, परेशानी, स्नेह, परवाह, डर, घबराहट हर उस अहसास को समझ पा रही हूँ जो उसने अब तक की ज़िंदगी में मेरे लिए या मेरी बहन के लिए महसूस किए होंगे। कैसे एक माँ की जान उसकी औलाद में अटकी रहती है ये समझ अब पैदा हो रही है। आज जब वो गिरा तो मेरे मुँह से निकली चीख मुझे उस लम्हे के बाद से अब तक कई दफा सुनाई दे चुकी है। डर के अहसास से भरी अपनी ही चीख बार-बार यूँ पहले कभी मेरे कानों में नहीं गूंजी। गिरने के बाद कुछ मिनिटों तक लगातार उसके आंसुओं और दर्द की छटपटाहट ने मेरे दिल की गति को एक अनिश्चित तीव्रता तक पहुंचा दिया था। मैं गले लगाकर, दूध पिलाकर, छाती से चिपकाकर बस किसी तरफ़ उसे चुप कराना चाहती थी। चाहती थी कि उसकी तकलीफ़ लेलूँ और उसके होठों पर वही मुस्कान सजा दूँ जो कुछ मिनिट पहले बुआ के साथ खेलते हुए थी। उसके शांत होने से लेकर, यह पक्का होने तक कि उसे कोई गंभीर चोट नहीं है, उसके घर वापस आने से लेकर फिर से हँसने, खेलने

और हर तरह का नॉर्मल मूव करने तक, उसके सोने से लेकर, सोते हुए मुँह चलाने तक मैं बस इसी ख़याल से घिरी रही कि ये ठीक तो है न। माँ होकर ही आप समझ सकते हैं कि आपको पालने में, पालकर इतना बड़ा करने में आपकी माँ ने भी न जाने कितनी ही बार ऐसे ही डर से जंग लड़ी होगी, कि कहीं किसी दिन उसके कलेजे के टुकड़े को कुछ हो न जाए।

लेकिन हमें अपनी माँओं से बस एक चीज़ नहीं इन्हेरिट करनी है, वो हो सब कुछ ख़ुद ही करने की चाह, और ना कर पाने पर गिल्ट होना।

मैंने ये नहीं कर पाया, मैंने वो नहीं कर पाया, ये दो ऐसे वाक्य हैं जो हम महिलाओं का सारा दिमाग़ ख़राब किए रहते हैं। हम चाहते हैं कि हम अपने दो हाथों से दस हाथों जितना काम कर लें। इसके लिए दोषी वे मेटाफोर हैं जिन्होंने औरत को महान बनाकर उससे सबकुछ करवाने की ही ज़िद बना ली है, और यह पूरी तरह अनदेखी कर दिया कि औरत भी एक इन्सान है, जिसका अपना भी कोई निजी जीवन हो सकता है। फिर यदि हम नहीं कर पाते तो हमें अन्दर से शर्मिंदगी होने लगती हैं। कई बार तो हमें उन कामों के लिए भी शर्मिंदगी होने लगती है जो हमारे वश में ही नहीं है। डिप्रेशन का एक बहुत यही सोच भी है। इसलिए यदि आप चाहती हैं कि आपको डिप्रेशन ना हो तो सबसे पहले guilt में जीना छोड़िए। आपके नन्हे से बच्चे की ज़रूरतें अभी बहुत कम हैं। इसलिए उन्हें आसानी से और ठंडे दिमाग़ से समझें। नंबर वन बनने के चक्कर में कहीं सब कुछ गड़बड़ ना हो जाए।

पुरुष "प्रोफ़ेशनल ट्रिप" पर जाता है तो घर में सिर्फ़ ख़बर देता है कि फलां तारीख़ को इतने दिन के लिए जाना है। स्त्री "प्रोफेशनल ट्रिप" पर जाना "चाहे" तो पहले पूछती है, वह भी झिझकते हुए "मैं चली जाउँ क्या?", गनीमत से इजाज़त मिल जाए तो "जल्द-से-जल्द" वापस आने की हिदायत। जितने दिन पीछे छोड़कर जाना है उतने दिन कैसे घर संभलेगा, बच्चे कैसे और किस भरोसे रहेंगे, माँ के बिना कैसे खाएँगे, कैसे

सोएँगे? खाना, पीना, नहाना कौन करेगा? घरवालों के लिए कौन सारी व्यवस्थाएँ देखेगा? बच्चे को साथ ले जाया जाए तब ऐसे हल ढूँढने पड़ते हैं। और यदि वे बच्चे को छोड़कर अपने सपनों को, व्यापार को, नौकरी को जीने, ख़ुद से उम्मीदें पालती आगे बढ़ने लगती हैं तो समाज तैयार होने लगता है उन्हें लानत-मलानत देने। पत्नी का काम है पति की ज़रूरतों का ख़याल रखना, बेटी का काम है पिता की ज़रूरतों का ख़याल रखना, बहु का काम है सास-ससुर की ज़रूरतों का ख़याल रखना, माँ का काम है बच्चों की ज़रूरतों का ख़याल रखना। स्त्री का जीवन ख़ुद के सिवाय अन्य सभी की ज़रूरतों का ख़याल रखने तक सिमट जाता। हमें इसी की ट्रेनिंग दी जाती है। हमसे यही उम्मीदें पाली जाती हैं। यही आदर्शवादी छवि है। दूसरों की हर ज़रूरत पूरी करने के बाद यदि आपमें शक्ति बचे तो आप अपने बारे में सोच सकते हैं। एक स्त्री माँ, बेटी, बहन, बीवी सब कुछ हो सकती है, सिवाय अपने स्वतंत्र अस्तित्व के।

तो कोशिश कीजिए अपने अस्तित्व को पहचानने की और बच्चों के साथ-साथ थोड़ा-सा समय अपने लिए भी निकालने की। डिप्रेशन ख़ुद-ब-ख़ुद उड़न छू हो जाएगा।

बच्चों के पिता एवं अन्य परिजन,

क्या आप जानते हैं कि गर्भावस्था और स्तनपान के दौरान एक माँ का शरीर अपने शिशु के निर्माण के लिए कितना कुछ त्याग देता है? बच्चे के मस्तिष्क को विकसित करने के लिए माँ के मस्तिष्क से ओमेगा-3 फैटी एसिड और कोलेस्ट्रॉल खींचे जाते हैं, जिससे उसे अवसाद और भावनात्मक असंतुलन का सामना करना पड़ सकता है। शिशु की रोग प्रतिरोधक क्षमता के लिए माँ का ज़िंक, मैग्नीशियम और इम्यून कोशिकाएँ उपयोग होती हैं, जिससे उसके हार्मोनल असंतुलन, नींद की समस्या और मांसपेशियों में ऐंठन होती है। बच्चे के रक्त निर्माण के

लिए माँ का आयरन खींचा जाता है, जिससे वह थकावट, चक्कर और एनीमिया से जूझ सकती है। स्तनपान के लिए दूध बनाने में माँ के रक्त से पानी, पोषक तत्व, कैल्शियम और ऊर्जा निकलते हैं — यही कारण है कि वह अक्सर थकी और डीहाइड्रेट महसूस करती है। यहाँ तक कि बच्चे की हड्डियाँ और दाँत बनने के लिए माँ के कैल्शियम भंडार से कमी आती है, जिससे उसकी हड्डियों की घनत्व घट जाती है। माँ का शरीर अपने सभी मैक्रोन्यूट्रिएंट्स — वसा, प्रोटीन और कार्बोहाइड्रेट- बच्चे को प्राथमिकता से देता है, भले ही वह स्वयं कुपोषण के खतरे में क्यों न हो। यहाँ तक कि उसकी हार्मोनल प्रणाली (ऑक्सीटोसिन और प्रोलैक्टिन के ज़रिए) उसे दिन-रात सतर्क रखती है ताकि बच्चे की सुरक्षा और नींद उसकी अपनी आराम से पहले आए।

इसलिए, पिता और परिवार के सदस्यों का यह कर्तव्य है कि वे माँ से अनावश्यक ज़िम्मेदारियाँ दूर करें, उसे पोषण दें, और उसके शरीर व मन की दीर्घकालिक सेहत का ध्यान रखें- क्योंकि एक माँ सिर्फ़ जन्म नहीं देती, वह अपना हर अंश अपने बच्चे में समर्पित करती है।

26

एक भुलक्कड़ माँ

दूसरी बार माँ बने भी चार साल से अधिक हो गए लेकिन मेमोरी-लोस अब भी उतनी ही नयी है। अब तो लोग कहने लगे हैं कि "ये लॉस्ट रहती है, इससे मत पूछो इसे याद नहीं होगा, अरे आपने हमें पहचान लिया, हमें तो लगा आपको हमारा नाम भी याद नहीं होगा" ये बातें अब मेरे केस में आम हैं। प्रेगनेंसी और उसके बाद होने वाले शोर्ट टर्म मेमोरी लोस या कहूँ भूलने की बीमारी के बारे में मैंने अपनी कुछ सहेलियों से सुना था। जब वे नयी नयी माँ बनी थीं तब अक्सर इस पर अपनी चिंता व्यक्त करती रहती थीं, मुझे पहले उनकी इन सब बातों पर उतना यकीन नहीं था लेकिन मेरी प्रेगनेंसी के तीन-चार माह बीतते ही मैं भी उसकी घेरे में आ गई जिसमें वे सब खड़ी थी। उस समय जो परेशानी हुई सो ठीक, तब लगा था कि शायद प्रेगनेंसी ख़त्म होते ही मेरी भूलने की बीमारी ठीक हो जाएगी, मगर ठीक होने की जगह इसका हाल दिन-ब-दिन बिगड़ता गया। कभी-कभी अपनी इस हालत पर ग़ुस्सा आता है, कभी चिड़ होती है। कई बार बहुत सारी ज़रूरी बातें भूल जाती हूँ तो बहुत गड़बड़ी भी हो जाती है। अभी पिछले दिनों की ही बात है, घर में गाजर का हलवा बना था। जिसे खाने के बाद सबको परोसना था, या

कोई मेहमान आ जाए तो उसे भी देना था। मगर मैं भुलक्कड़ कुछ भी याद नहीं रख पाई। घरवालों ने जब इसकी शिकायत की तो मैंने उन्हें समझाने की कोशिश की लेकिन पर मैं ये समझाने में नाकामयाब रही कि "मैं कितनी भी कोशिश कर लूं, आजकल मुझे कुछ याद नहीं रहता। मैं ये गलतियाँ जानकर या मक्कारी में नहीं करती बल्कि ये मुझसे भूलने के कारण हो जाया करती हैं।"

मैं कमरे में आती हूँ, आकर फिर बाहर चली जाती हूँ, फिर आती हूँ और सोचती हूँ कि क्यों आई थी, लेकिन कुछ याद नहीं रहता। रोटी बना रही हूँ, या सब्ज़ी बना रही हूँ, बनाते-बनाते यदि बेटा रोने लगा, या उसका कोई काम आ गया, बस फिर गई भैंस पानी में। उसका काम निपटाने के बाद चीज़ों को जहाँ छोड़ा था वहां से पकड़ पाना उतना ही मुश्किल हो गया है जितना किसी सुपरफ़ास्ट ट्रेन को पकड़ना। कुछ याद रहे तब तो याद रखूँ। हाल ये है जनाब कि एक बार लगातार तीन दिन तक दूध जलाया। ऐसा लगता है जैसे ज़िन्दगी एक अलग ही मोड में चल रही है। मस्तिष्क पटल पर आधी-अधूरी सी चीज़ों के आकर हैं। फ़िलहाल मुझसे कोई पूछेगा कि आज सुबह नहाने से पहले मेरे बेटे ने कौन से कपड़े पहने थे तो उसे बताने के लिए भी मुझे दिमाग़ पर बहुत जोर देना पड़ेगा, उतने के बाद भी मैं बता पाउंगी, इस बात की कोई गारंटी नहीं। मोबाइल को ढूँढते हुए तो मैं शायद घर में दो-चार किलोमीटर तो चल ही लेती होउंगी। हाँ, लेकिन मज़े की बात यह है कि अपने बच्चे के लिए किए जाने वाले सारे ज़रूरी काम मुझे याद रहते हैं, उसे नहलाना, मालिश, खाना, दूध आदि मैं नहीं भूलती। भूलती हूँ तो अपने काम, कितने ही लोगों से फ़ोन पर बात करनी होती है, कितने ही ज़रूरी मेल करने होते हैं, सब भूल जाती हूँ, कई बार याद आता भी है तो देर रात जब सोने लगती हूँ तब। तब तक उनके होने का समय बीत चुका होता है, और अगली सुबह की फिर वही कहानी।

शौधकर्ताओं का मानना है कि प्रेग्नेंट महिला को इस तरह की भूलने की बीमारी हो जाया करती है, उनकी बदलती शारीरिक अवस्था, उनकी दिनचर्या और शरीर में हो रहे हार्मोन परिवर्तन के कारण। उनका ये भी मानना है कि ये मेमोरी लोस जो प्रेगनेंसी के समय होता है, बच्चे के जन्म के बाद भी लगभग दो सालों तक चलता है। यह भी कहा जाता है कि बच्चे के जन्म के बाद महिलाओं की मौखिक याददाश्त बहुत धीमी गति से सुधरती है, जिसमें कई साल भी लग जाते हैं। आपने और आपके पति ने दसवीं कक्षा में क्या पढ़ा था, ये आपको याद नहीं होगा पर शायद उन्हें होगा। कई ऐसे शब्द, कई ऐसी बातें जो शायद आप भूल गई हों पर वे नहीं। विज्ञान की भाषा में इसका एक नाम है, "मम्मी ब्रेन"। कई लोग मानते हैं कि मम्मी-ब्रेन जैसी कोई चीज़ नहीं होती, लेकिन जिस पर गुज़रती है वही जानता है। अब कोई पूछे इसके कारण क्या हैं?

नींद का पूरा न होना – माँ बनने के बाद ऐसा लगता है कि कुछ घंटों की लगातार नींद शायद हमें हमेशा के लिए अलविदा कह देती है। अपने बच्चे की कभी लंगोटी बदलते, कभी उसे दूध पिलाते, कभी उसकी चादर ठीक करते तो कभी उसे वापस सुलाते हुए ही हमारी रातें बीतती हैं। जुलाई 2016 के बाद मुझे याद नहीं कि मैं पूरी रात एक लम्बी गहरी नींद कई सोई। और आगे भी पता नहीं कब ये नसीब होगा। दिनभर गृहस्थी और ऑफिस के कामों के बाद जब हम औरतों को रात की एक लम्बी पूरी नींद नसीब नहीं होती तो बताओ ऐसे में कैसे मेमोरी काम करेगी। पर, परेशान न हों। जब आपका बच्चा थोड़ा और बड़ा हो जाएगा, तब वो भी रात भर चैन से सोएगा, और आप भी सोइएगा। तब आपकी खोई हुई मेमोरी वापस आ जाएगी।

हार्मोन परिवर्तन – ये एक ऐसा कारण है जिसे हम अपनी हर बेगार हालत का ज़िम्मेदार ठहरा देते हैं। हमारे शरीर में इनके ज़्यादा-कम होते

ही सारी गड़बड़ी होना शुरू हो जाती है। और अन्दर चल रहा तूफ़ान दिमाग़ पर भी असर डाल देता है। बच्चे के जन्म के बाद कुछ माहों तक हार्मोन ऊपर नीचे होने की वजह से मेमोरी लोस वाली समस्या होती है।

सुधार के लिए क्या करें?

बच्चे के जन्म के बाद हमारी दिनचर्या पूरी तरह से उसी के इर्द-गिर्द घूमती है। उसके सोने पर जो समय हमें मिलता है हम उसमें अपने सारे काम निपटा लेना चाहते हैं। जब वो जागता है तब हमें उसके काम करने होते हैं। हमारी दिनचर्या उसकी दिनचर्या पर पूरी तरह निर्भर हो जाती है। ये सिर्फ़ मेरे साथ नहीं शायद हर माँ के साथ होता होगा कि उसने अपने बच्चे के रोने की आवाज़ सुनकर मुंह का निवाला छोड़ा होगा। ऐसी स्थिति में हम हर काम तो एक दुरुस्त दिनचर्या बनाकर नहीं कर सकते जब तक बच्चा बड़ा न हो जाए, लेकिन कुछ सुधार कर सकते हैं। अपनी और अपने बच्चे की दिनचर्या में थोड़ा-सा सुधार हमारी मेमोरी लोस में भी सुधार ला सकता है। बच्चे को खिलाते-खिलाते थोड़ी-सी व्यायाम अगर हम कर लें, बच्चे की ज़िम्मेदारियां यदि पिता से बाँट लें, उसके नहाने का, खाना आदि का समय निर्धारित कर दें तो हमारी बहुत सारी समस्याओं का हल हो जाएगा। कुछ कामों का समय निश्चित होने से बहुत-सी बातों को ध्यान में रखने के लिए दिमाग़ के पास खाली जगह होगी, क्योंकि तब आप बार-बार नहलाना है, खिलाना है, सुलाना है आदि याद नहीं कर रहे होंगे। तो शुरू करिए थोड़ा दुरुस्त दिनचर्या बनाना और फिर सुधार देखिएगा।

27

कहाँ चूक हो रही है ?

ज़िन्दगी में एक बच्चे का होना, गहराती रात के बाद फूटती एक किरण सा है, दल-दल में कहीं अटकी हुई किसी मजबूत बेल-सा है, पतझड़ में भी ख़ुद को ज़िंदा बनाए रखने की ज़िद में पेड़ से लटकी उस पत्ती-सा है जो टूटकर नहीं गिरेगी।

ये उम्मीद हैं, इनसे उम्मीद हैं, और इनमें उम्मीद हैं। ये गम, तकलीफ़, उलझन के बादलों को छाँटकर आपको मजबूर करते हैं कि आप ख़ुश होना सीखें। ख़ुश रहना सीखें। ये एक बेहद उदास कविता के बाद, एक बेहद खूबसूरत कहानी को लिख लेने की ख्वाहिश जैसे हैं। ये आपको सिखाते हैं कि रोते हुए भी कैसे एक पानी का बुलबुला हँसी दिला सकता है, कैसे पानी को मुट्ठी में भर लेने की ख्वाहिश कुछ बूंदें हथेली में आने के बाद भी उदास नहीं होती। कैसे कल की डांट को भूलकर, डांटने वाले से फिर से उतनी सी शिद्दत से मोहब्बत की जा सकती है, बिना किसी गिला के। कैसे बस गले लगा लेना, सारी ताकत को एक झटके में जिंदा कर सकता है। और कैसे आगे बढ़ते रहने के लिए किसी भी झूठे वादे की ज़रूरत नहीं होती। बस चाहत होती है, और बढ़ते जाते हैं, सीखते

जाते हैं। मेरे जीवन में भी अद्वैत का होना वही चाहत है, वही ख़ुशी है, वही उम्मीद है। जो मुझे मुस्कुराते रहने के लिए हर वक़्त प्रोत्साहित करता है, जीते रहने और न हारने देने के लिए भी।

उस दिन हम किसी यात्रा से लौटे थे। दिल्ली में एक दिन का स्टॉप लिया था। किसी होटल में रुकना था। कनाट प्लेस पर एक अच्छा सा होटल देखकर रुके। अभी हम रिसेप्शन पर कुछ जानकारियाँ फॉर्म में भर ही रहे थे कि लाउंज में लगे टीवी पर नज़र पड़ी। वहां एक एड चल रहा था। "बच्चों को कैसे पाले?, उनकी बेहतर परवरिश कैसे करें?, उन्हें संस्कार कैसे दें?" इस तरह की बातें सिखाता वो एड बता रहा था कि, माता एवं पिता दोनों को चौबीस घंटे में से कम से कम छः से सात घंटे अपने बच्चे के साथ बिताना चाहिए। उनके साथ समय बिताए बिना हम उन्हें नहीं समझ सकते। यदि नौकरी पेशा हैं तो कुछ अडजस्टमेंट करके सुबह शाम माता एवं पिता दोनों को समय निर्धारित करना चाहिए। नौकरों के भरोसे या डे केयर में रहने वाले बच्चे अपने माता पिता या परिवार से बचपन से दूर होने लगते हैं। और भी कई तरह की बातें सिखाता वो एड मुझे न सिर्फ़ आश्चर्यचकित कर रहा था बल्कि ये सोचने पर मजबूर कर रहा था कि चलते-चलते हम कहाँ आ गए हैं। आधुनिकता की दौड़ में भागते हुए क्या हम अपनी बुद्धि को, समझ को और भारतीय सोच को इतना पीछे छोड़ आए हैं कि अब हमें बच्चे पालना सीखने के लिए किसी टीवी एड का सहारा लेना पड़ेगा। हम ये भूल गए हैं कि बच्चा पालना सिर्फ़ एक ज़िम्मेदारी नहीं बल्कि उसी बच्चे के लिए एक बेहतर माहौल तैयार करना भी है।

मेरा बेटा तब आठ माह पूरे कर चुका था। जब हमने महसूस किया कि अब वो मुझसे अधिक समय की मांग करता। वो चाहता कि मैं उसके साथ खेलूं, कुछ नए-नए शब्द बोलूं, उसका मनोरंजन करूँ। कुछ नए

खेल खिलाऊं। पहले वह सोता अधिक था। अब जैसे-जैसे उसके सोने का समय कम हो रहा है, वह बड़ा हो रहा है, उसे अपने आस-पास के लोगों से समय की मांग होने लगी।

बच्चे बचपन से ही अपनी रूचि, अपने परिवेश और परवरिश से बनाते हैं। वे जो भी सीखते हैं हमसे सीखते हैं। उनका ख़ुश होना, उनका स्वभाव इस बात पर बहुत अधिक निर्भर करता है कि वे अपना समय कैसे व्यतीत करके बढ़ रहे हैं।

जब बच्चे छोटे होते हैं, वे कहीं भी आने जाने उठने-बैठने के लिए पूरी तरह आप पर निर्भर करते हैं, तब उनकी ख़ुशी भी आप पर निर्भर करती है। वे इंतज़ार करते हैं इस बात का कि आप उनके लिए कुछ ऐसा करें जिससे वे ख़ुश हो जाएं, मुस्कुराएँ या खिलखिलाकर हसें। बच्चे बाहर से दिखने में जितने नाज़ुक होते हैं उनका मन भी उतना ही नाज़ुक होता है। अगर आप उनके हाथों को अपने हाथों में लेकर उन्हें गुदगुदाने की कोशिश करेंगे, खिलाएंगे तो यह न सिर्फ़ उन्हें ख़ुश करेगा बल्कि उन्हें बेहतर तरीके से बढ़ने में सहायक भी होगा। कैसे? आइए जानते हैं।

जन्म के बाद बच्चों के लिए बाहर का तापमान और वातावरण बिलकुल नया होता और गर्भ से बिलकुल अलग भी है। ऐसे में उनकी त्वचा को बाहर के तापमान से तालमेल बिठाने में समस्या समय लगता है। डिलीवरी के बाद धीरे-धीरे बच्चे को इस बाहरी वातावरण की आदत हो पाती है। इसलिए डिलीवरी के बाद बच्चे को अच्छे से ढँककर रखा जाता है। ऐसे में यदि आप अपने बच्चे के साथ खेलते हैं, उसे अपनी त्वचा के स्पर्श में रखते हैं तो उसे न सिर्फ़ ख़ुशी मिलती है बल्कि उसके विकास में सहायता भी मिलती है।

यदि आपने कभी ऑक्सीटोसिन के बारे में सुना हो तो यह एक ऐसा हारमोन है जिसे "फील गुड" हारमोन के नाम से भी जाना जाता है। यह हारमोन हमारे शरीर में इमोशन को कंट्रोल करता है। यही वो हारमोन है जो हमारे बच्चों में भी इमोशन को कंट्रोल करता है। जब हम उनके साथ खेलते हैं, उन्हें खिलाते हैं, हँसाने और ख़ुश रखने की कोशिश करते हैं तो यह हारमोन रिलीज़ होता है और जो उनके शरीर में सकारात्मक विकास में सहायक होता है। यह हारमोन सिर्फ़ इतना ही नहीं करता। बच्चे में एक विशेष स्वभाव को बनाने में भी सहायक होता है। कुछ रिसर्च कहती हैं कि, जिन बच्चों के साथ छोटे में यानि दो साल तक की उम्र में उसकी माँ के साथ शारीरिक स्पर्श कम होता है, या उसे नेगलेक्ट जैसा महसूस होता है तो वे बच्चे माता-पिता या परिवार के कुछ विशेष लोगों के अलावा अन्य सभी के प्रति रिज़र्व नेचर के होते हैं। वे थोड़े अपने में रहने वाले, कम खुलने वाले तथा कम घुलने-मिलने वाले होते हैं। जबकि इसके विपरीत जिन बच्चों को बचपन में कंगारू केयर या माँ के साथ खेलने या अधिक समय बिताने के मौका मिलते है, वे दूसरों के प्रति अधिक सेंसिटिव, घुलने-मिलने वाले और दूसरों के प्रति सकारात्मक रवैये वाले होते हैं। इसलिए यह बहुत ज़रूरी है कि बच्चे को बचपन में अपने माता एवं पिता दोनों के साथ भरपूर समय बिताने का मौका दिया जाए।

बच्चों से बात करते रहना भी उनके विकास के लिए उतना ही ज़रूरी है जितना उनके साथ खेलना। आप सोचें कि, उन्हें अपने पास बैठाकर उन्हें कोई खिलौना देकर अपना काम निपटा लें, या किसी से फ़ोन पर बात करलें तो यह एक ग़लत तरीक़ा है। कोशिश करें कि जितने समय बच्चा आपके साथ है आप उससे बात करें। अन्यथा बच्चों में नेगलेक्ट की भावना आने लगती है। आपको ऐसा सिर्फ़ तब तक करने की ज़रुरत

है जब तक वे अपने आप खेलना नहीं सीखते, यानि अधिकतम दो साल की उम्र तक। क्योंकि उससे पहले बच्चे की दुनिया अधिकांशतः माता-पिता के चारों तरफ़ ही होती है। वे जब ठीक से चलने बोलने लगते हैं, तो उन्हें बाहर की दुनिया लुभाने लगती है। तब वे अपने आप आपसे दूर रहकर नयी चीज़ों से जुड़कर अपना विकास करते हैं।

तो यह पूर्णत आप पर निर्भर करता है कि आप अपने बच्चे को चिड़चिड़ा, घर घुस्सू टाइप बनाना चाहते है, या एक ख़ुश मिजाज इंसान। जो सबसे हंसकर मिले, जिसे सिर्फ़ ये ना लगे कि कैसे भी उसे उसके माता-पिता का समय मिल जाए। यदि आप वाकई ऐसा चाहते हैं तो इसके लिए आपको किसी भी क्लास की, टीवी एड की या किसी अन्य माध्यम से सीखने की ज़रुरत नहीं। बस इतना याद करने की ज़रुरत है कि सब समय का खेल है, हम जितना अधिक देंगे उतना फायदेमंद होगा।

कहते हैं "बच्चे को पालने में पूरा गाँव लगता है" अपने सामने इस कहावत की सार्थकता देखती हूँ।

अद्वैत छोटे थे तो हमारे व्यवसाय में एक सहकर्मी थीं, उनके पास खेलने जाते तो सड़क से गुज़रती गाड़ियों को देखते रहते थे। दो वर्ष की उम्र में उन्हें लगभग सभी गाड़ियों के नाम, और वो किस उपयोग में आती हैं याद हो गया था। सड़क चलते उनके नाम लेकर बता देते थे, नंबर प्लेट कहाँ होती है और उसका नंबर कहाँ लिखा होता है बता देते। व्यवसाय के ही एक सहकर्मी के पास कुछ देर बैठते तो कैलेंडर और केल्क्युलेटर के ज़रिए खेल-खेल में एक से दस तक की कितनी सीख गए थे। खेत जाते तो काम-दादियों के साथ मिट्टी, बीज, पौधा सब के बारे में सीखते। सुबह पहले काम-दादी की गोद चढ़कर खेत में जाकर कच्चा करेला खा आते थे। काम-दादियों से ही लोकल की बोली सादरी

समझना सीखते हैं। गुहार-घर जाते तो गाय क्या खाती है, दूध कैसे देती है, उसके बाछे के साथ खेलना यह सब सीखते। एक सहकर्मी के साथ गोबर खाद बनाना, साइकल के पुर्जे जोड़ना, मैकेनिकल वाले काम, कभी कहीं पेड़ लगा आना तो कभी सीड बॉल बना आना। घर में दादू के कंधे चढ़े रहते और उनसे उकड़ू बैठकर पानी पीना, सुबह पहले मंदिर जाना, कौन से नंबर की गाड़ी एम्बुलेंस होती है, कौन सी टोलट्रक, उनके साथ तरह-तरह की चीज़ें बनाना, लौकी का जूस पीना, बाथरूम एंड रूम मैनर्स। बुआ के साथ महीनों के काम याद करते, स्लेट लेकर वर्णमाला और अल्फाबेट्स के मैच द कॉलम करते रहते। दादी से गाय को रोटी खिलाना सीखते, सर्वा आने के समय दिन में माँ आराम करे तो लड़ियाने के लिए दादी मिलती। मौसी ने रंगों के नाम, अंक प्रेम और सामान्य ज्ञान दिया, जब भी मिलती है एंगर कंट्रोल सिखाती है। नाना के साथ मंदिर जाते तो देव-दर्शन कैसे करना है सीखते, ट्रेन्स देखने जाते तो उनके बारे में सारी जानकारी पूछते-समझते। नानी की गोद में रहते तो तीर्थंकरों के नाम उनके चिह्न के साथ याद कर लिए थे, कपड़ों की शुद्धि, अति साधारण तरीके से जीवन के मूल्य आदि सीखते। पापा के दफ़्तर में वह विज्ञान सीखते हैं, बीकर-फ्लास्क से लेकर रॉकेट और नैनो-पार्टिकल क्या होते हैं सब सीख आता है। माँ बच्चे को क्या सिखाती है और क्या नहीं, इसका हिसाब-किताब तो मैं नहीं लगा सकती पर यह ज़रूर कह सकती हूँ कि मैं अकेली उसे इतना कुछ नहीं सिखा सकती थी जो उसने इतने लोगों के साथ रहकर, उनके आचरण और प्रभाव में सीखा।

बच्चों को हिंसक प्रवर्ती से बचाएँ

उस दिन यह ख़बर सुर्ख़ियों में थी। दो नाबालिग लड़कों ने अपने मालिक के पाँच साल के बेटे की हत्या कर दी। पूरी ख़बर पढ़ने पर समझ आया कि वे लोग मिलने वाली तनख्वा से नाख़ुश थे, काम के नाम पर उनका शोषण हो रहा था, और उन्होंने हत्या की प्लानिंग एक क्राइम बेस्ड टीवी शो को देखकर की। एक तो शिक्षा-दीक्षा की उम्र में बच्चों को रोज़गार की जुगत में जीवन खपाना पड़ रहा है, दूसरा उसी कच्ची उम्र में वे कितने भटक गए कि हत्या तक का सोच लिया। ऐसी ही एक ख़बर उत्तरप्रदेश की थी जिसमें 16 साल के बेटे ने अपने पिता की हत्या कर दी। उस बेटे ने भी टीवी शो देखकर हत्या की प्लानिंग की थी। कुछ समय पहले इंदौर में 11 साल के एक लड़के ने 10 साल की एक लड़की की हत्या कर दी। वजह थी कि लड़की ने किसी ऑनलाइन गेम में लड़के को 2 बार लगातार हरा दिया। इन सभी हत्याओं को कई पहलुओं से जाँचा जा सकता है। मसलन हार बर्दाश्त ना कर पाने की प्रवर्ति, लड़की से हारने की चिढ़ या माहौल से नाराज़गी, पैसों की जद्दोजहद या बच्चों में बढ़ रही हिंसक प्रवर्ति। मैं अंतिम बिंदु पर चर्चा कर रही हूँ यानि उस प्रवर्ति पर जिससे कम उम्र के बच्चों में आपराधिक मानसिकता बढ़ती दिखती है।

अपनी पत्रिका 'रूबरू दुनिया' के लिए मैंने उज्जैन के संप्रेषण गृह (बच्चों की जेल) की संरक्षक का साक्षात्कार किया। उस जेल में कुछ बच्चे 8 से 12 वर्ष के थे जिन्होंने क्रूर अपराध किए थे, जैसे किसी की हत्या, किसी का सर पत्थर से कुचलना, किसी को चाकू मारना या किसी को जलाना। इन बातों पर यकीन कर पाना कठिन था, लेकिन दुर्भाग्य से यह सच था। मुझे इन बच्चों से बात करने की इजाज़त तो नहीं मिली लेकिन उनकी संरक्षक ने बताया कि कई बच्चे संभ्रांत परिवारों के हैं और माता-पिता की उपेक्षा उन्हें यहाँ तक ले आती है। पिछले दिनों एक मिलने वाले आए थे उन्होंने बताया कि उनके किसी रिश्तेदार की दो बच्चियों में झगड़ा हुआ। एक ने अपने खिलौने वाले धनुषबाण की नोंक में सुई फंसाकर दूसरी की तरफ़ चला दी। वह सुई उसकी आँख में लगी। अब महीनों से इलाज चल रहा है। पता नहीं उसकी आँख ठीक हो भी पाएगी या नहीं।

कुछ समय पहले रेलयात्रा के दौरान एक सहयात्री परिवार मिला। पति-पत्नी, साथ में साढ़े तीन साल के दो जुड़वा बच्चे। बेटे थे। उन्हें बोगी में बैठे बमुश्किल पाँच मिनिट हुआ होगा और उनकी खुराफातें शुरू हो गईं। कुछ समय बीता और एक ने माँ का, एक ने पिता का फ़ोन लिया और अपने पसंदीदा गेम खेलने लगे। वीडियो देखने लगे। फिर कुछ देर बाद जब उनसे मोबाइल ले लिए गए तो वे खेलने लगे। खेल उनका ऐसा था कि मेरे साथ बैठा अद्वैत बार-बार मुझे देखता। वे हाथों से बंदूक बनाकर बोल रहे थे "मैं तुझे मार डालूँगा", "मुझसे बचकर रहना", "मैं बहुत डेंजर हूँ", "मुझसे पंगा मत लेना"। ऐसा करते हुए वे पूरी कोशिश कर रहे थे कि उनके हाव-भाव उनकी बातों से मेल खाएँ। सहयात्री और उनके माता-पिता इन बातों को मासूम शरारत समझकर हँस रहे थे। साथ ही एक पुलिस वाला बैठा था उसकी ओर इशारा कर किसी सहयात्री ने कहा उन्हें मारकर दिखाओ। एक बच्चा गया, उंगली से

बंदूक बनाई, धांय-धांय की आवाज़ निकाली और बोला, “मैं तुझे मार डालूँगा, मैं बहुत डेंजर हूँ”। सभी सहयात्री फिर हँस पड़े। किसी ने उसे समझाया कि बेटा ऐसे नहीं करते ग़लत बात होती है तो वह बोला, “मैं तुझे जूते से मारूँगा”। वह व्यक्ति मुस्कुराकर चला गया और उन बच्चों की ये करिस्तानियाँ चलती रहीं। बच्चों की इस तरह की हरक़तों पर उस समय तो हम हँस देते हैं, लेकिन फिर यही प्रवर्तियाँ जब जटिल रूप धारण कर लेती हैं तो रोना पड़ता है। बालमन पर सबसे ज़्यादा प्रभाव 'विज़ुअल' का पड़ता है। मतलब वो जो देखते हैं उससे ही सबसे ज़्यादा सीखते हैं, बजाय सुनकर या समझाकर। इसलिए कहा भी जाता है कि बच्चों के सामने ग़लत हरक़त नहीं करनी चाहिए, वे बड़ों से ही सीखते हैं। आजकल बच्चों को सिखाने के लिए बड़ों के अलावा मोबाइल भी हैं। उनमें कितने ही ऐसे कार्टून्स और गेम्स हैं जिनमें मार-काट, बंदूक आदि का प्रयोग रहता है। उनमें डायलॉग्स भी हिंसक हो सकते हैं। जो बच्चों के मन पर असर डालते हैं। वे जो देख रहे हैं वही सीख रहे हैं। एक विदेशी कार्टून कैरेक्टर के लिए कितने ही बच्चे दीवाने पाए गए। कई ऐसे भी देखने में आए जो उसके मुख्य किरदार के जैसे अपनी पेंट खोलकर खड़े हो जाते। कई माता-पिता ने उसकी शिकायत की।

यह सब आज आपको बाल-क्रीड़ा लग सकती है पर असल में यह बाल-क्रीड़ा नहीं है। यह ऐसी अप्रत्यक्ष शिक्षा है जो बच्चों को ग़लत दिशा दे सकती है। उनके भीतर कहीं न कहीं हिंसक प्रवर्ति को जन्म दे सकती है। यह ज़रूरी है कि बच्चों को जब भी इस तरह की हरक़तें करते देखें उन्हें सही ग़लत समझाएं। ग़लत के नुकसान बताएँ और सही के फ़ायदे। उनकी ग़लत हरक़तों पर हँसे नहीं। ज़रूरत पड़ने पर उन्हें डाँटें भी। बच्चा यदि किसी बात के लिए झूठ बोल रहा है तो उसकी बुद्धिमानी मानकर मुस्कुराएं नहीं बल्कि उसके उस छोटे से झूठ पर भी उसे टोकें और समझाएं। आज का छोटा झूठ कल का बड़ा झूठ बन सकता है।

फ्रॉड मनी केस के एक अपराधी से जब उसकी माँ जेल में मिलने गई। वह अपने बेटे की हालत देखकर रोने लगी। तब बेटे ने उससे कहा – "अब रोने से क्या फायदा माँ, तेरी ही वजह से आज मैं यहाँ पहुँचा हूँ।" रोती हुई माँ में हैरानी से बेटे को देखा। बेटा आगे बोला, "जिस दिन मैं स्कूल से पहली बार अपने दोस्त की पेन्सिल चुराकर लाया था उसी दिन अगर तूने मुझे समझाया होता या एक थप्पड़ ही जड़ दिया होता तो आज मैं यहाँ नहीं पहुँचता। लेकिन उस दिन तो तूने उस बात को मुझे सबसे छुपाने कहा। जो धीमे-धीमे मेरी आदत बन गई और आज मुझे यहाँ तक ले आई।"

अगर आप चाहते हैं कि कल को आपका बच्चा भी आपसे ऐसी कोई शिकायत ना करे जिसमें उसे अहसास हो कि एक पैरेंट के रूप में आप फेल हो गए तो अभी-भी वक़्त है, थोड़े से कठोर हो जाएँ और उसकी हर ग़लती को अनदेखा ना करें। ये बच्चे कल आने वाली एक बेहतर दुनिया की उम्मीद हैं, लेकिन वह बेहतरी काफ़ी हद तक हमारी आज की परवरिश पर टिकी है।

और ये मोबाइल का रोग

हम जिस समय में हैं वहाँ अधिकांश माता-पिता की यह शिकायत रहती है कि उनके बच्चे दिनभर मोबाइल में घुसे रहते हैं। बाहर नहीं जाते। छोटे-छोटे बच्चों को लगने वाले चश्मे भी इस बात के गवाह हैं कि बच्चों को टेक्नोलॉजी से हानि तो पहुँच रही है। हमारे माता ने हमें जिस तरह पाला-पोसा वैसे हम नहीं कर सकते। टेक्नोलॉजी के ज़माने में बच्चों को उससे पूरी तरह दूर रखना भी संभव नहीं। पर, कहाँ और कैसे हमें लगाम कसनी है, कहाँ हमसे चूक हो रही है यह जानना समझना ज़रूरी है। आजकल जब माता-पिता को देखती हूँ, सुनती हूँ ये कहते हुए कि “देखो हमारा बच्चा कितना तेज़ है, मोबाइल तो इतने अच्छे से चला लेता है”, तब यही सवाल मन में आते हैं कि क्या वाकई हमें अपने बच्चों की बुद्धि का आँकलन अब मोबाइल चलाने से करना होगा? क्या ऐसा कहकर हम उन्हें बढ़ावा नहीं दे रहे? क्या वाकई कम उम्र के बच्चों को मोबाइल से इतना जुड़ा रहने देना चाहिए? टेक्नोलॉजी के लाभ-हानि के बारे में तो आप सभी जानते होंगे, यहाँ बात करते हैं कि माता-पिता को कहाँ सावधानी बरतनी है।

समझना एक अलग ही अनुभव से गुज़रना होता है। अपने बच्चों के साथ कई बार वहाँ कनेक्टिंग फ्लाईट के गैप में वहाँ बेबी केयर रूम में लम्बा रुकना पड़ता। दो-ढाई घंटे में कई सारी माएँ मिलतीं छोटे-छोटे बच्चे-बच्चियाँ लेकर।

उस दिन अद्वैत को लेकर जब मैं बेबी केअर रूम में पहुँची तो वहाँ पहले से तीन लोग थे। एक माँ, एक तीन साल का बच्चा (बेटा) और एक नैनी। माँ बच्चे को पेंट पहना रही थी (वहाँ की सिचुएशन और बातें सुनकर लग रहा था कि नैनी बच्चे का डायपर बदलने और पैंट पहनाने की असफ़ल कोशिश कर चुकी है और अब माँ कर रही है।) नैनी सारा बिखरा पड़ा सामान जो वहां लगे सभी सोफों पर बिखरा हुआ था, समेट रही थी। बेटा मोबाइल पर गेम खेल रहा था। आजकल बच्चों का बिना पलक झपकाए मोबाइल पर गेम खेलना कोई नयी या असामान्य बात नहीं है। पेंट पहनाते ही माँ ने बच्चे को छोड़ा और अपना मोबाइल उठाते हुए, ये कहते हुए बाहर निकल गई "बच्चे और सामान दोनों को ठीक से ले आना, मैं जा रही हूँ"।

वो चली गई और तब शुरू हुई एक जंग। बेबी केयर रूम में लगे बाउंसर में बैठा वो बच्चा जो अपलक मोबाइल में व्यस्त था उस बाउंसर से उठना नहीं चाहता था। सारा सामान तीन बैग्स में समेटने के बाद वो नैनी उस बच्चे को फुसलाने में लगी हुई थी। बहुत देर की मशक्क़त के बाद भी जब वो नहीं उठा और ज़िद करने लगा तो माँ वापस आई और बच्चे को फुसलाया लेकिन बच्चा नहीं माना तो माँ ने उसे जबरदस्ती घसीटा और बाहर ले जाने लगी, बच्चा ज़मीन पर घसिटता हुआ बाहर जाने लगा लेकिन दरवाज़े तक पहुंचते ही फिर अकड़ गया। माँ ने उसके हाथ से मोबाइल छीन लिया। वो बेतहाशा रोए जा रहा था। माँ ने उसे फिर से नैनी के भरोसे छोड़ दिया "तुम सम्भालो" और कमरे के कोने में खड़ी

होकर ख़ुद मोबाइल पर स्क्रोल करने लगी। कुछ देर बाद एक महोदय अंदर आए जो उस महिला के भाई/देवर थे। "अरे ये क्या नोटंकी कर रहा है (वे उस बच्चे की खिल्ली उड़ाते हुए बोले)। मैं उस माँ की हरक़तें देखकर समझ नहीं पा रही थी कि वो बच्चे के लिए चिंतित है, फ्लाइट के समय के लिए या अपने मोबाइल के लिए। वो बच्चा रोता रहा, अब वो माँ के साथ उस बाउंसर पर बैठकर मोबाइल में खेलना चाहता था। लेकिन माँ बच्चे को नैनी के भरोसे छोड़कर जा चुकी थी। बहुत देर की जद्दोजहद के बाद वो नैनी उस बच्चे को ले जा पाई। उसके रोने की आवाज़ें दूर तक जाती सुनाई देती रहीं।

उसके तुरंत बाद एक और माँ आई तीन बच्चों के साथ, अपनी गोद की बेटी का डायपर बदल उसे स्तनपान कराकर चली गई। साथ आए दो बच्चे जो लगभग 5-6 साल के थे, अपनी छोटी बहिन को खिलाने या माँ की मदद करने में ही थे। न उस माँ ने इस बीच मोबाइल का इस्तेमाल किया न ही उन बच्चों ने। उनके आने से जाने तक पता नहीं चला कि वे आए-गए।

उसके बाद फिर एक माँ आई, अपनी डेढ़ साल की बेटी और एक नैनी के साथ। वो माँ पूरे वक़्त किसी से फ़ोन पर बात कर रही थी और नैनी उस बच्ची को खाना खिलाना या खिलौनों आदि के साथ समय काट रही थी। बीच-बीच में जब बच्ची कुछ अलग करती तो माँ फ़ोन होल्ड पर कराकर उसके दो-चार फ़ोटो खींचती और फिर वापस फ़ोन पर बात करने लगती। जब बेटी ने माँ का फ़ोन खींचना शुरू किया तो माँ ने नैनी से कहा, "अरे इसका फ़ोन कहाँ है, इसका फ़ोन निकालकर दो" और अगले ही मिनिट में बच्ची के हाथ में भी एक एंड्रॉइड फ़ोन था, जिस पर गेम्स और यूट्यूब वो बखूबी चला रही थी।

मोबाइल से अपने बच्चे को दूर रखने के लिए पहले हमें ख़ुद उससे दूर होना पड़ेगा। यह पूरी तरह तो संभव नहीं लेकिन हम कोई समय तय कर सकते हैं कि हम उस वक़्त में मोबाइल इस्तेमाल करेंगे, मसलन जब बच्चा सोया हो, या आपके अलावा परिवार के किसी अन्य सदस्य के पास हो। और यात्राओं के समय में पूरा समय बच्चे को देंगे ताकि वह घर से बाहर मैनर्स से रहना और बिहेव करना सीखे। जो उसे हम सिखा सकते हैं वह एक नैनी नहीं। वैसे मोबाइल में कार्टून दिखाकर खाना खिलाना भी हानिकारक ही है। अब आप ख़ुद यह निर्णय करें कि आपके बच्चे के लिए क्या सही है और क्या गलत?

कोई भी माता-पिता नन्हे बच्चे को ड्रग्स नहीं देगा क्यों वह उसकी हानि जानता है, तो फिर हम मोबाइल की हानि जानते हुए भी छोटे-छोटे बच्चों को उसे पकड़ाने से क्यों ख़ुद को नहीं रोकते? या फिर आप नहीं जानते कि मोबाइल से क्या हानि होती हैं? बच्चा जब छोटा होता है तो हम उसे हरी सब्जियां, लौकी, तोरई, दूध यह सब खाना सिखाते हैं, उसकी दिनचर्या भी ऐसी बनाना चाहते हैं कि वह एक अच्छा और नियमित व्यक्ति बने। क्योंकि कच्ची उम्र में बचपन से डाली गई आदतें हम जल्दी ग्रहण कर पाते हैं और वे हमारे व्यवहार में उम्र भर के लिए आ जाती हैं। बेशक़ कई समय के साथ बदलती भी हैं, लेकिन अधिकांश हमारे अन्दर रह जाती हैं।

यहाँ हमें यही समझना होगा कि वर्तमान समय में मोबाइल सिर्फ़ एक टेक्नोलॉजी नहीं बल्कि एक लत बनती जा रही है। युवा पीढ़ी तो पहले ही इसकी चपेट में हैं अब बच्चे भी उसी राह पर चल पड़े हैं। ऐसे में बच्चों के मानसिक विकास, उनकी आँखों, और उनके स्वास्थ्य पर बुरा असर पड़ता है। कैसे?

आप कहेंगे कि मैं कैसी बेबकूफाना बातें कर रही हूँ जो मोबाइल की तुलना ड्रग्स से कर रही हूँ। चलिए आपको वीज्ञान की भाषा में समझाती हूँ। मोबाइल या किसी भी डिजिटल स्क्रीन की लत, जैसे लगातार रील्स देखना, कार्टून्स देखना, गेम खेलना दिमाग़ के उसी रिवॉर्ड पाथवे को सक्रिय करते हैं जो ड्रैग या शुगर जैसे पदार्थों से होता है। जब कोई व्यक्ति या बच्चा किसी नए कार्टून, नए गेम को जीतने में, कोई नया लाइक मिलने में सुखद अनुभव करता है, तो उसका दिमाग़ डोपामिन नामक रसायन छोड़ता है। यही डोपामिन हमें बताता है यह जो हम कर रहे हैं यह अच्छा है, इसे करते रहना है। मोबाइल एप्स या गेम्स भी इसी डोपामिन को ध्यान में रखकर डिज़ायन किए जाते हैं। बच्चों के लिए भी मोबाइल के बिना नहीं रह पाना, मोबाइल के बिना खाना नहीं खा पाना, किसी भी गेम या कार्टून का एडिक्शन असल में उनका डोपामिन ट्रिगर है जो किसी ड्रग के ट्रिगर से कम नहीं। तो क्या आप चाहेंगे कि आपके बच्चे में ऐसी कोई लत पड़े?

चलिए थोड़ा और विस्तार से बताती हूँ कैसे ३ साल तक के बच्चों में मोबाइल/स्क्रीन का बहुत ज़्यादा प्रयोग उनके मानसिक विकास जैसे कि उनकी भाषा, उनके फोकस और सीखने-समझने की क्षमता में बाधा डालता है।

वैज्ञानिकों द्वारा किए गए कई सारे प्रयोग और शौध के नतीजे यह बताते हैं कि जीवन के पहले तीन वर्षों में अत्यधिक या प्रारंभिक मोबाइल/स्क्रीन का उपयोग बच्चों के भाषाई, संज्ञानात्मक, भावनात्मक और सामाजिक विकास को प्रभावित कर सकता है। आसान भाषा में कहूँ तो उनके बोलने के विकास को कम कर सकता है, उनके फोकस यानि ध्यान एक जगह रखने की क्षमता को क्षति पहुँचा सकता है और उनके सोशल होने की कोशिश में भी रुकावट डाल सकता है। विश्व स्वास्थ्य संगठन

(WHO) और अमेरिकन एकेडमी ऑफ पीडियाट्रिक्स (AAP) के अनुसार, दो वर्ष से कम उम्र में स्क्रीन से पूरी तरह बचना चाहिए, जबकि दो से पाँच वर्ष के बच्चों के लिए एक घंटे से कम प्रतिदिन का समय सुरक्षित माना गया है।

वैज्ञानिक रूप से, स्क्रीन समय बच्चे के मस्तिष्क में "Displacement of caregiver interaction" पैदा करता है — यानि जब बच्चा मोबाइल या स्क्रीन के साथ समय बिताने लगता है, तो फिर उसका मन माता-पिता या देखभाल करने वाले व्यक्ति के साथ वास्तविक बातचीत, खेल और जुड़ाव में नहीं लगता। यानि स्क्रीन बच्चे के जीवन में वास्तविक मानवीय संवाद का विकल्प (substitute) बन जाती है— और यही सबसे बड़ी समस्या है।

साथ ही, जल्दी-जल्दी बदलते सीन्स, ढेर सारी तेज़ आवाज़ें और instant rewards बच्चे की एकाग्रता और आत्म-नियंत्रण क्षमता को कमजोर करते हैं।

यदि बच्चा सोने से पहले भी स्क्रीन देख रहा है तो ब्लू लाइट और मानसिक सक्रियता उसकी स्लीप क्वालिटी को भी बिगाड़ते हैं। जिससे उसकी सीखने की क्षमता और मेमोरी दोनों पर नकारात्मक प्रभाव पड़ता है।

अत्यधिक स्क्रीन उपयोग बच्चों को शारीरिक खेल, खोजबीन और अनुकरण (imitation) जैसी मूलभूत गतिविधियों से दूर करता है, जो मस्तिष्क और मोटर विकास के लिए आवश्यक हैं। मतलब उनका शरीर आलसी बनेगा और दिमाग़ भी। यदि आपका बच्चा सब कुछ गूगल पर सर्च कर रहा है, यहाँ तक कि अपने स्कूल के प्रोजेक्ट्स और होमवर्क भी तो बहुत ख़ुश ना हों, वह असल मेन अभी से अपने मस्तिष्क की खोजी क्षमता को कमज़ोर करके एक मशीन पर निर्भर हो रहा है।

हालाँकि इस दिशा में अभी प्रयोग और शौध लगातार हो रहे हैं ताकि वैज्ञानिक रूप से कम उम्र में मोबाइल या स्क्रीन के दुष्प्रभावों पर बेहतर डाटा इकट्ठा किया जा सके लेकिन फिर भी सभी चाइल्ड एक्सपर्ट्स और वैज्ञानिक यही सलाह देते हैं कि बच्चों को स्क्रीन से दूर रखकर उनसे बातचीत करें, उन्हें किताबें दें, संगीत से दोस्ती कराएँ और खेलने के लिए ग्राउंड दें। रात में सोने से पहले तो स्क्रीन टाइम बिलकुल न दें।

बच्चे का मस्तिष्क सबसे अच्छा तब सीखता है जब वह लोगों से, असल खेल-खिलौनों से और वास्तविक अनुभवों से जुड़ा होता है — न कि स्क्रीन से।

मानसिक विकास एक क्रम है, हम जितना ज़्यादा लोगों से, अलग-अलग तरह की चीज़ों से जुड़ते हैं उतना ही उन्हें समझने की कोशिश करते हैं और हमारा मस्तिष्क तब नयी हलचल करता है। मैं यहाँ विज्ञान की भाषा की जगह आपको आसान भाषा में समझाउंगी, यदि आप रोज़ एक ही रास्ते से कहीं जाते हैं तो आपको वह रास्ता याद हो जाता है। कुछ दिन बाद आपको अपना दिमाग़ चलाने की भी ज़रुरत नहीं पड़ती कि रास्ते में सड़क कहाँ ख़राब है या कहाँ मोड़ है। आपके दिमाग़ को यह अच्छे से याद हो चुका होता है। यानि उस वक़्त आपका दिमाग़ कुछ नया लर्न नहीं करेगा। लेकिन यदि आप अलग-अलग रास्तों से जाते हैं तो आपके दिमाग़ को सचेत रखना होगा। ठीक ऐसे ही, बच्चे यदि मोबाइल में प्रतिदिन एक ही तरह के कार्टून, गेम्स आदि खेलेंगे तो उनका दिमाग़ नयी चीज़ों से जुड़ना, नया सीखना बंद कर देगा, यह उनके मस्तिष्क के विकास में बाधा है। बच्चे जब मोबाइल टीवी आदि से बाहर निकलकर, मैदान में खेल, किताबें या अपनी उम्र के बच्चों से मेल-मिलाप बढाते हैं तो उनका दिमाग़ ज़्यादा अच्छे से काम करता है।

मोबाइल, टीवी आदि से आँखों पर भी असर पड़ता है। आपको याद होगा कि बचपन हमारे माता-पिता भी हमें टोकते थे कि दूर से टीवी देखो। मगर, मोबाइल को दूर से कैसे चलाया जाए? उसे तो आँखों के बिलकुल पास से ही देखना पड़ता है। अब क्योंकि मोबाइल या लेड स्क्रीन जो आजकल की टीवी में भी आती है, हाइ एनर्जी विज़िबल लाइट होती है जिसे ब्लू लाईट भी कहते हैं। डॉक्टर्स का मानना है कि यह ब्लू लाईट जब कम दूरी से लगातार आँखों पर पड़ती है तो रेटिना और आँखों के टिशु को हानि पहुंचाती है जिसे आँखों में सूखापन, नज़र का धुंधला होना आदि रोग सामने आते हैं। आजकल कम उम्र में बच्चों का चश्मा लगना उनका पढ़ाकू होना नहीं बल्कि मोबाइल की लत का नतीजा है।

सिर्फ़ आँख ही नहीं मोबाइल चलाते हुए बच्चा जब एक ही स्थान पर घंटों बिता देता है तो तो उसका शरीर भी कम क्रियाशील और आलसी बनता जाता है और आलस्य तो रोगों का जनक है ही। तो सोचिए क्या करना है आपको? अब सवाल यह आता है कि बच्चों को मोबाइल की लत से कैसे बचाएं? मैं अपना एक एक्सपेरीमेंट यहाँ बता रही हूँ शायद आपको कोई मदद मिल जाए।

आदतें बचपन से लगती हैं तो उनकी लाभ-हानि समझ उन्हें छुड़ाने की कोशिश भी बचपन से ही करनी पड़ेगी। कम उम्र में बच्चों के लगते चश्मे और मोबाइल-टीवी की लत उनके लिए कितनी हानिकारक है यह सभी समझदार माता-पिता जानते हैं। हमें बस बच्चों के साथ एक्स्ट्रा मेहनत की ज़रूरत है और वे इस लत से ज़रूर बच पाएंगे। कई माताओं की शिकायत होती है कि घरवाले मानते नहीं, हम तो नहीं चाहते आदि। यदि ऐसा है भी तब भी कदम आपको ही उठाना होगा। थोड़ा कठोर

होना होगा। यह आप पर है कि आप परिवार में सिर्फ़ हाँजी वाली इमेज चाहती हैं या आपके बच्चे का भला।

बस इतना सोचिए कि आज से 28-30 साल पहले भी एकल परिवार होने लगे थे। दो ही बच्चे होते थे। तब मोबाइल नहीं था तो हमें हमारे माता-पिता ने कैसे पाला? बस जवाब मिल जाएगा।

येअगर आप भी बस “क्या करें, बच्चे मानते ही नहीं” कहकर अपनी जान छुड़ा लेते हैं तो अभी सावधान होने की ज़रुरत है।

पता नहीं आपने वह ख़बर देखी थी या नहीं जिसमें नॉएडा में एक 12 वर्ष की बच्ची बीच सड़क पर दहाड़ मारकर रो रही थी। उसे उसका मोबाइल चाहिए था। जब लोगों ने उसे समझाने की कोशिश की तो उसने उन्हें गलत भाषा में जवाब दिया। संभवतः उसके माता-पिता ने भी उसे समझाया होगा और जब उसकी ज़िद हुई होगी तो उसे उसके हाल पर छोड़ दिया होगा। जिसके बाद इतना तमाशा हुआ। पुणे में एक 14 साल के बच्चे ने आत्महत्या कर ली। पुलिस स्टेटमेंट से पता चला है कि घर में उसकी दादी टीवी पर न्यूज़ देखना चाहती थीं, लेकिन बच्चा कार्टून देखना चाहता था। माँ ने डाँटकर टीवी बंद कर दी। बच्चे ने गुस्से में आकर आत्महत्या कर ली।

सुनने में बहुत ही बेबकूफाना लग रहा है ना। 14 साल की उम्र में तो बच्चे कितने समझदार हो जाते हैं। इतनी सी बात के लिए कैसे आत्महत्या कर सकते हैं?

मेरे मन में भी पहला सवाल यही आया था। जब इसके जवाब ढूँढने की कोशिश की तो अपने आसपास के कई ऐसे बच्चे नज़र आए जो मोबाइल और कार्टून्स के एडिक्शन में हैं।

बिना स्क्रीन के एक निवाला गले से नहीं उतर पाए अब ऐसे बच्चों की संख्या बढ़ रही है। ज़रा वक़्त मिला और मोबाइल/टैबलेट/टीवी में कार्टून। हम माँ-बाप भी सोच लेते हैं कि बच्चे का मन बहल रहा है। चिकचिक नहीं है। हमें अपना काम करना है तो बच्चे के सामने मोबाइल रख दिया। वो खाना खाने में नाटक कर रहा है या युहीं रो रहा है तो स्क्रीन ऑन कर दी। कार्टून्स आदि दिखाकर हम बच्चों का आसानी से मन बहला सकते हैं, ये धारणा आम हो गई है।

अद्वैत तब 10 माह का था। रात का 1 बजा था। अचानक रोने लगा। किसी सपने से डरकर उठा था। उसे बैठाकर, घुमाकर हर तरह से सुलाने की कोशिश की लेकिन वो कुछ देर सोता फिर रोने लगता। तब बहुत कोशिशों के बाद थक-हारकर मैंने पहली बार उसे मोबाइल में यूट्यूब पर “मछली जल की रानी है” चलाकर दिखाया।

वो शुरू में तो कुछ खीजा फिर सब भूलकर उसे देखते-देखते सो गया। शुरू-शुरू में मुझे भी उसका मन बहलाने या चुप कराने का यही आसान तरीक़ा लगा। खाने खिलाने में या युहीं जब वह परेशान कर रहा हो तो चुप कराने में मोबाइल जादुई भूमिका अदा करता दिखा। लेकिन जल्दी ही ये समझ आया कि इसे आदत बनने से पहले रोकना होगा। 10 माह से 3 वर्ष तक के सफ़र में मोबाइल का देखना ऑन-ऑफ़ रहा। कभी देखना कभी दो-तीन दिन तक बिल्कुल नहीं देखना। वह बीमार होता तो खाना खिलाने की सहूलियत में मोबाइल ही दिखाती। कहीं ना कहीं मैं ख़ुद ही उसे यह आदत डल रही थी।

टीवी से उसे अब तक दूर रखा है। टीवी पर कभी कार्टून नहीं दिखाए हैं। घर में किसी को भी टीवी देखने की आदत नहीं यह भी एक कारण है कि अद्वैत इससे बच पाया है। पर, मन में फिर भी यही चाहत थी कि,

मोबाइल में कार्टून्स देखने की जो आदत उसे लग सकती है उसे कैसे रोका जाए? जबकि मेरी और से स्क्रीन टाइम उसे न के बराबर दिया जाता था।

देखना बुरी बात नहीं आदत लगना बुरी बात है। अद्वैत अब बड़ा हो रहा था। अपनी इच्छाएं बताने लगा था। मोबाइल में देखकर ही खाऊंगा जैसी ज़िद करने लगा था। पड़ोसी के घर एक बार टीवी में कार्टून देखने मिल गया तो वहाँ जाने के लिए कहने लगा। यही वो समय होता है जब हमारे सामने अलार्म बजना चाहिए। मेरे सामने यह अलार्म तब बजा जब मैंने देखा कि अद्वैत में एक बेचैनी सी दिखने लगी थी। ख़ासकर उस समय पर जब उसे लगता कि ये उसका कार्टून देखने वाला समय है। जो कि उसे रिवॉर्ड में मिलता था, होमवर्क पूरा करने पर, कोई अच्छा काम कर देने पर, अच्छे से खाना खा लेने पर आदि।

इस चस्के को बुरी लत में बदलने से पहले ही रोकना ज़रूरी होता है। मैंने इसके लिए कठोरता अपनाई। वो कहता मोबाइल देखकर खाऊंगा, मैं मना करती तो रोता। कहता, खाना नहीं खाऊंगा। और तब मैं मन कड़ा करके कहती, “ठीक है मत खाओ”। तीन साल के बच्चे के साथ ये ज़्यादती लग सकती है लेकिन असल में ये उसके कल के लिए फायदेमंद है। ऐसे में मैं उसका मनुहार नहीं करती। उसे जब बहुत ज़ोर से भूख लगती तो ख़ुद आकर खाना खाने कहता। “बिना देखे ही खाना खाना होगा” ये उसे जल्द समझ आ गया है। पड़ोसी के घर जाने में भी थोड़ी कठोरता अपनाई। अगर वहाँ जाकर टीवी देखोगे तो जाने नहीं मिलेगा। घर में उसे समझाया कि देखने से आँखें ख़राब होती हैं। कुछ उसकी समझ के उदाहरण दिए। अब आलम यह है कि वो पड़ोसी के घर जाता है और टीवी ऑन हो तो बंद करवा देता है। बदले में उसका मन रखने दिन में कभी भी, या कभी दो दिन छोड़कर अपने हिसाब से उसे कार्टून

देखने दिए जाते। उसमें भी मोगली, या कोई शिक्षाप्रद कहानी। हमने कोशिश की कि वह स्क्रीन पर क्या देखेगा इसका सही चुनाव करने के प्रति हम सचेत रहें। अगर लगता कि वो स्क्रीन टाइम के लिए कुछ बेचैन हो रहा है तो उसे किसी लर्निंग एप से थोड़ी पढ़ाई या पज़ल्स करा दी जाती। यह सब अपने हाथ में रखने से उसके स्क्रीन चस्के को बुरी लत में बदलने से पहले ही रोक पाने में कामयाबी मिली। हाँ इससे खाना-खिलाने, मालिश करने आदि के वक़्त थोड़ी ज़्यादा मेहनत करनी पड़ती। परिवार के अन्य सदस्यों की भी भूमिका अहम होती है। वे भी इस कठोरता को कठोरता से ही पालते रहें बस। उनसे बातें बनानी पड़ती हैं, नए-नए खेल दिखाने पड़ते हैं, खिलौनों में उलझाना पड़ता है, उसके पीछे पूरे घर में भागना, लुकना-छुपना पड़ता है।

अब वह आठ वर्ष का हो गया है और उसका स्क्रीन टाइम अब भी 30 मिनिट ही है। उसके पसंदीदा कार्टून्स में टॉय टाइम टाउन, मोटू पतलू, डॉक्टर बायनोक्स, टॉम एंड जेरी आदि हैं।

एक और काम है जो मैं अपने दोनों बच्चों के साथ करती हूँ। यदि किसी दिन वे टीवी देखने की ज़िद करते हैं, या उसके लिए रोते हैं तो मैं उन्हें पनिशमेंट में उस दिन टीवी नहीं दिखाती। मसलन उसने मुझसे सुबह 11 बजे कहा कि कार्टून्स देखने हैं और मैंने कहा कि नहीं अभी नहीं 2 बजे देखना और उसने रोना-गाना मचाया तो उस दिन फिर उसे कार्टून्स देखने नहीं मिलेंगे और यदि यह बताने के बाद और रोए तो अगले दिन भी नहीं मिलेगा। यह सजा उनके रोने की स्पीड के साथ बढती है। इससे अब उन्हें यह समझ आया कि हमारे रोने से हमें देखने नहीं मिलेगा, बल्कि जब मम्मा कहेगी तब देख लेंगे "कोई बात नहीं"।

आदतें बचपन से लगती हैं तो उनकी लाभ-हानि समझ उन्हें छुड़ाने की कोशिश भी हमें बचपन से ही करनी पड़ेगी। आपका बच्चा भी कल को इसी लत की वजह से कोई जानलेवा क़दम ना उठा ले उससे पहले ही अपना अलार्म बजाइए। हमें बस बच्चों के साथ एक्स्ट्रा मेहनत की ज़रूरत है और वे इस लत से ज़रूर बच पाएंगे। कई माताओं की शिकायत होती है कि घरवाले मानते नहीं, हम तो नहीं चाहते आदि। यदि ऐसा है भी तब भी कदम आपको ही उठाना होगा। थोड़ा कठोर होना होगा। यह आप पर है कि आप परिवार में सिर्फ़ हाँजी वाली इमेज चाहती हैं या आपके बच्चे का भला। बस इतना सोचिए कि आज से 28-30 साल पहले भी एकल परिवार होने लगे थे। दो ही बच्चे होते थे। तब मोबाइल नहीं था तो हमें हमारे माता-पिता ने कैसे पाला? बस जवाब मिल जाएगा। आपके बच्चों से ज़्यादा आपको उन्हें मोबाइल के साथ छोड़ने की आदत लगे उससे पहले कुछ कठोर और ज़रूरी कदम उठा लीजिए।

***

मेरे घर में टीवी नहीं है। टीवी के नाम पर जो है वो 30 साल पुराना मॉडल है। पहले महीने में एकाध-बार चल जाता था। है। केवल चुनावी नतीजे, 15 अगस्त-26 जनवरी की परेड और वर्ल्डकप देखने के लिए खोला जाता था। वह भी कोई ज़रूरी नहीं। अब दो-ढाई साल से पूरी तरह बंद सालभर से तो स्टोर में पड़ी है।

यही मुझे मायके में भी मिला। जब तक हम(बहनें) घर में रहे तब तक एक छोटा सा ब्लैक&व्हाइट टीवी रहा। उसमें भी सिर्फ़ दूरदर्शन आता था। हम शनिवार-रविवार पापा के साथ फ़िल्म देखते थे, या परेड, मैच आदि। 2007 - 2008 में हमारे हॉस्टल जाने के बाद घर में कलर

टीवी आया। जिसमें चैनल्स का सिस्टम लगा। लेकिन मम्मी तो बहुत पहले ही टीवी का त्याग कर चुकी थीं। मुझे याद नहीं मैंने आख़री बार उन्हें बैठकर टीवी देखते कब देखा था। अख़बार पढ़ने की उन्हें आदत है। वह नियम से पढ़ लेती हैं। बाकी समय उनका घर के काम मंदिर या स्वाध्याय में जाता है। पापा ज़रूर देख लेते थे समाचार या धार्मिक चैनल। कभी-कभार कोई पुरानी फ़िल्म। वैसे पापा के लिए भी टीवी, टीवी कम लोरी ज़्यादा रही। बैंक से थकेहारे आते थे और खाना-ख़ाकर टीवी चलाकर बैठ जाते। बैठते ही नींद लग जाती मानो टीवी नहीं लोरी चल रही हो। उनकी इस आदत पर मम्मी गुस्साती रही हैं।

मैं जब चौथी-पाँचवी में थी तब घर में ब्लैक&व्हाइट टीवी पर ही कुछ महीने के लिए डिस्क लगा। मेरी आदत और आँखें दोनों बिगड़ने लगीं। चश्मा लग गया। स्कूल से आते ही टीवी ऑन हो जाता। कुछ ही महीने में चश्मा लग गया। तब मम्मी जो सख़्ती और मनाही करती आ रही थीं उसमें इज़ाफ़ा हुआ और डिस्क हटवा दिया गया। उसके बाद हम बस 'टर्रम टू, मीना, पोटली बाबा' आदि ही देख पाते। उस सबके लिए मम्मी ने कड़क अनुशासन बना दिया था। "इतना ही देखने मिलेगा, मतलब इतना ही मिलेगा। एक मिनिट भी अधिक नहीं"। साथ में मम्मी ने आँखें ठीक करने का अभियान चला दिया। ख़ूब पालक, लोहे की कढ़ाई में पका खाना, पपीता, आँवला, लौकी और तोरई को इतना खिलाया गया कि आँखें लाइन पर आ गईं। और ऐसी आईं कि अब तक 6/6 हैं। कम्प्यूटर इंजीनियरिंग करने, मोबाइल और किताबों में घुसे रहने के बाद भी। उस समय मम्मी की वो सख़्ती बहुत बुरी लगती थी लेकिन बड़े होकर समझ आया कि उनकी उस सख़्ती ने हमारा बहुत कुछ बिगड़ने से बचा लिया।

यहाँ ससुराल आई तो यहाँ भी वही मिला। मुझे, पिताजी और पति को टीवी का शौक नहीं था। माता जी और ननद को थोड़ा बहुत था तो वो

भी यदा-कदा वाला। वह भी अब दो-ढाई साल से बंद ही है। किसी को यदि कुछ देखना होता है तो अब अपने फ़ोन में देख लेता है।

एक दिन जब मैंने किसी से कहा कि अद्वैत को अब तक हाथ में मोबाइल नहीं दिया है तो किसी ने सवाल किया कि "यह कमाल कैसे किया आपने?" उत्तर बस उतना ही था "अनुशासन और सख़्ती" से। कभी जो मम्मी ने मुझे सिखाया वही आज अपने बच्चे को सिखाने की कोशिश कर रही हूँ। घर में टीवी ना चलना एक पॉजिटिव बात रही जिसने इस सख़्ती को आसान बनाया। घर में नए टीवी के आने की बात कई बार उठी लेकिन मैं सख्त बनी रही कि घर में टीवी नहीं लगेगा। टीवी का आना मतलब फिर आप बच्चों को रोक नहीं सकते, कोई भी घर का सदस्य यदि टीवी देख रहा है और आपका बच्चा भी वहीं जाकर बैठ गया तो आपका उसे वहां से हटाना, या वहां ना जाने देना अलग लेवल की कलह का कारण बनेगा। रही बात मोबाइल की तो ऐसा नहीं है कि मेरे बच्चे मोबाइल फ्रेंडली नहीं है। लेकिन उसका समय बंधा है। अधिकतम 30 मिनिट वो भी निगरानी में। लैपटॉप या डेस्कटॉप या टेबलेट में भी। मोबाइल में अब सिर्फ़ कभी-कभी लर्निंग एप्स में गेम खेलने मिलता है उसे या 2-4 मिनिट फ़ोटो खींचने। ये फोटो खींचने वाला शौक़ भी हाल के सालों में शुरू हुआ।

इस सख़्ती के पीछे वही लोभ है जो कभी मेरी माँ के मन में था कि आँखें ख़राब ना हों, दूसरा वह मोबाइल-घुस्सू ना बन जाए। ज़माना बदला है इसलिए यह सख़्ती कठिन ज़रूर है लेकिन नामुमकिन नहीं है। घर के बाकी लोगों को भी हिदायत दी हुई है कि कोई बच्चों को स्क्रीन टाइम के अलावा मोबाइल नहीं देगा।

30

उन्हें शोपीस ना बनाएँ

आजकल आए दिन व्हाट्सएप स्टेटस में प्ले-स्कूल, नर्सरी और प्री-प्राइमरी के बच्चों की मार्कशीट्स के प्रदर्शन उनके माता-पिता द्वारा देखती हूँ, चकित होने के साथ-साथ चिंतित भी होती हूँ। हो सकता है आप सहमत ना हों, मगर विचार अवश्य करिएगा।

बचपन, मासूमियत और सीखने का दौर होता है, जहाँ बच्चों को खेल-खेल में चीज़ें समझने और आत्मविकास करने का अवसर मिलना चाहिए। लेकिन, दुर्भाग्यवश आज के समय में छोटे-छोटे बच्चों पर भी प्रदर्शन और रैंकिंग का दबाव डालना आम हो गया है। ख़ासतौर पर स्कूलों में रैंकिंग और फिर माता-पिता का उस रैंकिंग को सोशल मीडिया पर दिखाना, बच्चों के मानसिक विकास पर गहरा नकारात्मक प्रभाव डालता है।

जब तीन या चार साल के बच्चों को रैंकिंग में बांध दिया जाता है, तो उनकी मासूमियत खोने लगती है। वे खेल, उत्सुकता और अनुभवों से सीखने के बजाय, एक नंबर या स्थान के पीछे भागने लगते हैं। इससे उनमें आत्म-सम्मान की कमी हो सकती है और यह दबाव उनके

मानसिक स्वास्थ्य को प्रभावित कर सकता है। इतना ही नहीं, जब उनके माता-पिता सोशल मीडिया पर रैंकिंग दिखाते हैं, तो बच्चे के भीतर "दूसरों से बेहतर" बनने की ज़रूरत और गहरी हो जाती है।

यह चिंता का विषय है कि इतनी छोटी उम्र में बच्चों पर यह दबाव डालने का परिणाम बड़े होकर सामने आता है। यही बच्चे, जब किशोरावस्था में या वयस्क होकर असफलता का सामना करते हैं, तो कई बार इस दबाव को सहन नहीं कर पाते। मानसिक तनाव, अवसाद और यहां तक कि आत्महत्या के मामलों में भी यह मानसिकता जिम्मेदार हो सकती है।

इसमें सबसे चिंताजनक बात यह है कि जो माता-पिता तीन-चार साल के बच्चों की रैंकिंग को सोशल मीडिया पर दिखाकर गर्व महसूस करते हैं, वे ख़ुद कितनी नकारात्मक मानसिकता के शिकार होते हैं। यह गर्व नहीं, बल्कि असुरक्षा का संकेत है। ऐसे माता-पिता अनजाने में अपने बच्चों पर एक भारी दबाव डाल रहे होते हैं कि उनका बच्चा हमेशा "फर्स्ट" आए, और अगर कभी ऐसा नहीं होता, तो वे अपने ही बच्चे पर शर्मिंदा महसूस करते हैं। यह मानसिकता न केवल बच्चों के लिए, बल्कि ख़ुद माता-पिता के लिए भी हानिकारक होती है, क्योंकि वे बच्चों को स्नेह और सहयोग देने की बजाय, उन्हें एक प्रदर्शन के पैमाने पर तौलने लगते हैं।

माता-पिता के लिए ज़रूरी है कि वे बच्चों के प्रदर्शन को एक प्रतियोगिता के रूप में न देखें। बच्चों की शिक्षा का उद्देश्य उन्हें स्वस्थ मानसिक और भावनात्मक विकास की दिशा में ले जाना होना चाहिए, न कि केवल नंबरों में मापी जाने वाली सफलता। हमें यह समझने की ज़रूरत है कि हर बच्चा अलग होता है और उनका विकास उनकी अपनी गति से होना चाहिए। अपने बच्चों को प्यार, समर्थन और मार्गदर्शन दें, न कि रैंकिंग

का बोझ। समाज में बदलाव लाने के लिए माता-पिता को यह समझना होगा कि बच्चों के साथ तुलना और रैंकिंग से उनकी प्रतिभा का ह्रास हो सकता है।

और यह थोड़ा बड़े बच्चों के माता-पिता के लिए -

हाल ही में, बेटे के स्कूल में पैरेंट-टीचर मीटिंग के दौरान एक ऐसा अनुभव हुआ जो सोचने पर मजबूर कर गया। एक पिता अपनी कक्षा 2 में पढ़ने वाली बेटी को इस बात पर डांट रहे थे कि उसने परीक्षा में अपेक्षानुसार अच्छा प्रदर्शन नहीं किया। उन्होंने बताया कि वे उसे ख़ूब पढ़ाते हैं, हर तरह से तैयारी करवाते हैं, यहाँ तक कि कक्षा 3 की किताबें भी पढ़ाते हैं, फिर भी वह क्लास में अव्वल नहीं आ पा रही।

यह देखना वाक़ई दुःखद था, क्योंकि इस उम्र के बच्चों पर इतना दबाव डालना उन्हें मानसिक रूप से कमजोर कर सकता है। बच्चों को उनके प्रदर्शन के लिए इस तरह डांटना या निराश करना ठीक नहीं है। हर बच्चा अलग होता है, और हर एक का सीखने का तरीक़ा और चीज़ों को अपनाने की क्षमता भी अलग होती है। यह ज़रूरी है कि हम उन्हें अपने ढंग से सीखने का मौका दें, न कि हर समय उन पर अव्वल आने दबाव बनाए रखें।

जाने-माने वैज्ञानिक अल्बर्ट आइंस्टाइन ने कहा था, "हर कोई जीनियस है। लेकिन अगर आप एक मछली को उसके पेड़ पर चढ़ने की क्षमता से आंकेंगे, तो वह पूरी जिंदगी यह सोचते हुए गुज़ारेगी कि वह बेवकूफ है।" हम बच्चों को उस तरह विकसित होने का मौका दें जो उनके लिए स्वाभाविक है। उदाहरण के तौर पर, थॉमस एडिसन, जिन्होंने बल्ब का आविष्कार किया, जब बच्चे थे तो उनके शिक्षक उन्हें "कमजोर" कहते

थे। लेकिन उनके माता-पिता ने उन्हें डांटने या दबाव डालने के बजाय उन्हें अपने तरीके से सीखने का मौका दिया, और आज उनका नाम इतिहास में दर्ज है।

बच्चों की छोटी-छोटी असफलताओं को उनके भविष्य का निर्णायक मोड़ मान लेना सही नहीं है। यह हमें समझना होगा कि असफलताएं भी सीखने का हिस्सा हैं, और कभी-कभी बच्चे उनसे ही सबसे बड़ा सबक ले लेते हैं। हमें बच्चों के मामले में हर हाल में पॉजिटिव रहना होगा, —जब बच्चा कोई गलती करे या अपेक्षा से कम प्रदर्शन करे, तो उसे डांटने के बजाय कहना होगा, "कोई बात नहीं, अगर आपको पता है कि आपने कहाँ ग़लती की है तो अगली बार उस पर काम करेंगे, नहीं तो मिलकर ग़लती ढूंढेंगे, हम अगली बार इसे और बेहतर करेंगे।"

मैं कभी अपने दोनों बच्चों से नहीं कहती कि पूरे नंबर लाने हैं, बल्कि मैं हमेशा, उन्होंने पूरा पाठ ठीक से पढ़ा या नहीं इस पर ध्यान देती हूँ और फिर वह हमेशा अपनी बेस्ट परफॉर्मेंस देकर आता है क्योंकि सवाल कहीं से भी पूछा जाए उसने पाठ पढ़ा है तो उसे पता है। बच्चे को अंग्रेजी की स्पेलिंग रटाने की जगह उनके फॉनिक्स पर काम करें, हिंदी में बोलकर लिखना सिखाएं इससे मात्राएँ बेहतर होंगी। मैं भी यही तरीक़े अपनाती हूँ।

बच्चों को आत्मविश्वास और साहस देना चाहिए ताकि वे अपनी गलतियों से सीख सकें और आगे बढ़ सकें। उन्हें यह बताना चाहिए कि जीवन में सफलता के साथ असफलता भी जरूरी है, और सबसे महत्त्वपूर्ण है सीखने का जुनून बनाए रखना। जब हम बच्चों को इस तरह से समझाते हैं, तो हम उन्हें न केवल अच्छा छात्र बनाते हैं, बल्कि जीवन के हर मोड़ पर सशक्त इंसान बनने में मदद करते हैं।

31

मेरा रिज़ोल्यूशन

हम जिस समय में पैदा हुए उस समय में बच्चे स्कूल में जब तक पढ़ते थे तब तक बच्चे रहते थे। स्कूल पूरा होने के बाद जब कॉलेज में आते थे तो ख़ुद को बड़ा महसूस करने लगते थे। हमारे बाद वाली जो पीढ़ी आई वो दसवीं तक बड़े होने लगे, इंटर स्कूल, इंटर कॉलेज बन गया। उसके बाद बच्चे दसवीं से पहले ही बड़े होने, और अब हाल ये है कि साल-भर का बच्चा भी मोबाइल चला लेता है, और पांच साल के बच्चे को भी गर्ल फ्रेंड, बॉय फ्रेंड का मतलब पता होता है। इस युग में जो बच्चे पैदा हो रहे हैं, वो बहुत ही एडवांस पैदा हो रहे हैं। जैसे गर्भ से ही सब कुछ सीख कर आ रहे हों। फिर, यदि आप सोचें कि आप अपने बच्चे को टेक्नोलॉजी से या उन चीज़ों से जिन्हें आप गलत मानते हैं, संस्कारों के खिलाफ़ मानते हैं, दूर रख सकें तो वह भी संभव नहीं। बच्चा घर में कम स्कूल में, ट्यूशन में, पार्क में ज़्यादा सीखता है। इसलिए उन्हें कुछ भी सीखने से आप रोक नहीं सकते। हाँ, आप जो कर सकते हैं वो यह कि अपने बच्चे को अपने आप से इतना जोड़कर रखें कि वह जो भी नया सीखे आपसे बांटे, वह जो भी नया करे आपको बताए, उसकी किसी भी गतिविधि में आप रुकावट बनने की जगह उसमें अपनी सहभागिता रखें तो बच्चे के गलत राह पर होने की संभावनाएँ घट जाएंगी।

अब आप सोचेंगे कि अभी तो आपका बच्चा, चलना, बोलना भी नहीं सीखा है अभी इन सब बातों का क्या मतलब? जब बाहर की दुनिया से दो-चार होगा तब सोच लेंगे। तब उससे बात कर लिया करेंगे। पर, यकीन माने, तब तक बहुत देर हो चुकी होगी। हमें उन्हें अपने करीब लाने के लिए सालों इंतज़ार नहीं करना है, न ही उनके घर से निकलने की राह देखनी है। हमें आज से बल्कि अभी से उनके हर काम में अपनी सहभागिता इस तरह निभानी शुरू करनी है कि हम उन्हें चिपकू भी न लगें और उनकी हर गतिविधि पर नज़र भी रख सकें।

हमारे बड़े हमें यह तो सिखाते हैं कि बच्चे की मालिश कैसे करें, कैसे नहलाएं, खिलाएं, पिलाएं आदि, लेकिन यह नहीं सिखाते कि अपने बच्चे से कैसे जुड़कर रहें, उनके साथ कैसे समय बिताएं कि वह हमसे जुड़कर रहे। बच्चों को पालने का तरीक़ा हर माँ-बाप का अलग होता है। इसकी कोई कुंजी या गाइड नहीं आती।

सोचिए आपने अपने बच्चे की पहली झलक कब देखी थी? शायद पहले अल्ट्रासाउंड में, या शायद जब आपने उसे पहली बार बाँहों में लिया होगा। उसके अल्ट्रासाउंड से लेकर उसे पहली बार बाँहों में लेने तक क्या आपके और उसके बीच एक संबंध स्थापित हो गया था? इसके जवाब में कुछ कहेंगे हां, कुछ कह सकते हैं शायद॥ क्योंकि कई माँ-बाप बच्चे के आने की खबर से ही इतने उत्साहित हो जाते हैं कि वे उससे ख़ुद को हर पल जुड़ा महसूस करते हैं, जबकि कई ऐसे भी होते हैं, जिन्हें थोड़ा समय लगता है। जब उनका बच्चा उन्हें छूता है, बात करता है, देखता है, तब धीरे-धीरे वे भावनात्मक रूप से उनसे पूरी तरह जुड़ पाते हैं। कुछ ऐसे तरीके हैं जिनसे आप बचपन से ही अपने बच्चे से एक बोन्डिंग बनाकर रख सकते हैं,

स्पर्श से :- कोई भी माँ जब अपने बच्चे को सीने से लगाती है, या कोई भी पिता जब अपने बच्चे को कंधे पर बैठाता है तो वह बच्चा उस वक़्त में सबसे ज़्यादा महफ़ूज़ महसूस करता है। इसलिए कोशिश करें कि आप अपने बच्चे को सीने से लगाएं, उसके हाथों को थामते हुए उससे बातें करें, उसके बालों को सहलाएं, उसके सारे काम ख़ुद करने की कोशिश करें, जब वह हर समय में, रोते-हसंते आपको अपने नज़दीक पाएगा तो आगे चलकर भी अपने सुख दुःख में आपके पास ही आएगा।

उसके हाव-भाव समझने की कोशिश करें :- बच्चे जब तक बोलना नहीं सीखते तब तक हमें उनकी बातें उनके चेहरे के भाव, उनके रोने के तरीकों और उनके छूने से समझनी पड़ती है। बच्चे दो शब्दों के सहारे भी अपनी सारी बातें कह लेते हैं। वे अपनी आँखों से सब समझा देते हैं। वे आपकी ओर देखकर बता देते हैं कि उन्हें क्या करना है क्या नहीं। आप भी कोशिश करें कि जितना ज़्यादा से ज़्यादा समय हो सके आप उसके साथ बिता सकें, उसे कब नींद आ रही है, कब भूख लगी है, कब प्यास ये वो आपको बता सकता है, लेकिन सिर्फ़ तब जब आप समझना चाहें।

उनसे बात करें, वो सब समझते हैं :- शुरूआती महीनों में मेरा बेटा बाथरूम करने के बाद बहुत रोता था। जब भी गीला होता, या हम उसकी लंगोटी बदलते वो बहुत रोता। इतना तेज़ और दहाड़ कर रोता कि घर के सभी लोग डर जाते। फिर मेरी माँ मुझसे मिलने आईं, जब उन्होंने देखा तो बोलीं उससे बात किया कर, उसे बताया कर कि तुम क्या कर रही हो क्यों कर रही हो, वो सुनेगा, समझेगा। पहले मुझे लगा कि महीने भर का बच्चा क्या ही मेरी बात समझेगा, फिर धीरे-धीरे वाकई ये बात असर करने लगी। मैं उससे बात करती हूँ, उसे बताती हूँ कि मैं उसके कपड़े बदल रही, नहला रही, मालिश कर रही, कई बार वो अभी भी बहुत रोता, लेकिन अधिकतर समझ जाता, सुनता।

पुराने ज़माने में लोरी का बहुत चलन था, फिल्मों में भी अगर कोई बच्चा है तो एक दो गाने लोरी-नुमा होते ही थे। लेकिन आजकल माओं को इतना समय नहीं होता कि वे देर तक अपने बच्चों के लिए लोरी गाएं फिर उन्हें सुलाएं। पर, यकीन मानिए, बच्चों को शांत कराने की, उनसे जुड़ने की और उनके सबसे फेवरेट रहने की यह एक थेरेपी है। यदि अप अपने बच्चे के लिए गाते हैं तो वह आपकी आवाज़ और उसका उद्देश्य समझ जाएगा। उसके लिए प्यारी-प्यारी कवितायेँ, भजन, आदि गाएं।

इस पूरी बात को बस इतना कहकर एक सार में बांधूंगी कि हम ख़ुद को बेहतर बनाने के लिए हर साल एक नया रिजोल्यूशन लेते हैं, क्या एक रिजोल्यूशन हम अपने बच्चे के साथ अपनी बोन्डिंग को बेहतर बनाने के लिए ले सकते हैं? जितना हो सके अपने बच्चे को अपने करीब रखें, कुछ दिनचर्या, कुछ तरीके अपने ऐसे बनाएं कि बच्चे भी समझने लगें कि यह उसकी माँ ही कर रही है। आप उसे आपके होने का अहसास कराएँ, वे आपको आपके होने का अहसास कराएँगे।

दूसरे बच्चे के बाद
उग आती हैं दो आँखें
माँ की पीठ पर भी,
कि वह जिस भी करवट सोए
आधी चेतना
उसकी पीठ के रास्ते
लेती रहती है टोह
दूसरे बच्चे की।

उग आते हैं दो अमूर्त हाथ भी
जो पीठ के सहारे
जता लेते हैं,
अपना प्रेम, दे पाते हैं गरमाई
और अपने स्पर्श मात्र से रखें रहते हैं भरम बच्चे के मस्तिष्क में
माँ के सानिध्य में होने का।

उग आता है एक दिल भी
जो उतना ही समर्पित होकर धड़कता है दूसरे के लिए
ताकि बँटे ना धड़कनें भी
और बची रहे माँ उस सार्वभौमिक लड़ाई से
कि माँ मुझसे करती है अधिक प्यार।

माँ बन जाती है वह तराजू
जिसके दोनों पलड़ों पर रखा प्रेम
झूलता रहता है
झगड़ती नन्हीं हथेलियों के बीच
कि वे लगाते रहते हैं हिसाब ताउम्र
अपने हिस्से आए प्रेम का
और अपने हिस्से से ले लिए गए प्रेम का भी।

माँ लुटा देती है
अपने सामर्थ्य से भी अधिक ख़ुद को
फिर भी रहती है असमर्थ
यह जतलाने में
कि वह किससे अधिक प्रेम करती है।
और खोल देती है अपने भीतर की उन गाँठों को भी
जिनमें बाँध रखा होता है उसने हिसाब
अपनी माँ से अपने हिस्से आए प्रेम का।

अनुभवः हम जैसे ही माँ-बाप के

मैंने कुछ सवाल तैयार किए और अलग-अलग वर्ग के, अलग-अलग प्रोफेशन वाले लोगों से उनके अनुभव पूछे। जिनके बच्चे भी अब अलग-अलग उम्र के हैं। इससे मैं यह समझना चाहती थी कि पिछले 30 वर्षों में बच्चों की परवरिश में क्या अंतर आया? और हर बच्चा जैसे अलग होता है वैसे ही किस तरह हर परवरिश अलग होती है।

जो सवाल पूछे वे यहाँ लिख रही हूँ, आगे सिर्फ़ उनके जवाब होंगे अलग-अलग माता-पिता द्वारा।

1) बच्चे के जन्म से लेकर अब तक उसके लालन-पालन में क्या-क्या कठिनाई आपने महसूस कीं?

2) क्या-क्या चुनौतियाँ रहीं?

3) आपने अपने लिए समय कैसे निकाला?

4) क्या आपको कभी मानसिक तनाव रहा?

5) क्या आपके लालन-पालन पर सवाल-जवाब हुए?

6) काम और परवरिश दोनों में तारतम्य बैठना कठिन रहा होगा? कैसे किया आपने यह? कोई टिप?

7) कोई विशेष बात जो आप बताना चाहें?

8) ऐसा क्या है जिस पर आपको उन दिनों सबसे अधिक खीज होती थी या गुस्सा आता था?

9) ऐसा क्या है जिसे आप सोसायटी में सबसे ज़रूरी बदलाव मानती हैं या आगे वह बदलाव चाहती हैं जिसके वजह से बच्चों के लालन-पालन में सहयोग मिले।

10) बेबी केयर सेंटर/प्ले स्कूल्स/आया इनको लेकर पुराने लोग बहुत आशंकित रहते हैं। इस बारे में आपका क्या मत है?

11) क्या परवरिश से जुड़ी कोई ऐसी बात है जिसकी वजह से आपके मन में हमेशा के लिए कोई गिल्ट रह गया हो?

12) परिवार के सहयोग और उनकी भूमिका के बारे में कुछ बताएँ।

(अ)

इस कड़ी में सबसे पहले हम बता रहे हैं पंकज रामेन्दू जी की कहानी। वे एक हाउस हसबैंड हैं, घर के काम और बेटी की परवरिश में उन्होंने एक अहम् भूमिका निभाई। जहाँ उनकी धर्मपत्नी ने आर्थिक भार संभाला। इस बेहतरीन जोड़े ने भी अपनी इकलौती बेटी सादगी की परवरिश में शुरुआती वर्ष में जिन कठिनाइयों का सामना किया वह उन्होंने हमसे साझा किया। पंकज लिखते हैं –

जब सादगी पैदा हुई तो वो काफ़ी कमज़ोर थी। चूंकि मैं और कल्पना दोनो ही नए थे इसलिए हमें कुछ समझ ही नहीं आता था। सादगी बस लगातार रोती रहती थी, डॉक्टर का कहना था कि छह महीने तक स्तनपान ही करवाना है। लेकिन उसके बाद भी कुछ नहीं हो पाता था। साथ ही हम दोनों का काम भी उस दौरान नहीं चल रहा था। तो आर्थिक परेशानी अलग से। कल्पना को मैने कुछ दिनों के लिए भोपाल भेज दिया, जिससे वो घऱ में रहेगी तो वहां उसका ठीक से ख्याल रखा जा सके, लेकिन हुआ इसके उलट। कल्पना पोस्टपार्टम से गुजर रही थी तो उसके साथ वहां पर और दिक़्क़त होने लगी। उसे ज़रा-ज़रा सी बात परेशान करने लगी। उस पर सादगी कमजोर होती जा रही थी। किसी तरह तीन महीने गुज़रे। मुझे उस दौरान एक बात और समझ आई कि जब औरत मां बनती है तो उसे सबसे ज़्यादा ज़रूरत अपने पति की होती है। शायद मेरे दो महीने उसके साथ नहीं रहने से वो और कमज़ोर होती जा रही थी, आखिर तीन महीने की होने पर मैं दिल्ली से भोपाल गया और हमने दिल्ली आने का फैसला लिया। दरअसल मुझे अहसास हुआ कि बच्चा जब स्वस्थ होता है तो सब उसे खिलाना चाहते हैं और जब वो बीमार होता है तो सब चिंता जाहिर करते हैं। दिक़्क़त तब और बढ़ जाती है जब कोई आपके बच्चे से मिलने आता है, या आप उसे लेकर कहीं जाते हैं तो उसे देखते ही कोई प्रतिक्रिया जाहिर कर देता है कि बच्ची कमजोर है॥ (हो सकता है ऐसा मुझे लगा हो, क्योंकि मैं उस दौर से गुजरा हूँ, लेकिन कई बार ऐसा होता है खास कर औरतों के साथ ये तकलीफ़ रहती है, अगर आप उनसे पूछेंगे तो शायद वो मेरी बात से इत्तेफाक रखें) खैर हम दिल्ली आ गए। यहां पर एक बात हुई, मैं सादगी की सेहत को लेकर इतना चितित था कि उसका थोड़ा सा असर मेरी दिमागी स्थिति पर भी पड़ा, लेकिन मैं देख रहा था कि कल्पना मानसिक रूप से बहुत नाज़ुक हो चुकी है तो मुझे लगा कि मेरा मजबूत

रहना ज़रूरी है। लेकिन होता क्या है कि दिमाग़ को अपने नियत्रण में रखना आसान नहीं होता है।

मेरे साथ ऐसा हुआ कि जब सादगी रात में सो रही होती थी, तो अचानक मेरी झपकी टूटती तो मैं तुरंत सादगी की सांस देखने लगता, पता नहीं कितने दिनों तक ये सिलसिला जारी रहा। लेकिन उस दौरान एक बात थी जिसने हमें साधे रखा वो थी, मेरी और कल्पना की एक दूसरे के प्रति परवाह। कहीं ना कहीं हम एक दूसरे से बगैर कहे ये कह देते थे कि हम कर लेंगे।

जब सादगी छह महीने की हुई। उस दौरान कल्पना को नौकरी का ऑफर आया। चूंकि ऑफर अच्छा था और हमें काम की जरूरत भी थी तो हमारे पास उसे स्वीकार करने के अलावा कोई विकल्प नहीं था। हमने बिना कहे ये तय किया हुआ था कि जिसे अच्छा अवसर मिले वो उसे लपक ले, जिंदगी साथ बितानी है, अपने-अपने अलग-अलग सपनों को पूरा करने के प्रयास के साथ, लेकिन चुनौती इस बात की थी कि छह महीने की सादगी और मैं दिन भर अकेले घर में रहते थे। बस ये था कि हमने सादगी को बोतल से दूध पिलाना शुरू कर दिया था तो कम से कम दूध का तनाव नहीं था।

दूध की बोतल के बारे में आपको एक बात बताता हूँ, जब हमने सादगी को फार्मूला देने शुरू किया तो बड़ी शिद्दत के साथ हर बार दूथ पिलाने के बाद उसकी बोतल, निप्पल और तमाम चीजों को हम पानी में उबालते थे, फिर सुखाते थे। अगर वो दिन में 15 बार भी दूध पी रही है तो 15 बार ये प्रतिक्रिया अपनाते थे। फिर चाहे रात हो या दिन हो। हम जागे हों या नीदं में हो। लेकिन ये नियम हमने कभी नहीं तोड़ा। अब होता क्या था कि जब भी हम ऐसा करते तो हमारे परिवारजनों को ये बात

बड़ी अजीब लगती। दरअसल ये उनके लिए पूरी तरह से नया अनुभव था और वो इस बात को स्वीकार ही नहीं कर पाते थे कि इतना करने की क्या ज़रूरत है। कही ना कहीं दबी ज़बान में हमे ज़्यादा होशियार बनने जैसी संज्ञा भी मिलती थी। लेकिन एक बात हमने सोच रखी थी कि कुछ भी हो जाए। हमें अपनी प्रैक्टिस जारी रखनी है।

खैर सादगी की जिम्मेदारी पूरी तरह से मेरे ऊपर थी, कल्पना दफ्तर जा रही थी, लेकिन उसे भी एक गिल्ट रहता था कि वो अपनी बेटी को छोड़ कर जाती है। हालांकि उसे सादगी को संभालने को लेकर मुझ पर आत्मविश्वाश था। शायद मैंने उसे पूरा करने की कोशिश भी की। इस दौरान मुझे जो काम मिलते थे उनके लिए मैं अपने वक़्त को ऐसा प्रबंधित करता था, कि सादगी जैसे ही सोती वैसे ही मैं अपने लिखने का काम करता। कुल मिलाकर मेरे पास उतना ही वक़्त होता था। अच्छी बात ये रही कि मैने उसे ऐसा प्रबंधित करना सीखा है कि सादगी अब 7 साल की हो गई है, लेकिन ये वक़्त प्रबंधन मेरे जीवन में ऐसे घुला मिला है कि मुझे उसका फायदा ही मिला है।

जहां तक अपने लिए समय निकालने की बात है तो वो तो लगभग मुश्किल हो जाता है। बस ये रहा कि चूंकि हमारे दोस्त, हमारे अच्छे साथी, सभी आस-पास रहते हैं तो उसका हमें ज़रूर फायदा मिला और हम शुरू से अपना अच्छा वक़्त उनके साथ ही गुजारते रहे हैं इसलिए ये वक़्त कैसे निकल गया पता ही नहीं चला बल्कि ये कहना चाहिए कि शायद हमने इस वक़्त को ही अपना नया टाइम पास बना लिया था। इसलिए हमें अपने लिए समय निकालने जैसी बात का पता नहीं चला और जब सादगी महज 6 महीने की थी, हम लोग तभी शिमला घूमने निकल गए थे। हमारे दोस्तों का बच्चा उस वक़्त करीब 2 साल का रहा होगा। हम लोग एक ही नाव पर सवार थे, मजेदार बात ये थी कि

कल्पना उस दौरान जिस होटल में रुकती, उसी के किचन में घुस जाती थी और लड़ झगड़ कर सादगी के लिए पानी और दूध अपने भगोने में गर्म करती रहती थी। इसी तरह सादगी के साथ ही हमने गोवा और पुद्दुचैरी के भी मजे लिए। फिर तो कोरोना आ गया तो हम घर में ही रहे। आज भी ऑनलाइन क्लास में शायद सामंजस्य ही है जिसने स्थिति को बिग़ड़ने नहीं दिया। बाकी ये तो निरंतर चलने वाली प्रक्रिया है। इसलिए ये कहना कि हमने सब हासिल कर लिया या हमने कोई विशेष काम कर लिया या किसी तरह के विशेषज्ञ की तरह पैरेंटिग की सलाह देना पूरी तरह बेमानी होगा। यह हमारा अनुभव हो सकता है मगर विशेषज्ञ की राय नहीं क्योंकि सभी का अनुभव एक दूसरे से पूरी तरह मुख्तलिफ हो सकता है।

लालन-पालन पर सवाल कोई सीधे नहीं उठाता, बस वो कह दिया जाता है। मसलन आप बच्चे को खिला-खिला कर मर जाओ लेकिन कोई आंटी जी पास से गुजरेंगी और कह देंगी की बच्ची दुबली लग रही है, ग्रोथ सही नहीं है।

फिर मेरे मामले में तो कुछ बातें विशेष भी थीं। शाम को पार्क में सभी महिलाएं अपने बच्चों को लेकर आती थीं। उनके बीच में मैं सादगी को घुमा रहा होता था। कभी कभार होने पर कोई इन बातों पर ध्यान नहीं दिया जाता है। लेकिन रोज़मर्रा में जब कोई बात दोहराई जाती है तो वो लोगों की नजर में आ जाती है। इसी तरह से सादगी जब थोड़ी बड़ी हुई और स्कूल में दाखिला दिलवाया तो स्कूल लेने के दौरान भी मैं ही जाता था। शाम को उसकी तायक्वांडो की क्लास होती तो मैं अपना लैपटॉप लिए हुए वहां बैठा रहता और बाकी सभी बच्चों की मां। दीन दुनिया की बात कर रही होती थी। इस बीच कभी ऐसा भी होता कि मैं सादगी की कुछ विशेष तरह से चोटी बना देता तो। बच्चों की मां कहती की अरे

वाह आपकी मां ने तो बढ़िया चोटी बनाई है, तो सादगी उचट के बोल देती - "चोटी पापा ने बनाई है" मैं हंस देता। ऐसा ही सादगी के स्कूल में कभी कुछ खाने का बनाने का होता है तब भी यही होता है। हाल ही में सादगी को कुछ ग्रीन खाना बनाने के लिए कहा गया। मैने उसके लिए हरें रंग के खाने की थाली तैयार की तो ऑनलाइन क्लास में सादगी कि मैडम ने कहा कि अरे वाह सादगी तुम्हारी मम्मी ने तो बहुत अच्छा खाना बनाया। सादगी और उसकी मम्मी बोल पड़ी – "पापा ने बनाया है" तो मैडम ने हामी भरते हुए कहा, हां मैं अक्सर क्लास शुरू होने के दौरान उन्हें सादगी की चोटी बनाते हुए देखती हूं। तो ये कुछ यादगार लम्हे हैं। जो मुझे लगता है कि किसी भी ताने, लालन-पालन से बढ़कर हैं और किस मां बाप का लालन-पालन कैसा रहा इस पर प्रश्न चिन्ह खड़ा करना ही बेमानी है, क्योंकि कोई भी दुनिया में फेल होने के लिए नहीं पढ़ता है।

सादगी के पैदा होने के दौरान वो जैसा मैंने बताया कि वो काफ़ी कमज़ोर थी। तो उसके खाने को लेकर में थोड़ा सनकी सा हो गया, मतलब उसने खाया कि नहीं खाया? कितना खाया? क्यों नहीं खाया? ये सनक बदस्तूर जारी है। खास बात ये है कि भगवान ने भी मेरे साथ इस मामले में अच्छा मज़ाक किया है। सादगी खाने को लेकर उतनी ही मंथर है। वो इतना धीरे खाना खाती है कि झल्लाहट होने लग जाती है। मैं किसी बात से इतना नहीं चिढ़ता जितना उसके खाने के रवैये को लेकर चिढ़ता हूं। चूंकि मूझे खाना बनाने का शौक है तो लगता है कि उसे कुछ नया बनाकर खिलाउं, लेकिन उसे ना जंकफूड पसंद है ना ही कुछ और। बस साधारण दाल चावल, रोटी, सब्जी, कढ़ी यही उसका खाना है और इसे भी वो खाने में रुला देती है। दूसरी बात सादगी के होने के बाद से ही मेरी सुबह 5 बजे होती है। अपने शरीर को ठीक रखने के लिए वॉक करने के बाद सुबह जब सादगी स्कूल जाती थी और कल्पना का ऑफिस रहता

था। तो दोनों के टिफिन से लेकर रात के खाने तक मैं लगातार घड़ी देखता रहता हूं। अब तो दो साल से सब कुछ घर से हो रहा है लेकिन ये बात आदत में शुमार हो गई है। और सादगी की क्लास भी चल ही रही है। इसलिए मेरा काम उसी तरह जारी है, लेकिन अब ये हो गया है कि कोई भी जरा सा समय खराब करता है तो मुझे ग़ुस्सा आने लगता है और सादगी ही अक्सर मेरे इस गुस्से का शिकार बनती है।

जब भी हम परिवेश की बात करते हैं तो मुझे लगता है कि समाज में सबसे ज़रूरी बदलाव रवैये में होना चाहिए। जब एक औरत मां बनती है तो आमतौर पर पूरी जिम्मेदारी उसे ही सौंप दी जाती है हालांकि अगर मैं अपने इर्द गिर्द देखूं तो पाता हूं कि मेरे दोस्तों में मुझे ये रवैया नज़र नहीं आता है। शायद उसके पीछे एक वजह ये भी है कि उनके पास या हम जैसे लोगों के पास कोई विकल्प नहीं था। हम लोग जो दिल्ली में रहते हैं, हम दोस्तो के लिए सिर्फ़ उनका बच्चा ही उनकी जिम्मेदारी नहीं है बल्कि हम सभी एक दूसरे के बच्चे को अपनी जिम्मेदारी मानते हैं। समाज में इस बदलाव की बहुत ज़रूरत है कि बच्चा किसी एक की जिम्मेदारी नही है वो पूरे समाज की जिम्मेदारी है और इस बदलाव की शुरूआत हमारे परिवार से होनी चाहिए नहीं तो अक्सर लोग विकसित सोच का परिचय देते हुए बड़ी ही मासूमियत से कह देते हैं, "हमने तो हमारी बहु या पत्नि से कह रखा है॥ भई॥ बच्चा देख लो, खाना तुम्हे ही बनाना है, बाकी तुम्हारा जो मन चाहे वो करो, जहां काम करना हो वो करो, हम तो बिल्कुल भी नहीं टोकते है"

और सच बताऊं, मैने बीते छह सालों में वो जिंदगी जी है, जो हमारे यहां की औरतें हजारों सालों से जी रही हैं। इन छह सालों में लोगों की सहानुभूति मुझसे जुड़ गई है। लोग मुझे बेचारगी भरी नज़रों से देखते हैं। मेरी तरफ़ सहानुभूति से देखते हैं, लेकिन औरत के मामलों में उनके

अंदर से ये भाव लोप हो जाता है। जबकि मुझे तो समाज का मेरी पत्नी का, दोस्तों का, किसी ना किसी भाव में समर्थन मिला है, लेकिन औरत पिछले हजारों सालों से ये सब अकले भुगत रही है। बस बच्चा बड़े होते ही सबका हो जाता है।

(ब)

हमारी दूसरी बात-चीत हुई डॉक्टर शिल्पी झा जी से। वे मीडिया अकादमिक, शोधकर्ता और प्रशिक्षक हैं। वर्तमान में मानव रचना अंतर्राष्ट्रीय संस्थान (MRIIRS) में मीडिया एवं मानविकी संकाय के डीन एव प्रोफ़ेसर के रूप में कार्यरत हैं।

इंटरन्यूज़ के Platform Impact Fund (PIF) रिसर्च ग्रांट से सम्मानित, वे सोशल मीडिया पर महिलाओं की अभिव्यक्ति और सुरक्षा से जुड़ी नीतियों और रुझानों पर सक्रिय रूप से शोध कर रही हैं।

शिल्पी झी लिखती हैं-

जिस वक़्त मेरी शादी हुई मैं एक टीवी रिपोर्टर थी और आजतक न्यूज़ चैनल के साथ काम करती थी। शादी के चार महीने बाद ही मुझे अपने हसबैंड के साथ अमेरिका शिफ्ट होना पड़ा क्योंकि उनका वहां ट्रांसफर हो गया था। जिस जगह हम गए थे उसे अमेरिका का रेगिस्तान कहा जाता है, एरिज़ोना में। जब वहां जा रहे थे तब मुझे नहीं पता था कि मैं आलरेडी प्रेग्नेंट हूँ। यह मुझे अमेरिका पहुँचने के दस-पंद्रह दिन बाद पता चला और साथ में यह भी पता चला कि ट्विन्स हैं।

काफ़ी कठिन समय था वह। एक तो प्रेग्नेसी का समय अपने आप में बहुत डिप्रेसिंग होता है, दूसरा मैं हायपर वोलेटाइल प्रोफेशन में थी, जिस जॉब को छोड़कर मैं ब्रेक पर थी और तभी प्रेगनेंसी का पता चलना। तीसरा मैं फॅमिली से बहुत ज़्यादा अटेच्ड लड़की हूँ लेकिन उसी समय में मैं परिवार से बहुत दूर पहुँच गयी थी इसलिए और ज़्यादा डिप्रेसिंग फील करती थी। मेरे उस समय को आसान बनाया मेरे पति ने, जोकि परदेस में मेरा पूरा परिवार थे। मेरी फ़ूड क्रेविंग्स, सारे चेकअप्स और उनके रिकार्ड्स का ध्यान रखना सब कुछ उन्होंने संभाल रखा था। वेस्टर्न सोसायटी में अमूमन देखा जाए तो प्रेगनेंसी, डिलीवरी या बच्चे की परवरिश में पिता का रोल भारतीय पिताओं की तुलना में अधिक होता है लेकिन उस सोसायटी में भी मेरी डॉक्टर्स मुझसे मज़ाक किया करती थीं कि इतना ज़्यादा डेडिकेटेड पिता हमने नहीं देखा है। इसलिए काफ़ी हद तक उनकी वजह से मुझे सहूलियत मिलती रही।

उस वक़्त मेरे पास कोई नौकरी नहीं थी। मैं अमेरिका में अपने वर्क परमिट का इंतज़ार कर रही थी और यह कोइन्सिडेन्स ही था कि उस वक़्त वौइस् ऑफ़ अमेरिका में एक जॉब वेकेंसी निकली थी जिसमें मैं जाते ही एप्लाय कर दिया था जब मुझे प्रेगनेंसी का पता भी नहीं था। लेकिन वह एक सरकारी जॉब थी तो लम्बा प्रोसेस था, उसके इंटरव्यू वगैरह हुए और उसका ऑफर लेटर तब आया जब हफ्ते भर पहले ही मैं दो थोड़े से प्रीमेच्योर ट्विन्स को जन्म दे चुकी थी।

ये मेरे लिए बहुत बड़ा ट्रांज़ीशन टाइम था। आजकल माँ बनने की उम्र के चुनाव को देखें तो उस हिसाब से मैं जल्दी माँ बन गई थी। मैं 26 साल की थी, और ट्विन्स की माँ थी, उस सोसायटी में थी जहाँ कोई हाउसहेल्प नहीं होती हैं। यदि आप अपने माता-पिता को भी बुलाना चाहें तो वह भी आसान नहीं था, हम दोनों के ही माता-पिता सरकारी नौकरियों में

थे, उनके पास पासपोर्ट नहीं थे, तो पहले पासपोर्ट बनना, फिर वीसा इन सब झंझटों के बाद मेरे सास-ससुर वहां पहुँच पाए थे सहयोग के लिए। जब उनको पता चला कि मुझे एक सरकारी नौकरी का ऑफ़र मिला है, और इस नौकरी के लिए हमें सब कुछ समेटकर वेस्ट अमेरिका से ईस्ट अमेरिका आना पड़ता क्योंकि मेरी नौकरी वाशिंगटन डीसी में थी। ऐसे में परिजन ख़ुश तो बहुत थे कि मुझे फेडरल गवर्नमेंट की जॉब मिली है वो भी ऐसी जिसमें एक ही वेकेंसी थी, इतना कॉम्पटीशन था, लेकिन सब चिंतित भी थे कि इतने छोटे बच्चों को छोड़कर एक माँ इतनी दूर कैसे जाएगी? वो भी ऐसी नौकरी जो एक रेगुलर 9 से 5 की नौकरी नहीं थी। काफ़ी मिक्स सी फीलिंग थी। समय कम लगता था। मातृत्व की ज़िम्मेदारियाँ निभाने के लिए 24 की जगह 48 घंटे चाहिए थे। बच्चे प्री-मेच्योर हुए थे थोड़े से कमज़ोर भी थे। सिजेरियन से हुए थे। बेटे के लंग्स में थोड़ा सा फ्लूइड रह गया था उसे थोड़ा ब्रीदिंग इशु रहता था। इसके लिए हमें अस्पताल में कुछ दिन एक्स्ट्रा रुकना भी पड़ा था। सांस लेने की उसकी इस समस्या की वजह से उसे ब्रेस्टफ़ीडिंग में भी दिक़्क़त आ रही थी। तब मुझे ब्रेस्ट पम्पिंग से दूध निकालकर उसे पिलाना पड़ता था। और ये सब बातें अब बीस साल पुरानी हो चुकी हैं, बच्चे अब लगभग 20 के हो चुके हैं। ऐसे में ब्रेस्ट पम्पिंग जैसी चीज़ें अमेरिकन सोसायटी के लिए तो नयी नहीं थीं लेकिन मेरे सास-ससुर के लिए बहुत नयी और अनोखी थीं। हम सभी बहुत सारी चीज़ें सीख रहे थे, समझ रहे थे और उस भावुक दौर को जी रहे थे। उस समय में बच्चों के अलावा मुझे कुछ भी समझ नहीं आता था कि मेरे आसपास हो क्या रहा है। ऐसे में मैं बड़ी आसानी से अपनी नौकरी के ऑफर को ठुकरा देती यदि मेरे पति मेरे लिए खड़े ना हुए होते। उन्होंने एक दिन तय किया और सबसे कह दिया कि नौकरी तो ये करेगी, बाकी आगे-पीछे का हम सब देख लेंगे।

क्योंकि वह फेडरल जॉब थी, जिसमें ऍफ़बीआई की कई सारी जाँचे आदि होती हैं, ऐसे में मेरे लिए यह अच्छा हुआ कि ऑफर लेटर मिलने के बाद से जोइनिंग के बीच भी काफ़ी समय मिल गया था। मेरे सास-ससुर क्योंकि रिटायर्ड थे तो वे हमारी मदद के लिए लम्बा रुक गए थे, जितना अमेरिकन लिमिट अनुमति दे सकती थी। उसके बाद मेरे माता-पिता आए। हालाँकि तब मेरे पिता नौकरी में थे लेकिन फिर भी उन्होंने तीन महीने के लिए मेरे पास आना चुना।

इसके बाद मेरे सास-ससुर एक बार फिर से आए थे। तब तक यह सिस्टम बन चुका था कि मैं दफ्तर जाती थी और मेरे पति वर्क फ्रॉम होम कर रहे थे क्योंकि उनका ऑफिस वेस्ट में था और हम ईस्ट में शिफ्ट हो चुके थे जहाँ के लिए उन्हें कोई ओं डेस्क प्रोजेक्ट नहीं मिला था इसलिए वर्क फ्रॉम होम की इजाज़त मिल गई थी। वेस्ट और ईस्ट के टाइम डिफ़रेंस के कारण उनका दफ्तर थोड़ा देरी से शुरू होता था और मैं सुबह-सुबह तैयार होकर नौकरी के लिए भागती थी। इस पूरे सिस्टम को देखकर मेरे ससुर थोड़ा असहज हो जाते थे कि बहु नौकरी के लिए भाग रही है और बेटा घर में रहकर काम भी कर रहा है और बच्चों को भी देख रहा है। तो जनरेशन गैप की वजह से थोड़ी समस्याएँ हुई थीं। उन्हीं दिनों मेरा गोल ब्लेडर तेज़ दर्द उठने की वजह से उसका भी ओपेराशन हुआ। तीन दिन अस्पताल में रही। तो बच्चों के जन्म के बाद का पहला साल एक रोलर-कोस्टर की तरह बीता था जिसने कई सारी घटनाएँ एक-साथ घट गई थीं।

बच्चे तब करीब ग्यारह माह के जब उनके दादा-दादी का वापस भारत जाने का समय हुआ। वे हमसे भी बार-बार कहते थे कि हमें भी भारत ही शिफ्ट हो जाना चाहिए क्योंकि वे वहां के वर्क कल्चर और नौकरी आदि से बहुत संतुष्ट नहीं थे। उनके जाने के बाद हमने बहुत विचार

करके और हिम्मत करके एक नैनी ढूंढी। वह एक प्यारी अफ्रीकन लड़की थी। लिंडी नाम था उसका और मेरे बच्चों को बहुत प्यार से सब सिखाती थी। उसके सहयोग से मेरे बच्चों को 18 माह की उम्र में ही एल्फाबेट और नंबर जैसी चीज़ें आ गई थीं। वह उन्हें सिखाती थी कि कैसे अपनी दूध की बोतल सिंक में रखना है।

एक चीज़ जो उस वक़्त मैं बहुत ज़्यादा मिस करती थी कि वो ये कि उनकी लैंडमार्क डेवलपमेंट में समय कई बार मैं नहीं होती थी। जैसे एक बार मुझे वर्क टूर पर जाना था और मैं वापस आई तो मेरी बेटी चलने लगी थी, या कभी वो कोई नया शब्द बोलते थे और मैं वहां नहीं होती थी। हालाँकि मैं पूरी कोशिश करती थी कि जितना ज़्यादा हो सके मैं उनके साथ समय बिता सकूँ। इस चक्कर में कई बार ट्रेवल बहुत ज़्यादा हो जाता था।

मुझे याद है एक बार न्यूयोर्क में दो दिन का इवेंट था। साथ के जो रिपोर्टर्स थे वे न्यूयोर्क गए और उस दिन वही रुक गए। लेकिन बच्चों के साथ समय बिताने के लोभ में आधी रात को वापस आई और अगली सुबह फिर भागी। मैं बस चाहती थी कि वे जो सुबह की खिचड़ी खाते हैं वह मैं अपने हाथ से बना के जाऊं क्योंकि लिंडी को वो बनानी नहीं आती थी, या मैं अपने हाथ से बच्चों को नहला के जाऊं। इसी लोभ में कई बार मेरे बहुत एक्स्ट्रा ट्रेवल हो जाता था। एक बार मुझे याद है जब मैं पहली बार बच्चों को छोड़कर रातभर काम पर रुकी थी क्योंकि मिडनाईट शूट था। अगली सुबह जब मैं न्यूयोर्क से वापस लौटी तो घर में दरवाज़ा खोलते ही जो पहली चीज़ मेरे पैर से टकराई वो एक डायपर था और उसके बाद घर में जैसे-जैसे आगे बढती गई उनके खिलौने और कई सारी चीज़ें पैरों से टकराती रहीं।

जब आप माँ बनते हो तो आपको बच्चों की प्राइमरी ओनरशिप लेनी होती है। आपके पति आपके सहयोगी हो सकते हैं लेकिन मूल ज़िम्मेदारी आपको ही निभानी पड़ती है। हाँ लेकिन एक समझने वाली बात यह है कि जब आप दो नावों में सवार होते हैं तो बैलेंस बैठाना बहुत मुश्किल हो जाता है। मुझे याद है कि कई बार मैंने बहुत इम्पोर्टेंट रिपोर्टिंग सिर्फ़ इसलिए छोड़ दी कि उसके लिए मुझे बच्चों से दो-तीन दिन दूर रहना पड़ता, और कई बार मुझे घर के कुछ ज़रूरी काम सिर्फ़ इसलिए छोड़ देने पड़े क्योंकि मैं काम से बहुत थककर आई होती थी और इतनी हिम्मत नहीं होती थी कि कोई और काम कर सकूँ। उन चीज़ों पर उस समय बहुत ग़ुस्सा भी आता था, रोना भी आता था, लेकिन अब लगता है कि शायद यही ज़िन्दगी है जहाँ आपको हर समय दोनों में से किसी एक चीज़ में कभी ना कभी कोम्प्रोमाइज़ करना ही पड़ता है। आप कभी भी परफेक्ट नहीं होते, हमें जो परफेक्शन दिखाया-सुनाया जाता है वो असल में एक मिथ रहता है।

डे-केयर को लेकर हमने एक बार तय किया था कि हम बच्चों को डे-केयर में डाल देंगे। मेरी माँ जब वहाँ थीं तो हमने एक डे-केयर देखा भी था। लेकिन मेरी माँ ने उस डे-केयर एक दिन एक केयर-टेकर को किसी बच्चे को डाँटते और शायद थप्पड़ लगाते देख लिया था। वो घर आकर रोने लगीं कि ऐसे में अपने बच्चे वहां कैसे छोड़ेंगे। और क्योंकि मेरे पति वर्क फ्रॉम होम पर थे तो हम एक नैनी रखकर आसानी से बच्चों को घर में रख सकते थे। तो हमने डे-केयर का ऑप्शन छोड़ दिया। नैनी को लेकर भी मुझे बहुत जजमेंट झेलना पडा था। जिन लोगों को हम ठीक से जानते भी नहीं थे वे भी हमें फ़ोन करके कहते थे कि मैं बहुत एम्बिशियस लड़की हूँ जो इतने छोटे बच्चों को छोड़कर नौकरी करना चुन रही हूँ। इस बात के लिए हम दोनों को जज किया जाता था कि माँ

दिन भर घर से बाहर रहती है, और इस बात के लिए सिर्फ़ मुझे जज किया जाता था कि मैं कैसी पत्नी हूँ जो अपने पति से बच्चों की परवरिश की इतनी ज़िम्मेदारी उठवा रही है। लेकिन असल में कुछ सालों बाद इन सब बातों से कोई फर्क नहीं पड़ता। फर्क सिर्फ़ इस बात से पड़ता है कि एक परिवार के रूप में, एक कपल के रूम में आपने क्या चुना, आपने क्या निर्णय लिए और क्या उन निर्णयों से आप दोनों ख़ुश थे। मैं कहूँगी कि मैं बहुत लकी थी, कि मुझे इसे पार्टनर मिले। मैं घर में सबसे बड़ी थी और मैंने अपने हवास में छोटे बच्चों को जन्मते या उनकी परवरिश होते नहीं देखा था। वहीं मेरे पति घर में सबसे छोटे थे, और उन्होंने अपने भतीजे-भतीजियों को, भांजे-भांजियों को जन्मते, उनकी परवरिश होते देखा था, ख़ुद भी कुछ रोल प्ले किया था। और वे स्वाभाव से भी एक समर्पित पिता हैं।

हालाँकि मुझे लगता है कि ऐसा सिर्फ़ मुझे नहीं सभी को मिलना चाहिए। देश-विदेश के समाज को अभी सबसे ज़्यादा इसी बदलाव की ज़रुरत है कि एक बच्चे की परवरिश में सिर्फ़ माँ ही नहीं पिता भी समर्पित भूमिका अदा करे। उनके सारे काम सिर्फ़ माँ के जिम्मे ना हों। मैं बच्चों को दूध पिलाने, खाना बनाने, साफ-सफाई के काम कर रही थी, लेकिन फिर भी सोसायटी मुझे ही जज कर रही होती थी कि 'मैं कैसी माँ हूँ?' जबकि पति अगर बच्चों की परवरिश में कोई सहयोग कर दे तो हम उसकी पत्नी को भाग्यशाली कहने लगते हैं, जबकि पति भी पत्नी की ही तरह अपनी ज़िम्मेदारी ही निभा रहा है। जिस तेजी से दुनिया बदली है उस तेजी से समाज को भी बदलने की ज़रुरत है क्योंकि आज जब 20 साल बाद भी मैं अपनी कहानी सूना रही हूँ तो दुनिया को मैं भाग्यशाली लग रही हूँ और मेरा पति बेचारा। उम्मीद है कि अगले बीस सालों में यह सोच बदलेगी।

ख़ैर अमेरिका में हुई भागमभाग से मेरी साइकोलोजी पर यह असर पड़ा कि जब मेरे बच्चे दो साल के हुए तो हमने तय किया कि हम भारत शिफ्ट होंगे। अमेरिका से वापस आने पर मुझे फिर से अपनी नौकरी छोड़नी थी, जबकि मेरे पति ट्रांसफर लेकर उसी जॉब को उसी कंपनी में कंटिन्यु कर सकते थे। एक जर्नलिस्ट के लिए आसान नहीं होता दूसरे देश में नौकरी मिलना वो भी मेन स्ट्रीम मीडिया में, लेकिन मुझे मिली थी और अब मुझे दोबारा अपनी नौकरी छोड़नी थी। मुझे अपने परिवार के पास रहना था और मैं चाहती थी कि बच्चे भी अपनी एक्सटेंडेड फॅमिली के आसपास रहें। एक और कारण था कि दो सालों में घट चुकी सभी घटनाओं से मैं बहुत ज़्यादा थकने लगी थी। मेरे सब-कोन्सियस पर इतना असर पड़ा था कि मैं गिल्ट में रहने लगी थी कि मैं एक अच्छी माँ नहीं हूँ। मैं अपने बच्चों का अच्छे से ख़याल नहीं रख रही। मैं देखती थी कि मेरे बच्चों को अपने पिता को ही घर पर देखने की आदत पड़ गई थी। वे जब दफ़्तर जाने लगे तो मेरा बेटा बहुत रोता कि पापा क्यों जाते हैं मम्मा क्यों घर पर है। तब मेरा गिल्ट और बढ़ गया और इसका नतीजा यह हुआ कि मैंने जो ब्रेक दो-तीन महीने के लिए यह सोचकर लिया था कि बच्चे भारत आकर थोड़े सेट हो जाएँ तो मैं वापस नौकरी कर लूँगी, लेकिन वह ब्रेक आठ साल तक खिंच गया जब मैं कोई फुल टाइम नौकरी नहीं कर पाई। मैंने पार्ट टाइम पढ़ाना शुरू किया। जितनी देर बच्चे प्ले स्कूल जाते उतनी देर का मैंने पार्ट टाइम पढ़ाना चुना। इसके अलावा मैंने उस समय का इस्तेमाल नेट क्लियर करने, पीएचडी करने, वापस लिखने पढ़ने में किया। बच्चों के प्रति समर्पित होकर, उनकी पूरी ज़िम्मेदारियाँ निभाते हुए मैं अपने लिए जो कर सकती थी मैं करती रही। और मुझे वापस फुल टाइम करियर की तरफ़ लौटने में नौ साल लग गए।

अब जबकि बच्चे बड़े हो गए हैं। देश-विदेश के बेहतरीन विश्वविद्यालयों में पढ़ रहे हैं तब मैं पलटकर देखती हूँ तो सोचती हूँ कि हमारे जीवन में जो पर्सनल डिसीज़न होते हैं वो इतने भी पर्सनल नहीं होता। सामाजिक और पारिवारिक प्रेशर जो हमारी सोच पर असर डालता है, खासकर हम स्त्रियों के लिए कि हमें एक अच्छी बहु बनना है, एक अच्छी पत्नी, अच्छी माँ, अच्छी बेटी बनकर दिखाना है। जैसे कि मेरे केस में मुझपर बहुत प्रेशर था कि मैं अच्छी माँ नहीं हूँ कि जब बच्चों को माँ की सबसे ज़्यादा ज़रुरत होती है तब मैंने उन्हें समय नहीं दिया, इस प्रेशर से मेरे कुछ पर्सनल डिसीजन बने कि मैंने अपने अच्छे और रिच प्रोफाइल करियर को 9 साल के लिए छोड़ दिया था। किसी ने मुझसे ऐसा करने के लिए नहीं कहा था, वे हमेशा मेरे पर्सनल डिसीज़न ही कहलाएँगे लेकिन असल में ये सभी पर्सनल डिसीज़न इतने पर्सनल नहीं होते और हमारे मन पर पड़ने वाले प्रेशर से जन्म लेते हैं।

हमारी अगली बातचीत हुई सारिका बहेती से।

सारिका बहेती बहुमुखी प्रतिभा की धनी हैं- वेक्टस ग्रुप की डायरेक्टर, मिडास कैपिटल की फ़िलांथ्रॉपी हेड और नीरांजली चैरिटेबल ट्रस्ट की संस्थापक हैं। साथ ही एक लाइफ़ ट्रांसफ़ॉर्मेशन कोच और वॉइस आर्टिस्ट के रूप में लोगों के जीवन में सकारात्मक परिवर्तन लाने का कार्य कर रही हैं।

मेरी पहली संतान बेटी हुई थी, और सच कहूँ तो उसके पालन-पोषण में मुझे कोई विशेष कठिनाई नहीं आई। बल्कि, मैंने उसके बचपन का हर पल दिल से जिया। वह हमेशा से बहुत समझदार, ईमानदार और सलीकेदार रही है। उसकी हर मुस्कान और सफलता में मुझे अपनी मेहनत का फल दिखता था, और उसकी हर जिज्ञासा में एक नए संसार

की झलक मिलती थी। चार साल बाद बेटे का जन्म हुआ। सर्दी के मौसम में दिल्ली का प्रदूषण बच्चों (और बड़ों) के लिए भी चुनौतीपूर्ण होता है। बचपन में उसे थोड़ी साँस की परेशानी रहती थी, पर देखभाल और समय के साथ वह बिलकुल स्वस्थ हो गया। वह बहुत फुर्तीला बच्चा था। आज वही 'hyper active child' अब एक शांत, स्थिर और बेहद समझदार युवक बन चुका है, और यह देखना मेरे लिए, माँ होने का सबसे बड़ा पुरस्कार है।

हर माँ की यात्रा में कुछ-न-कुछ चुनौतियाँ होती हैं, लेकिन मैंने उन्हें कभी बोझ नहीं माना। मुझे अपने दोनों बच्चों के साथ जीवन के दो सुंदर रंग देखने को मिले- एक में कोमलता और अनुशासन का संतुलन, और दूसरे में जोश और जिज्ञासा की चिंगारी। हर दिन कुछ नया सिखाता गया- कभी धैर्य, कभी त्याग तो कभी अपनी सीमाएँ पहचानने की सीख। धीरे-धीरे मैंने समझा कि मातृत्व सिर्फ़ बच्चों को बड़ा करने का नहीं, बल्कि स्वयं को और भी परिपक्व बनाने का अवसर है।

माँ बनते ही ज़िम्मेदारियाँ बढ़ जाती हैं, लेकिन 'स्वयं' को खोना भी ठीक नहीं है। जीवन के कुछ पड़ाव बेहद व्यस्त होते हैं, फिर भी अगर हम तय कर लें कि "पहले क्या ज़रूरी है", तो संतुलन बनाना संभव हो जाता है। मेरे लिए परिवार के साथ बिताया समय हमेशा सुकून देने वाला रहा है। सुबह स्कूल के लिए बच्चों को तैयार करना, उनके साथ हँसी और पढ़ाई के पल बाँटना, या रात को दिनभर की बातें करना- ये सब छोटे-छोटे पल ही जीवन को सार्थक बनाते हैं। माँ होना मात्र एक भूमिका ही नहीं, बल्कि एक भावना है, जो दिनभर की थकान के बावजूद चेहरे पर मुस्कान बनाए रखती है।

"क्या आपको कभी मानसिक तनाव रहा?" पूछने पर सारिका कहती हैं- ज़्यादा नहीं, पर कभी-कभी परिस्थितियाँ कठिन होती हैं। हर पीढ़ी के साथ सोच और जीवनशैली बदलती है। कई बार बच्चों को 'guidance' देने और 'freedom' देने के बीच संतुलन साधना पड़ता है। ऐसे समय में संवाद सबसे बड़ा समाधान है। बच्चों से खुलकर बात करना, उनकी बातें ध्यान से सुनना, ख़ुद समझना और उन्हें समझाना- यही हमारे रिश्ते को गहराई देता है। आख़िर में भरोसा और सम्मान ही परिवार को जोड़कर रखते हैं।

2011 और 2016 में जब हमने अपनी बेटी और बेटे को कॉलेज की पढ़ाई के लिए अमेरिका भेजने का निर्णय लिया, तो स्वाभाविक था कि आसपास के लोगों के मन में कई सवाल उठे कि "इतनी कम उम्र में इतनी दूर क्यों भेज रहे हो?", "दो ही तो बच्चे हैं, उन्हें अपने पास नहीं रख सकते?"

लेकिन मुझे विश्वास था कि यह उनके उज्ज्वल भविष्य की दिशा में एक साहसिक और सही कदम है। मातृत्व का अर्थ ही यही है- संरक्षण और स्वतंत्रता। अपने बच्चों को उड़ान देना उतना ही ज़रूरी है जितना उन्हें अपने घर की जड़ों से जोड़े रखना।

सवाल - काम और परवरिश दोनों में संतुलन बैठाना कठिन रहा होगा? कैसे किया आपने यह? कोई टिप?

संतुलन आसान नहीं होता, पर असंभव भी नहीं। मैंने हमेशा परिवार को प्राथमिकता दी, क्योंकि यही वह नींव है जिस पर आपके और बच्चों के जीवन की राह तथा भविष्य की इमारत खड़ी होती है। हर व्यक्ति की परिस्थितियाँ अलग होती हैं, इसलिए संतुलन का तरीका भी अलग होगा। मेरे लिए समय का सही उपयोग, प्राथमिकताएँ तय करना और

मन की शांति बनाए रखना सबसे अहम रहा। जीवन की इस दौड़ में कोई भी अनमोल चीज़ खोनी नहीं चाहिए- जैसे अपनापन, स्वास्थ्य और अपने क़रीबी लोग। और बस यही कहना चाहूँगी, संतुलित रहें। जो भी करें, पूरे मन और ज़िम्मेदारी के साथ करें। कठिन समय में कोई और नहीं, आपके अपने निर्णय और आपका मनोबल ही आपके साथ खड़े होते हैं। मुस्कान हो या आँसू, दोनों आपके अपने हैं। इसलिए वही चुनें जो आपको भीतर से सुकून दे और आत्मविश्वास से भर दे।

सवाल - ऐसा क्या था जिस पर आपको उन दिनों सबसे अधिक खीज या गुस्सा आता था?

कभी-कभी यह खीज होती थी कि आप सबके लिए पूरी निष्ठा से सब कुछ करते हैं, फिर भी कोई बात आपकी अपेक्षानुसार नहीं होती। ऐसे समय पर ख़ुद को समझाना पड़ता है कि निराशा पर नहीं, प्रयास पर ध्यान देना चाहिए। आपका कर्म ही आपका सच्चा साथी है। सकारात्मक सोच, संयम और आत्मविश्वास- यही हर परिस्थिति में रास्ता दिखाते हैं। परिणाम चाहे जल्दी मिले या देर से, कर्मों का फल ज़रूर मिलता है, किसी न किसी रूप में।

मेरा मानना है कि बच्चों के पालन-पोषण में दोनों माता-पिता की समान भागीदारी बेहद ज़रूरी है। जब घर में स्थिरता, सुरक्षा और प्रेम का वातावरण होता है, तो बच्चे शारीरिक, मानसिक और भावनात्मक रूप से मज़बूत बनते हैं। बच्चे वही बनते हैं जो वे घर में देखते हैं। अगर वे सम्मान, प्रेम और संवाद का माहौल देखते हैं, तो वही जीवनभर उनका चरित्र बन जाता है। घर ही उनका पहला विद्यालय है।

सवाल - बेबी केयर सेंटर, प्ले स्कूल या आया को लेकर पुराने लोग जो आशंकाएँ जताते हैं, उस पर आपका क्या मत है?

समय बदल गया है। संयुक्त परिवारों से अब न्यूक्लियर फ़ैमिली का दौर है, और आज की माताएँ अक्सर कामकाजी भी हैं। इसलिए बेबी केयर सेंटर या प्ले स्कूल जैसी सुविधाएँ अब ज़रूरत बन चुकी हैं। पर सच यह है कि कोई भी विकल्प उस 'quality time' की जगह नहीं ले सकता जो माता-पिता अपने बच्चों को देते हैं। वही पल संस्कारों की नींव रखते हैं, जहाँ बच्चे सिर्फ़ शब्द नहीं, भावनाएँ भी सीखते हैं।

सवाल - क्या परवरिश से जुड़ी कोई ऐसी बात है जिसकी वजह से आपके मन में कोई गिल्ट रह गया हो?

नहीं, मैंने अपने बच्चों की परवरिश में कभी कोई कमी नहीं छोड़ी। हाँ, मेरे करियर पर असर पड़ा, पर जब मैं अपने बच्चों का आत्मविश्वास, संस्कार और अपनापन देखती हूँ, तो मुझे गर्व होता है। वाकई, "The hand that rocks the cradle, rules the world." हमारे बीच जो गहरा स्नेह और सम्मान है, वही मेरी सबसे बड़ी पूँजी है।

मेरे पति बहुत ही समझदार इंसान, एक स्नेही जीवनसाथी और बच्चों के लिए अद्भुत पिता हैं। उनका साथ और सहयोग मेरे लिए सबसे बड़ी ताकत रहा है। He truly is the strong pillar of our family. मेरी माँ ने हमेशा स्नेहिल सहारा दिया। जब भी मुझे और मेरे पति को काम या यात्रा पर जाना होता- बच्चे, नाना-नानी के घर ख़ुशी-ख़ुशी रह लेते, और माँ पूरे प्रेम से उनकी देखभाल करतीं। आज भी मेरे बच्चे नानी के हाथ के बने खाने के दीवाने हैं। इन रिश्तों में जो अपनापन है, वही जीवन का असली धन है।

मातृत्व किसी किताब से नहीं सीखा जा सकता। यह अनुभव, संवेदना और निरंतर सीखने की यात्रा है। हर माँ का रास्ता अलग होता है, पर मंज़िल एक ही- अपने बच्चों के भीतर एक सुंदर, संवेदनशील और मज़बूत इंसान गढ़ना।

"Motherhood isn't about perfection, it's about presence, patience and pure love."

(द)

हमारी अंतिम बातचीत सारिका चौधरी से हुई जो राजस्थान की निवासी हैं और एक बैंक में शाखा प्रबंधक के पद पर कार्यरत हैं, वे कहती हैं -

जब तक बच्चा कम से कम दो साल का ना हो जाएँ तब तक तो हर रोज़ खूब कठिनाइयाँ ही हैं। एक माँ जैसे संभालती हैं, वैसे बच्चे को कोई भी नहीं संभालता हैं लोग बच्चे को बस केवल पाँच से दस मिनट के लिए ही लेते हैं और वो भी केवल अपने एंटरटेनमेंट के लिए कि बस एक बार लिया, बच्चे को ऊपर नीचे किया और हो गई औपचारिकता पूरी, आज के समय में लोग यह भूल चुकें हैं कि बच्चे को पालना सबकी सांझी जिम्मेदारी हैं पर नहीं उन्हें केवल आपको यह एहसास दिलाना हैं कि बच्चा तुमने पैदा किया हैं तुम ही इसे पालो-पोसों। इन लोगों में हमारे अपने ही परिवार के लोग शामिल होते हैं, एक से डेढ़ साल तक तो बच्चे को कुछ भी हो, ना वो कह पाता हैं और ना ही हम लोग समझ पाते हैं। यह और भी ज़्यादा मुश्किल होता हैं!

बच्चा पैदा करने से पहले आज के समय में हर औरत को एक बात पूरी तरह से गाँठ बांध लेनी चाहिए कि जो आज तक आप जी रहें हो

वैसी लाइफ़ एक से दो साल के लिए भूलनी ही पड़ेगी, कई-कई बार तो हालात इतने बद्तर हो जायेंगे कि सोचेंगे, यार जीना इतना मुश्किल होता हैं क्या? । ख़ुद के लिए वक्त का छोड़ो अगर आपका पहले से एक बच्चा हैं और दूसरा बच्चा पैदा किया हैं तो कई बार तो उस बच्चे को भी उतना वक्त नहीं दें पाते हैं, जितने का सच में वो स्वयं हकदार हैं।

शुरूआत में जब बच्चा ज़्यादा सोता रहता हैं तब तो फिर भी थोड़ा आसान होता हैं । लेकिन उसके बाद तो बच्चे को एक पल के लिए छोड़कर पानी पीने की भी फुर्सत नहीं मिल पाती हैं माँ को, शुरू में सब बड़ा मुश्किल होता हैं। अगर आप रोज़ बाहर जाते हैं तो फिर महीनों बाहर नहीं जा पाते हैं। इसलिए मेरे अनुसार तो बस साल भर तो ख़ुद का समय भूलना ही पड़ता हैं। मेरी दोनों डिलीवरी में मेरा पूरा समय चक्र ही बदल गया था। महीनों मैंने केवल और केवल अपने बच्चों को ही संभाला। इसके लिए ख़ुद की लाइफ को भूल गई।

सवाल - क्या आपको कभी मानसिक तनाव रहा?

भगवान जी की कृपा समझो या मेरे अच्छे कर्मों का फल कि ऐसा ना प्रेगनेंसी पीरियड में हुआ और ना ही आफ्टर डिलीवरी हाँ, थोड़ा बहुत कभी-कभी परेशान हो जाना या भविष्य की चिंता का मन में आ जाना तो आम रहा ही हैं!!

सवाल - क्या आपके लालन पालन पर सवाल-जवाब हुए!??

नहीं! क्योंकि अक्सर मेरे बच्चों को किसी और का रखना इतना ज़्यादा पसंद नहीं आया मुझे इसलिए मैंने हमेशा से इन्हें सबसे बेहतर संभाला हैं। ऐसा मेरा मानना हैं और मेरे अपनों का हमेशा ऐसा मत रहा हैं कि इसके बच्चों को अपनी गलती से कुछ

भी हो गया तो फिर हमारी खैर नहीं। कह सकते हैं कि मैं मेरे बच्चों के जन्म से लेकर कम से कम उनके सालभर के होने तक में, एक ओवर प्रोटेक्टिव माँ के रोल में रही हूँ!

सवाल - काम और परवरिश दोनों में तारतम्य बैठाना कठिन रहा होगा? कैसे किया यह आपने? कोई टिप??

यह सारी बातें हालातों पर निर्भर करती हैं, हो सकता हैं हमारे लिए कोई काम जो बहुत आसान रहा हो वो ही काम किसी और के लिए बेहद ही मुश्किल रहा हो। टिप जैसा असल जीवन में कुछ नहीं होता हैं, यहाँ जीने पर सारा पढ़ा लिखा ज्ञान, धरा का धरा रह जाता हैं, जब मेरी बच्ची मात्र पाँच महीने की हुई थी तब कोरोना आ गया, वर्किंग ईजी हो गया था। अल्टरनेट जाओ या कभी वीक में दो दिन जा आओ, इतना कुछ मुश्किल था नहीं। स्टाफ भी बहुत सपोर्टिव था, उनका तहदिल से शुक्रिया! अब कल से यही दुविधा हैं कि बच्चे को भी बड़ा करना हैं और ऑफिस भी जाना ही हैं, तो इस वक्त में ना चाहते हुए भी आपको ऑफिस और घर दोनों जगह मदद लेनी ही पड़ेगी!

मैं इसमें फिर से किस्मत की धनी रही हूँ कि इतना मुश्किल नहीं होगा, यह पूरी तरह से वर्क प्लेस और साथ में काम करने वालों पर निर्भर करता हैं!!

अगर पैसे देने के बदले सुविधाएँ मिल सकती हैं उनका बेझिझक फ़ायदा उठाइयें । बस अगर आपका पार्टनर भी सपोर्टिव हैं तो उसे साथ रखिए, उसके साथ साँझा कीजिए बच्चे के और ख़ुद के छोटे-छोटे कार्यों फिर काफ़ी आसानी हो जाती हैं!

सवाल- ऐसा क्या हैं जिस पर आपको उन दिनों सबसे अधिक खीज होती थी या गुस्सा आता था??

बस जो अपने आसपास होते हैं अपने वो ज्ञान ज़्यादा देते रहते हैं । ऐसे मत करो, वैसे मत करो, यह मत खाओ, यह मत पिओ, ऐसे मत उठो, वैसे मत बैठो, सब चलते-फिरते डॉक्टर बनते रहते हैं । बच्चे को ऐसे मत रखो वैसे मत रखो, सार यह हैं कि सब आसरा देते रहते हैं बस सहारा कोई नहीं देता हैं !

बच्चे परिवार के सभी लोगों की साँझी जिम्मेदारी होने चाहिए। घर के हरेक सदस्य को नयी -नयी माँ बनी औरत को हर वो सुविधा देनी चाहिए, जो वो चाहती हैं। अगर वो कहें बच्चों को ऐसे संभालों तो अपनों को नाक सिकोड़ने के बजाय यह सोचना चाहिए कि यह बच्चे को ज़्यादा संभालती हैं , इसलिए हमें भी बच्चे को इसके कहें अनुसार ही रखना चाहिए ना कि बुरा मानकर अगली बार बच्चे को देखना ही बंद कर दें । इस मामले में गाँव की औरतें अलग ही होती हैं, उनसे कुछ भी कहने पर उनका सीधा जवाब होता हैं हमने कौन-से बच्चे पालें नहीं हैं, उनको समझना चाहिए कि समय के साथ हर चीज़ बदल चुकीं हैं और बड़ों को भी छोटों की बात को मानने पर कोई ऐतराज़ नहीं होना चाहिए!

सवाल- बेबी केयर सेंटर/ प्ले स्कूल/ आया इनको लेकर पुराने लोग बहुत आशंकित रहते हैं इस बारे में आपका क्या मत हैं??

केयर सेंटर और प्ले स्कूल तो ठीक भी हैं क्योंकि तब तक बच्चा भी कम से कम दो तीन साल का हो भी जाता हैं तो

इतना रिस्की नहीं रहता हैं । हाँ, आया पर तो मन आशंकित रहता ही हैं क्योंकि मैं देखती हूँ कि जब घर के सदस्य भी बच्चे को वैसे नहीं संभाल पाते हैं, जैसे एक माँ संभालती हैं तो आया तो भला कैसे ही संभालेगी । समय के साथ बदलाव भी जरूरी हैं और मिलने वाली सुविधाओं का फ़ायदा भी लेना ही चाहिए पर सजग रहना भी उतना ही जरूरी हैं जितना कि उन पर भरोसा करना!

आया के लिए मन पूरी तरह से नहीं मानता पर केयर सेंटर और प्ले स्कूल में और भी लोग व बच्चे होते हैं इसलिए इन पर भरोसा किया जा सकता हैं!!

सवाल - क्या परवरिश से जुड़ी ऐसी कोई बात हैं जिसके लिए हमेशा के लिए आपके मन में गिल्ट रह गया हो?

मेरा मानना हैं कि जो एक माँ करती हैं वो बेस्ट हैं । मैंने अपना पूरा सौ प्रतिशत दिया फिर भी जब मेरी बिटिया न्यू बोर्न थी रात-रातभर रोती रहती थी । मैं भी उसके साथ जगकर बहुत बार रो लेती थी और कभी-कभी मन करता था कि यार बच्चे पैदा ही क्यों करने पड़ते हैं ऐसी बात बहुत बार मन में आ ही जाती हैं ना चाहने पर भी जब अपन बहुत परेशान होते हैं । मुझे लगता हैं एक माँ के मन को ऐसा भी ना ही सोचना चाहिए, माँ होना इस दुनिया का सबसे बड़ा सुख हैं। यह प्रकृति की सबसे प्यारी नेमत हैं और हमें इसके लिए शुक्रगुज़ार रहना चाहिए!

सवाल- परिवार के सहयोग और उनकी भूमिका के बारे में कुछ बताएँ??

मेरा पहला बच्चा था, जब मेरी बिटिया हुई । मुझे कुछ भी नहीं आता था । डिलीवरी से लेकर उसके एक महीने की होने मेरी बड़ी माँ ने उसे पूरी तरह से संभाला। वो अपना खाना पीना और नींद छोड़कर हम माँ-बेटी का ख़्याल रखते थे । वो दिन मेरे जीवन के सबसे प्यारे दिन थे। उस वक्त में उन्होंने मेरी माँ बनकर, मुझे एक बेहतर माँ बनना सिखाया और फिर एक बार माँ बनो फिर एक दिन में ही आप बहुत कुछ सीख जाते हो। मेरे बेटे को पहले दिन से ही मैंने ही संभाला, सी-सेक्शन होने के बावजूद भी । बच्चों के होने के बाद हम ख़ुद भी बच्चों के लिए परिवार ही हैं इसलिए अपने लिए भी परिवार ज़रूरी तो हैं ही, और उनमें भूमिका अपने आपमें ही संपूर्ण हैं!!